とある魔術のヘヴィーな座敷童が
簡単な殺人妃の婚活事情
鎌池和馬
とある魔術の禁書目録
鎌池和馬10周年
イラスト／はいむらきよたか

とある魔術の禁書目録
鎌池和馬10周年
イラスト／凪良

特別収録
とある魔術のヘヴィーな座敷童が
簡単な殺人妃の婚活事情
コンピレーションイラストギャラリー
イラスト／依河和希

「とうま、この格好で
また表を歩かなくちゃならないの!?」
インデックス
(From とある魔術の禁書目録)
♀装備:裸マント
イラスト／鳥丸 渡

御坂美琴
(From とある魔術の禁書目録)
♀装備:ビキニアーマー
「よおし、あいつら全員木炭にしてやる……!!」
イラスト／犬江しんすけ

座敷童
(From インテリビレッジの座敷童)
♀装備:南国式葉っぱ水着
「必要のない戦いに
巻き込まれてしまったようね。
私、根本的に働きたくない
精神の塊だっていうのに……」
イラスト／朝倉亮介

「これで、ずうっと、あなたと一緒。
うふふふふふふふふふふふふふ……」
雪女
(From インテリビレッジの座敷童)
♀装備:小悪魔風ボンデージビキニ
イラスト/たいしょう田中

「転生がお望みでしたらいつでもお声掛けを」
殺人妃サツキ
(From 殺人妃とディープエンド)
♀装備:踊り子さん
イラスト／葛西 心

バニーガール可憐
(From 簡単なモニターです)
♀装備:バニースーツ
「やーだなー!!
何でもかんでも
魅惑のバニーガール可憐ちゃんのせいに
しないでくださいよう☆」
イラスト/原 つもい

「それってあれでしょ、
親が買って子供に
着せるような水着でしょ!?」
イラスト／真早

ヴァルトラウテ
(From ヴァルトラウテさんの婚活事情)
♀装備:ドレスメーカー
「いや、そもそも我らの世界には
このような装束は存在しないため、
何が正解かは全く見えんのだが」

CONTENTS

とある魔術のヘヴィーな座敷童が簡単な殺人妃の婚活事情

鎌池和馬

カバーイラスト
凪良

口絵・本文イラスト
はいむらきよたか、凪良、真早、葛西 心、依河和希、烏丸 渡、
犬江しんすけ、朝倉亮介、たいしょう田中、原 つもい、かまた

デザイン・渡邊宏一（2725 Inc.）

【シリーズ紹介その1】
とある魔術の禁書目録
科学サイドと魔術サイドに分かれた世界で、10万3000冊の魔道書を記憶するシスター、インデックスを巡り、平凡な高校生上条当麻の戦いが始まる!

序章

序章

……その日は朝から最悪だった、と上条当麻は振り返る。

ワンルームの学生寮の中で、銀髪碧眼のシスターと共同生活しているという謎の居住条件を持つ高校生上条当麻は、普段から鍵のかかるユニットバスを寝床にしている。水気を拭ったバスタブの中に毛布を持ち込んで眠っている訳だが、今日に限って、目を覚ましたその瞬間から『不幸』は訪れたのだ。

単刀直入に言うとこんな感じである。

「えええええええええーっ⁉　なんっ、何で、洋式トイレが公園の噴水みたいになっちゃってる訳ーっ⁉」

寝起き早々、豊かな水の国ニッポンを最も嫌な方法で実感させられる上条。

とりあえず普段全く使わない工具箱を引っ張り出してくるものの、何をどこから手をつければ良いのかサッパリ分からない。何となく四角いタンクの蓋を開けて中を覗き込んでみるも、

「何きっかけなんだ、これ？　昨日まで全然大丈夫だったはずなのになあ……」

そもそも何がどうなっていると正常なのか、の時点から手がかりがない。

途方に暮れた上条は思わず状況を放棄して真上を見上げていた。

こんな時でも、突き抜けるような青空はどこまでも清々しかった。

「……、ん？」

ちょっと世界を滅ぼしてやりたくなった上条は、ややあって違和感に気づいた。


青、空？


凍り付いた上条は恐る恐る周囲を確認する。

気がつけばそこは学生寮のユニットバスではなかった。頭上に広がるのは青空、足元に広がるのは体育館みたいに磨かれた木目の大地。そして壁の概念はない。前方一八〇度はくまなく水平線。後ろに振り返って、ようやく三角形の、おにぎり的というかピラミッド的というか、とにかく奇麗な形をした山らしきものがいくつか見えた。それが『この世界』にある唯一の立体物な訳だが、それにしたってざっと二、三キロは離れている。

あまりにもシンプルなその景色は、スケールの圧倒感だけを突き付けてきて、当たり前のリアリティを置き去りにしていた。緩やかな風に乗って流れてくる磯臭い匂いだけが、かろうじて上条の心が浮遊してしまうのを防いでいた。

　ここはどこだ？

　何きっかけでこうなった？

　どこのタイミングで奇妙な世界に迷い込んでいた？

　……そういった至極もっともな疑問を全て放り投げて、上条当麻はこう叫んでいた。

「うおおおおおおおおおおおおおおおおおおおおおおいっっっ‼⁉⁇　洋式トイレほったらかしじゃねえか‼　まずいよー帰してよー下の階まで水浸しになっちゃったらすげー怒られるって‼　下手したらお騒がせ記事でニュースサイトに載っちゃうからーっ‼」

　早く。

　一刻も早く。

　ここがどこでどんな秘密があろうが知った事ではないが、とにかく一刻も早く学生寮に帰らなくては。そのためなら何だってやらなくてはならないのだ‼

（問題はいくつかある。例えば、捜索範囲が極端に広い、その割に目印になるものがほとんどない。あちこち探すのは結構だけど、この場所に戻って来られるか、自分が最初に現れたのがどこだったのかを特定するのにも骨が折れる）

　思考を切り替える。一つ一つ処理していく。

　原理は分からないが、『開始地点』は他の座標と比べて特別な意味がある可能性は捨てきれない。いつでも『ここ』に帰って来られるよう、上条は足元の地面(……いや、床か?)に印をつけるべきだ。

幸い、地面は体育館のように磨かれた木目の大地。

ちょっと親指の爪に負荷をかけるだけで、簡単に×印を刻み付ける事はできる。

(さて、これで『出かける準備』はできた。ここから、このだだっ広い床一面の世界で何を探す? 得体のしれない機械か、あるいは人か。それは元々ここにいる人間か、俺とおんなじようにどこか別の場所から出てきた人間か……)

先ほど、周囲を見回しても奇麗な三角形の山がいくつかある、くらいしか発見はなかったのは覚えている。だがどうしても、上条は何度でも辺りを見回してしまう。それは砂漠の中でオアシスを探そうとする動きにも近いのかもしれない。

そして迂闊だった。

上条当麻が『いきなり』ここに飛ばされた以上、上条以外の人物が『いきなり』ここへ飛んでくる可能性も考慮すべきだったのだ。

まずは、何やらお着替え中のインデックスを至近で目撃。

次に、そんな二人を離れた位置から見据える御坂美琴嬢。

「……馬鹿じゃねえの？」

ずももももももももももももももももも……と、加速度的に空気が重たくなっていく中、上条は思わず呟いていた。

そしてついには絶叫した。

「馬鹿じゃねえの!!　本当に馬鹿なんじゃねえの!!　こんなの確率の話にしたって酷過ぎる！　一〇回連続でロシアンルーレットやって一〇回連続で最初の一発で頭ぶち抜くようなものじゃねえか!?　もう若手お笑いのいきなり海外ロケでも異世界召喚でも何でも良いから、とりあえずちゃんとした手順を踏みなさいってーっ!!」

上条はきちんと世の理不尽を訴えかけているはずなのだが、少女二人は聞く耳を持たない。

ひどく。

とてもひどく冷めた目で彼女達は語る。

「……とうまにはもう選択肢は二つしかないよね。本格的にきちんと長々お説教を受けるか、一発再起不能になるまで齧り付かれるか……」

「いるのよね。時間を止めるとか世界を変えるほどのド級の能力を持ちながら、女の子のスカートをめくるくらいにしか発想が及ばない本物の馬鹿って……」

上条は遠い目になった。

そして現実にピントを合わせないと本気で死ぬと後から実感が追い着いた。

「いや、ナシだと思うよ？　これホントにオーバーキルだと思うよ‼　待ってよ、一個のボケには一個のツッコミだって！　一度にまとめてぶっこまれたらホントに潰(つぶ)れちゃうって‼　あっ、おい、この馬鹿っ‼　そんな簡単に超電磁砲(レールガン)とか準備を進めてんじゃねえ‼」

上訴(じょうそ)は棄却(ききゃく)された。

インデックスが上条の右手へ勢い良く噛(か)み付いているその瞬間(しゅんかん)を狙(ねら)ってゲームセンターのコインがかっ飛ぶという、えげつないコンビネーションが実行に移される。

その直前だった。

ゴドンッッッ‼‼‼　と。

より凄(すさ)まじい衝撃(しょうげき)によって、床一面の世界が大きく揺(ゆ)さぶられる。

まるで大地全体が小舟のようにひっくり返りそうになる。上条とインデックスはいっしょくたになって転がり、少年の顔がシスターの胸部中央にうずまり、それを傍(そば)で見ていたお嬢様(じょうさま)がツンツン頭をサッカーボールのように蹴飛(けと)ばすという暴挙の中、新たな動きがあった。

それは低く唸(うな)るような轟音(ごうおん)だった。

分厚い雷雲が遠くから近づいてくるような。

「何だ、あれ……」

インデックスと共に転がったまま、呻くように上条は呟いた。

全体としては直径五〇メートルほどの、金属製の球体。その表面全てから戦艦のような砲台がびっしりと飛び出している。特に凄まじいのが、後部から伸びた七本のアームと連結した七つの主砲。それはもう、砲というよりも鉄塔や橋を連想させるほどのスケールに達していた。

足回りは逆Y字の推進装置だが、タイヤや履帯とは違うものらしい。わずかにだが、浮いている。空気の力を使ったエアクッションか、あるいは静電気か。途方もないテクノロジーであり、その全てを殺傷能力に振り分けたとしか言いようがない、『一つの戦争』を一ヵ所にぎゅっと圧縮させたかのような、人類の負の技術がまとめて結晶化したかのような、そんな塊だった。

山のような金属の塊が、ピカピカに磨かれた木目の大地を一切傷つけず、エアホッケーよりも縦横無尽に滑っていく。頭の中にある現実感が一発で吹っ飛ぶ光景だった。

御坂美琴は上条のつんつん頭を革靴でぐりぐりしながら、唖然とした声を放つ。

「……さっきまで、あんなのなかったわよね……？　あそこまでのデカブツ、ドーム球場並みに目立つもの。どこに置いておいたって必ず目につくはずだし」

「俺達と同じだ。いきなりここに飛ばされてきたんだ……」

その『戦争の代名詞』は、こうしている今も数々の砲を発射していた。そのたびに大地が凄まじい震動にさらされ、別に直接狙われている訳でもないのに上条達は打ちのめされていく。

だが、撃つ以上は狙うべき標的がいる、という事になる。

あの怪物は、戦っていた。

でも、一体何と？


不良兵士でお馴染み、クウェンサー＝バーボタージュとヘイヴィア＝ウィンチェルの二人組は思わず無線機を足元に叩きつけるところだった。

「ああくそっ!! 無線はいきなり繋がらなくなるし、そもそもここどこだっ!? 上は青空、下は一面フローリング？ どこかの変態芸術家の絵の中にでも迷い込んだっていうのか!!」

「オブジェクトの流れ弾に吹っ飛ばされて臨死体験中、とかいう間抜けな展開じゃねえのを祈ろうぜ。つーか!! さっきっからお姫様に絡んでやがるのは一体何なんだ!? 『信心組織』辺りが開発した生物兵器か!?」

彼らの守護神『ベイビーマグナム』はこうしている今も総合格闘技のように前後左右小刻みに移動しながら、一〇〇門近い砲を発射している。『相手』が近すぎる場合は跳弾覚悟で小さな砲を撃ち込み、『相手』が怯んで離れた所で巨大な主砲を連続的に叩き込む。

そうまでしても、『相手』は倒れない。

そもそも、彼ら兵士達の常識では、オブジェクトと対等以上に戦える存在に心当たりがない。

では『相手』とは何なのか。

軍事用語を離れ、『安全国』の絵本から情報を参照すれば、こんな言葉で説明できる。

飛竜。

全長二〇〇メートル大の、天空を舞う漆黒の竜。それがオブジェクトに喰らいついている。


「狂ってるよ……」

クウェンサーは全部投げ出しそうになっていた。

「こんなのは絶対に狂ってる!! 何だよ、ドラゴンって⁉ おおい、お姫様のオブジェクトが抱え込まれそうになってる! あれだけの巨体をネズミとかリスみたいに持ち上げようなんて完全に常識が壊れてる!!」

謎の巨大生物は、オブジェクトと比べると敏捷さに欠ける。彼らの見ている前で、大きく広げられた翼やさらけ出された胴体部分へ何発もの主砲が撃ち込まれていく。だが、よほど天文学的な耐久度を持つのか、あちこちから出血しながらも戦闘を続行しているのだ。『ベイビーマグナム』が火力不足に陥るという状況自体が、想定された事態を凌駕する。

「おい学生、何でも良いけどよ、このままクレーンゲームみてえにお姫様がさらわれちまったら俺らマジで孤立しちまうぞ。何とかしねえとヤバいんじゃねえのか？」

「あんなの相手に何をどうしろっていうんだ⁉」

「それを考えんのがテメェの役割だろうがお荷物野郎‼」

「そっちこそたまには泣き言以外に頭を動かせよ‼」

状況を一切無視してその場で摑み合いになる馬鹿二人。

そして天罰が落ちた。

その時、『ベイビーマグナム』は可変式の主砲をレールガンに設定していた。そして放たれた乗用車よりも巨大な金属砲弾が漆黒の竜の胴体に直撃するも、極めて頑強な体表に弾かれたのだ。

急角度で跳弾した主砲の砲弾が床一面の大地に落ちる。

「あ」

ジーザスは一言言うくらいの余裕は与えてくださった。

直後に、クウェンサーとヘイヴィアの二人が爆音の渦の中へと放り込まれていく。

「うーん」

そして『ベイビーマグナム』のコックピットではお姫様が首を傾げていた。

金髪のショートカットに華奢な体つき。『安全国』のお嬢様学校にでも運転手つきで通っているのが似合いそうだが、彼女は超大型兵器オブジェクトの操縦士エリート。戦闘機をはるかに凌ぐ超高慣性Gを押さえつけ、特殊なゴーグルを使って視線の動きさえ操縦体系に取り込みながら、大小一〇〇門以上の砲を自由自在に操って戦場を席巻する怪物の頭脳だ。

でもって。

お姫様は先ほどから何度か無線の交信プロセスを試してはいるのだが、どこの誰とも繋がる様子はなかった。

彼女はなおも正体不明の——そう、いっそサイバー攻撃でも受けて存在しない標的を画面に表示させられているのではないかと疑いたくなるほどの——ドラゴンらしきものと撃ち合いを続けながら、こう呟く。

「なにかまきこんだような気がするけど、まあいいか」

「あら」

足首まである極めて長い黒髪、名前に似合わないグラマラスな肢体、それらを包み込む真っ赤な浴衣。『座敷童』と呼ぶには色気がありすぎるそのお姉さんは、軽く首を傾げていた。

みしみしという金属の軋むような音が響く。

彼女はほっそりとした手を顔の横に掲げていた。

その掌が、乗用車よりも巨大な金属砲弾を軽々と掴んでいた。座敷童そのものには傷一つない。何故、どうして、どういう理論であれだけの質量兵器を凌いだのか。それを論じる事にあまり意味はない。『妖怪に単純な物理攻撃は効かない』という結論がまずあり、物理法則そのものをねじ伏せているのだ。

何やら足元に軍服を着た少年兵が二人ほどうずくまっているが、彼女は全く気にした風でもなく、

「……何だか知らないけれど、必要のない戦いに巻き込まれてしまったようね。私、根本的に働きたくない精神の塊だっていうのに……」

ちなみに座敷童のすぐ近くでは、彼女が居ついている屋敷の住人・陣内忍なる少年がひっくり返ったまま目を回していた。直撃も副次的な衝撃波の影響もなかったが、精神的なショックは瞬間的に意識を揺さぶるに十分なものだったのだろう。

少年の傍らでは、ぺったんこな雪女が屈み込み、忍の頬を人差し指でぷにぷにしていた。

何やらその表情には妙な恍惚がある。

「ふ、うふふ。ある程度の意識はあるものの、今すぐ機敏に手足を動かせる訳でもない。つまり今なら既成事実作り放題です……。うふふふふふふふふふふふふふふふふ」

「着物をはだけて馬乗りになる前に、空を見上げてみたら？」

「はふう、見られたくらいで萎えるものでもありませんし……」

「でも向こうは興奮しているみたい。今にも襲いかかってきそうよ？」

ぐわり、と天空を塞がれた。

奇妙な機械の塊に喰らいついていた漆黒の竜が、その矛先を変えて座敷童や雪女のいる方へと狙いを定めようとする。

その前に、雪女のまぶたがピクリと動いた。

それだけで十分だった。

ビュゴォ!!　と、一陣の風に殺人性が宿る。それは氷点下五〇度以下まで凍結させられた死の風だ。分かりやすい閃光や轟音はない、だが確実に地球上の生物を死に至らしめる。局所的に生物環境そのものを組み替え、水と空気と太陽に頼って生きる全ての存在を等しく滅ぼす絶対的な攻撃。

中でも、特に効果ありとされるのが……、

「……どれだけデカい図体だろうが、ベースとなるのは爬虫類、つまり変温動物。元々暑い、元々寒いならともかく、急激な温度変化に耐えられる構造にはなっていません。局所的気候を寒冷化に導くだけで、簡単にその活動を抑制させる事ができます……」

その巨大な翼がはばたくより早く。

その巨大な顎から得体のしれない閃光が迸るより早く。

二〇〇メートルはあった絶望的な体躯が、まるで作り方を間違えた紙飛行機のように頼りなく落下した。床一面、まるで体育館をどこまでも引き延ばしたような木目の大地の一部を破壊しながら、漆黒の竜は墜落を果たす。

圧力によって全方位へ押し出される風が、細かい粉塵を纏って壁のように視覚化される。座敷童と雪女の二人の体を叩き、追い越していく。

雪女はドヤ顔だった。

「ふふ、人の恋路を邪魔する者は等しく氷漬けです……」

「何でも良いけど、あなたが馬乗りになっている忍、そろそろコールドスリープに突入しかけていないかしら？」

少し離れた所では、うんざりした顔で巨大兵器だの黒いドラゴンだの妖怪だのを眺めている影が二つあった。

安西恭介、東川守。

共に、『彼ら自身は』何の変哲もない日本の大学生のはずだった。

「おいおい、今度はどんな『不条理』に巻き込まれたんだ？」

「変な遊園地に放り込まれた訳じゃないんだから大丈夫じゃないのか。今度はハリウッドの映画村だとか言われたら流石に全部放り投げてふて寝するけど」

なんか目の前で明らかに物理法則を無視した連中が闊歩していようが、安易に近づいたりはしない。平穏無事に生きていくだけなら、たまたま見つけた巨大ロボットには乗らず、ボタン一つで魔法が使える不思議デバイスの横を素通りし、天空から降ってきた少女はおまわりさんに任せてしまうに限る。

……のだが。

「やーだなー!! 何でもかんでも魅惑のバニーガール可憐ちゃんのせいにしないでくださいよう☆」

突如として真後ろから響いた黄色い声を耳にして、大の男二人の肩が大きく震えた。

そして彼らは初心を貫いた。

ヤバいと分かっているものにわざわざ関わる必要はない。

よって安西と東川の二人は振り返らず、そのまま前だけ見据えて全力疾走を開始した。

「あっ、ひどい!! ここは『何でよりにもよってお前なんだよ!?』とか『お前はくたばったはず!!』とか言ってびっくりリアクションしてくれるところでしょう!? ちょっとー!!」

「まずい! ぶーぶー言ってる声がちっとも遠ざからない!! 背中に寄り添われてる、だと!?」

「振り返るな! これきっと振り返ったら駄目ルールの中に放り込まれてるぞ!!」

殺人妃の異名で知られる少女サツキと、どんな目に遭っても何故かギリギリで生き残ってしまう少年七浄京一郎。

彼らは状況を総括して、こう締めくくっていた。

「関わりたくないよな」

「人間はともかく、明らかに人外らしきものも混ざっているようですからね。流石に元から人でないモノまで殺せる保証はありませんし」

「……分かった、もうお前にもあんまり関わりたくない雰囲気だぞ」

バギ!!　と。

凄まじい轟音が炸裂した。

オブジェクトからの複数の砲撃を受け、氷点下五〇度の極低温環境で細胞レベルの活性弱体化を余儀なくされた『漆黒の竜』が、地に伏してなお暴れ回ろうとしているからだ。

一番手近にいたのは、クウェンサー、ヘイヴィア、座敷童、雪女、陣内忍。

だが『それ』を目撃したのは、周囲に散らばっていた全ての人々だった。


ドッ‼‼‼　と。

世界を貫くように迸った一筋の閃光が、迷わず『漆黒の竜』へ突き刺さったのだ。

おにぎりのような、ピラミッドのような、奇妙なほど整えられた三角形の山。その頂上から、『それ』は放たれた。天空を引き裂き、全員の頭上を飛び越え、あれだけの猛攻にも耐えていた『漆黒の竜』が、料理か何かのように易々と刺し貫かれたのだ。

『それ』は、叫び声を放つ猶予すら与えなかった。

神の槍とでも呼ぶべき結果を生み出した『それ』は、二〇〇メートル大の怪物を大きく転がす。風に吹かれる空き缶とか、西部劇の決闘シーンで荒野を転がっている丸まったヤツみたいなのとか、そんな風にゴロゴロと転がされていく。危うく巻き込まれそうになった上条が全力で真横へ跳んで回避する。留まるところを知らず、地平線の向こうまで数キロも転がされた末に、『漆黒の竜』がふっと消失した。低い轟音と水柱（そう、極めて遠方であるのを考慮すると、山の標高よりも高そうなくらいの）が立ち上ったところから、世界の果てには水辺がある事を窺わせる。

ぱりっ、と大空は帯電の余波を残していた。

上条当麻はごくりと喉を鳴らし、クウェンサーとヘイヴィアの馬鹿二人はすっかりひっくり返っていて、そもそも陣内忍は氷漬けのままで、安西恭介と東川守は思わず天を仰ぎ、七浄京一郎は流石に『死んでも死なない体質』を頼るのはやめようと思い始めていた。

全員の視線が思わず山の方へ向く。だが当然、二、三キロの向こうにある山の頂上に誰が、何が立っているかなど、誰にも分からない。


「……、」


そして、絶大な破壊を生み出した『彼女』は、奇麗に整えられた山の頂上から静かに去る。

『彼女』は振り返らない。

がしゃりという鎧の装甲が擦れ合う不気味な音と、正反対に花のように優しい匂いを長い黄金色の髪から振りまきつつ。

傍らに小柄な少年を連れたまま、『彼女』は『彼女』の目的地を目指す。

ここは、『全て』が集う奇怪な世界。

定説を覆（くつがえ）すチャンスと王道を打ち壊（こわ）される危機感を同時に備えた、一度限りの物語。

冷麺
しょうゆバター
550
特製みそ
600
【シリーズ紹介その2】
殺人妃とディープエンド
あまりにも人を魅了する殺害方法を取る殺人鬼は、もはや通常の捜査や報道では扱われない。これは、そんな殺人鬼達を、闇から闇へ裁く話。

第一章

第一章

1

どこまでもだだっ広い、体育館の床を地平線の向こうまで延々と引き延ばしたような奇怪な『木目の大地』のその一角に、彼らは集結していた。

上条当麻、インデックス、御坂美琴、クウェンサー＝バーボタージュ、ヘイヴィア＝ウィンチェル、陣内忍（ステータス異常・凍結）、座敷童・縁、雪女、安西恭介、東川守、バニーガール、七浄京一郎、サツキ。

……何だか足りない気もするが、生憎と『お姫様』ことミリンダ＝ブランティーニ中尉は『ベイビーマグナム』機内である。何かしらのトラブルがあったのか、通信は遮断され、外に出てくる様子もない。

彼らが一ヵ所に集まっていたのは現状把握のためだったが、そのきっかけとなったものは明白だった。

地面、あるいは床。

その一角に、一辺一メートル前後の正方形の穴が開いていたのだ。

上条が屈み込んで奥を覗いてみると、やはり木製の下り階段と、何かしらの照明と思しき柔らかい光が窺えた。

ツンツン頭はポツリと呟く。

「ダンジョンへようこそ……ってか」

見渡す限りの木目の大地に、ポリゴンで作ったような四角錐の山々。正直に言って、ここがどこなのか、どういう理屈で連れてこられたのかは一切不明だが、この四角い穴以外に調べられそうな場所を探すのさえ苦労させられそうな状況だった。

「うーん……何かしらの召喚に対象設定されたんだろうけど、詳しい仕組みは私の一〇万三〇〇〇冊でも分からないんだよ。まさか、『魔神』になるまで、のくくりでは説明できないレベルの技術が使われているのかも」

「ちょっと、この子さっきから何を言ってるのよ？」

「ともあれ、『帰る』ためにも同じ技術が必要になるはず。どこで、誰が、どんなふうに術式を行使するかはさておいて、技術を学ぶためにもあちこち調べてみないとどうにもならないかも」

「まずいわね、スルー攻撃がよそにまで伝播し始めているじゃない⁉」

そしてクウェンサーとヘイヴィアの馬鹿二人は全く違う所に着目していた。

「おいナイト様、みんな男女のグループなのに、なーんで俺らだけむさ苦しい野郎だけで固められてんの？」

「あっちにお姫様いるだろ。少々ガードが堅すぎるけど」

「わお！　ふざけんな、それはテメェら二人がくっついて俺が寂しい想いをするいつものパターンじゃねえか!!」

「喚いたって仕方がないよそれ以外に道はないよ」

「ようは二人か三人の枠でここに呼び出されてんだろ。……野郎が一人くたばれば『代わり』が補充されるとは思わねえか？」

「はっはー良い考えだ！　それってお前がくたばれば両手に花もありえるのか⁉　ならやる、やるやる！　出てこーいフローレイティアさんか『情報同盟』のおほほ辺り!!」

ヘイヴィアが軍用ナイフを取り出しクウェンサーが粘土状の爆薬を悪友の口の中にねじ込んだところで、やたらと扇情的なバニーガールが上条と同じように『四角い穴』の奥を覗き込んだ。

「ものすっごいサイズは規格外ですけど、人工物っぽいですもんね。遺跡っていうか何ていうか。『中』に入るのが、状況を把握するためには最短最速だと思います」

それを聞いて、うんざりした声を返したのは大学生の安西恭介だ。

「……代わりに安全性は全く考慮していないがな。窓の有無さえ分からないんだろ。奥まで進んだところでいきなり明かりを落とされたら絶体絶命だよ、これ」

全員が顔を見合わせた。

調べる場所はここしかないっぽいが、自分から進んで行きたいとも思えない。

「あの」

ずい、とわざわざ片手を挙げて発言したのは、殺人妃とか呼ばれている少女だった。

「『中』を調べるリスクがあるのは承知しました。ですが、ここに留まっていても安全とは言い難いのでは？」

「って言うと？」

美琴が先を促すと、彼女は人差し指で真上――天を指し示し、

「さっきの……何でしょうか。ドから始まるカタカナ四文字で呼称するのは私の常識が激しい拒否反応を示しますので、敢えて遠回しに黒い超大型爬虫類とでも言いますが、ようは『アレ』が再び大空から舞い戻って来ないとも言い切れないのでは？」

もう一度、全員の間で嫌な沈黙が訪れた。

あのドラゴン（……やはり、そう呼ぶべきか？）と進んでやり合いたいと思う者は稀だろうし、『ベイビーマグナム』の流れ弾に巻き込まれたいと思う者も少ないだろう。先ほどは謎の乱入者のおかげで何とかなったが、あれがもう一度来てくれるとも限らない。そもそもあの乱

入者が敵として出てくる可能性さえある。

進んでも、残っても、リスクはさして変わらない。

少し考え、上条はこう提案した。

「……奥がどうなっているかはさておき、ここから見える範囲だと通路はそんなに広くはないみたいだ。一〇人二〇人でぞろぞろ進んでも『詰まる』だけだ。あんまり考えたくないけど、巨大鉄球とかに追われたら一発で全滅もありえるかもな」

「とうま、じゃあ残るの？」

「いいや。リスクがどちらも同じなら、進む人間と残る人間を分けても良いと俺は思う。ちなみに俺は、状況が好転しないままリスクを背負い続けるより、リスクを覚悟で先に進みたい。みんなは？　希望はあるか？」

質問は放たれたが、答えは返ってこなかった。

七浄京一郎はこうまとめた。

「……状況に流されるのは簡単だけど、自分で動かすのはアンタが思っているより大変なものだよ」

「だったらどうすりゃ良いんだ？」

「答えは言ったはずだよ、状況に流されるのは簡単だけど、って。……アンタが動かせ。好きに選べばみんな従う。そっちの方が楽だからな」

それで良いのかよ……と上条は思ったが、周りからも異論はなかった。『俺が俺が！　リーダーは俺が‼』みたいな応酬もない。

（ひょっとしてこれ、クラスの委員長的に面倒なポジションじゃあるまいな……）

疑惑は晴れないが、多数決でそうなってしまったのだから仕方がない。

ふーむ、と上条は顎に手を当て、しばし考える。今ここにいる一〇人以上の男女の顔を真剣な顔で見回していく。

そして指差しで探索メンバーを決定していった。

上条当麻
クウェンサー＝バーボタージュ
ヘイヴィア＝ウィンチェル
安西恭介
東川守
・・・

と、そこまで選んだところで、上条は横合いから胸ぐらをガッ‼ と掴まれた。

クウェンサーが、大体軍の陰謀を掴んだ辺り、三章後半の三〇〇ページから三五〇ページくらいの感じのどシリアスな面構えで至近距離からこう告げた。

「(おいちょっと待て、分かってるよな小僧)」

「え、え、何が？ 何がよ？？？」

「(誰でも自由にパーティ編成できる権限を持っていて、何で野郎ばっか固めてんだこのスカタン‼ 何だ、僧侶なのか？ 俗世の煩悩を全て捨て去った仙人か何かかアンタ⁉)」

何だか良く分からないが、男女比が片方に傾いているのが問題らしい。

クウェンサーの目は血走り過ぎて真っ赤になっていた。

「(分かるでしょ、これは潤いの話よ？ 男の子だったら分かるよね？ 自由にパーティ編成って言ったらあれしかないよね⁉ ね⁉)」

上条は改めて再選択してみた。

インデックス
御坂美琴
座敷童・縁
雪女

バニーガール

・　・　・

　ガッ!!

「それじゃ残された俺達は結局野郎だらけで固められているじゃないのよォォおおおおおおおおおおおおおおおおおおおおおおおおおおおおおおおおおおおおおおお!!」

「お前が何に対して怒っているのかがサッパリ分からないよ!!　何なんださっきから!?」

　軽めの掴み合いになり、互いの顔を小突きあったところで、美琴がスカートのポケットから取り出したゲームセンターのコインを親指で真上に弾いた。

　落ちてきたコインを片手で掴み、そして提案する。

「もうしっちゃかめっちゃかになってるし、さっさと裏表で決めちゃわない?」

「コイントスか。まあ、それなら誰も文句は言わないかもな」

「とうま、『じしゃくー』とか使ってズルしちゃ駄目なんだよ?」

「ぶふっ!?　わっ、私はそんな事なんかしないわよ!!　自意識過剰め!!」

「おぶふわ!!　お前に言った言葉じゃないと思うし何故俺の首が両手で絞められる!?」

そんなこんなで一人一回、コイントスで己の運命を託す事に。

結果はこうなった。


探索組。

上条当麻、御坂美琴、ヘイヴィア＝ウィンチェル、座敷童・縁、東川守、バニーガール、七浄京一郎。


待機組。

インデックス、クウェンサー＝バーボタージュ、ミリンダ＝ブランティーニ（不戦敗）、陣内忍（ステータス異常・凍結）、雪女、安西恭介、サツキ。

白い修道女は顎に片手を当てて、ぼそりと呟いた。

「……やっぱり作為を感じる……」

「いっ、言いがかりはやめなさい!!」

美琴が顔を真っ赤にして叫んでいる横では、ヘイヴィアが密かに拳を握り締めていた。

「いよしっ、巨乳のお姉さんにバニーガール！　クソくだらねえポーカーでようやくまともなカードが回ってきたような気分だぜ!!」

「……単純に喜んじゃって大丈夫かなあ？　どっちも、フローレイティアさんとはまた違った鋭さを隠し持っているような気がするけど」

ちなみに『お姫様』は『ベイビーマグナム』機内から出てこない、あるいは出てこられないため不戦敗、陣内忍は氷の棺みたいな所に閉じ込められた挙げ句、恍惚全開で口元が涎まみれの雪女に寄り添われて『……これでいつでも一緒です。うふふふふ……』とヤンデレの末期みたいな台詞を吐かれているため、コイントスには参加できなかった。

そんなこんなで、いよいよ状況は動き出す。

2

時計や電子機器の電池はまだ保つため、時間は分かる。ひとまず二時間後に全員集合、とだけ大雑把に決めて、迷宮探索ツアーが始まる。

「でもとうま、二時間くらいじゃ遺跡の調査なんて終わらないに決まっているんだよ」

「入口周りが安全だと分かれば良いさ。そしたらみんなで地下に潜って、そこを拠点にすれば良い。三六〇度開けていて、いつさっきの化け物に見つかるか分からない状態でぶらぶらするよりはマシなんじゃないのか？」

上条当麻、御坂美琴、ヘイヴィア＝ウィンチェル、座敷童・縁、東川守、バニーガール、七浄京一郎。以上の七名は『木目の大地』にぽっかりと開いた四角い穴から、その地下へと潜り込んでいた。

下りの階段を降りると、その先にあるのは長い通路だ。大体、学校の廊下くらいのものを想像してもらえれば分かりやすいだろう。ただし床も壁も天井も全て木製で、しかも不必要なくらい曲がりくねっている。それも滑らかな曲線ではなく、九〇度、直角に折れるのを何度も繰り返すような構造だ。

天井には一定の間隔で照明器具があった。外側はガラス製だが、中がどうなっているのかは不明だ。ただの電球や蛍光灯とは思えないし、かと言ってランプやガス灯とも違う。どこかパーティクル的というか、羽虫の集まりのような、小さな光る粒子が一ヵ所にたくさんまとまっているような印象だ。それらが総合して、柔らかい肌色めいた光を演出している。

「訳の分からん構造だな……」

無駄に入り組んだ通路を嫌っているのか、ヘイヴィアはアサルトライフルでなくサイドアームの拳銃を抜きながら呟いていた。

「侵入者防止？　迷わせるため？　だけどよ、方角や平衡感覚を狂わせるなら不規則な曲線をたくさん用意した方が簡単だとは思わねえか」

「私に言われても何ともね」

赤い浴衣の座敷童は呑気な調子で呟いてから、

「それはそうと、また下りの階段よ。どうするのかしら」

「下りてみる？」

上条（かみじょう）が何となく言うと、流れが決まってしまった。

下も内装は全く同じだった。

「また階段ね」

「下りてみよう」

下も内装は全く同じ。

「また階段」

「下りてみよう」

「また階段」

「下りてみよう」

「階段」

「下りて」

「階」

「下り」

「」

「下」

そしていつかどこかで誰かが気づいた。

具体的には七浄京一郎があちこち見回しながらこう叫んだのだ。

「おいちょっと待った！　ここ地下何階⁉　俺達今どこにいるの⁉」

「あ」

上条は呟き、改めて周囲を見回す。が、当然ながら親切な階数表示はないし、内装は全ての階で統一されていた。何階かを見分ける判断材料となるものは何もない。

慌てて上の階へ戻るも、『次の階段』は見当たらない。しばらくあちこちの通路を歩き回って『上りの階段』は見つけたが、それが自分達の通ってきた『次の階段』なのかどうかは不明だ。

上条はうんざりした声で、

「……ヤバい、何にも自信がなくなってきた。挙げ句、今度は下に降りる階段がどこなのかも分かんなくなっちゃったし……」

一方、バニーガールは（不謹慎なくらい可愛らしく）小首を傾げた。

「うーむ。どなたか、壁に傷を残していたり、体に細い紐を結んでいたり、パンくずを落としていたり、親切なオートマッピング機能を利用していたりはしませんかね？」

「そんな風に頭使ってるように見えんのか？」

ヘイヴィアは吐き捨てるように言ったが、横から座敷童が口を挟んだ。

「あら。だけどあなたの胴体に貼り付けてある携帯端末、さっきからランプがピカピカ点滅しているのだけれど。地図のデータでもダウンロードしているのではなく？」

「い、いや、これはその!!」

「何だよ軍人マップがあるのかよ」

大学生の東川守に続き、上条当麻も喰いついてくる。

「それ以前に電波届くの!?　ああ駄目だ、俺のケータイはどうにもならんな。とにかくそれで助けを呼べば何か変わるんじゃないのか!?」

「だから待てって、こいつは軍事機密の塊であってだな、素人さんがホイホイ触って良いもんじゃ……!!」

ヘイヴィアがぐだぐだ言っているが上条達は気にせず、強力な面ファスナーで固定されたポーチごとバリバリと機材を奪い取る。確かに通信状況を示すランプが点滅していた。何かしらのデータのやり取りをしている。

どれどれと、彼が画面を覗き込んでみると。

フツーにえろい動画のダウンロード中だった。

「何で!!　こう!!　無駄に!!　高画質!?　なんだ!!　たかが一〇分の動画にどうしてここまで大容量!?」

「これは男の糧の話だから！　ってオイ馬鹿キャンセルするなってもう一時間待ちなんだぞテメエ!!」

「馬鹿ね。それはどう考えても通信が切れているのではないかしら」

「いいや、今日はダウンロードの神が来てる。この端末だって機嫌が良い。俺はー!!　絶対に諦めねえからなー!!」

何か色々擬人化させながらほとんど泣き叫ぶような声のヘイヴィアを、他の全員で無視する運びになった。

と、その時だった。

「ん？」

「……何か、聞こえますね。でも何の音……？」

上条とバニーガールが眉をひそめると、確かに、少しずつ『その音』は大きくなっていった。

何かが近づいてきているが、それが何なのか想像がつかない。足音とは違う、羽音でもない、タイヤや履帯とも違う。強いて譬えるなら、氷を薄く削るような音に近いか。ただ、『その音』が何にどう繋がっているのかが全く見えない。

「何か来るぞ……」

七浄京一郎が呟いた。

涙目のヘイヴィアも、五〇口径の軍用拳銃を通路の奥へと向ける。

物理攻撃無効という反則的な属性を持つ座敷童は、しかし関わりたくないとばかりに通路の端へ寄っていた。

上条と美琴もそちらに注目する。

七浄京一郎がもう一度警戒を促した。

「何かが来る！　気をつけるんだ‼」

複雑に入り組んだダンジョン。想像力の先にある『その音』。確実に迫りくる『何者か』。じんわりと空気の質が変わる。そして警告通りにそれはやってくる。何度も何度も直角に折れ曲がり、先の見えない通路の向こうから、躍り出してくるように。

それは。

その正体は。


しゃやしゃやしゃやしゃーっっっ‼　と。

アイスケートのように地面を高速で動き回る、巨大で豪華なソファだった。


「「「「「……うん？？？」」」」」

直後、上条達は正直リアクションに困った。

いや、確かにライオンを巨大化させたような猛獣とか、半自動的に動き回って次の犠牲者を求め続けるアイアンメイデン発展型みたいなのとか、無駄に壮大なのが出てきても困る。すごく困る。でも、だけどだ。これはありなのか？　高速で動くソファが敵ってありなのか⁉

　唖然とする上条は、そこで頭を抱えた。

「……絶対何か正確な文献に基づく特別な意味があるんだ……。だけど解説役のインデックスがいない！　ちゃんとしているのに、誰もふざけていないのに、こんなにもシュールな絵になるなんて絶対に悲劇だ‼」

「嘆いている暇でシュールなソファが来やがるぜ。くそっ、重さはざっと七〇キロから八〇キロくらいか？　意外と馬鹿にできねえぞ、原チャリくらいの衝撃はあるんじゃねえのか⁉」

　パパン‼　パン‼　とヘイヴィアは立て続けに軍用拳銃の引き金を引く。

　五〇口径となれば、ダムダム弾やホロウポイント弾といった特別な加工がなくとも凄まじい損壊を与える。動物保護条約さえ気にしなければ大型の虎でも一撃で仕留められるくらいだ。

　だが彼は根本的な事を忘れていた。

「あん？　何だよ、『家具を倒す』ってどうすりゃ良いんだ⁉　心臓がある訳でも燃料タンクがある訳でもねえぞ‼」

　着弾点を中心にソファのあちこちで爆発したように綿毛が飛び出すが、その勢いは止まらない。

　東川守が叫んだ。

「ヤバい、避けろ、見た目に騙されるな、普通にヤバい‼」

「あ」

七浄京一郎が逃げ遅れた。

みんなは特に彼を庇ったり突き飛ばしたりせず、無情にも通路の左右の壁へピタリと背中を押し付けていた。

ソファが突っ込む。

京一郎の膝下に思いきり衝撃が走り、足払いでもされたように彼の体が転がる。ソファの上に倒れ込む。『敵』はあくまでも勢いを止めなかった。そのままの速度を維持したまま、通路の反対側……直角に折れるその死角へと消えていってしまう。もちろんソファの上に人を乗せたまま、だ。

最後の最後までシュールだった。

消え去る寸前、当の七浄京一郎さえ困ったような顔をしていた。

おかげで何となく上条は見送ってしまった。振り返った姿勢のまま固まり、そして呟く。

「……全体的にどうすりゃ良いんだ、これ」

「笑うべきか悩む場面だよな」

ヘイヴィアは硝煙臭い軍用拳銃片手に肩をすくめていた。

3

インデックス、クウェンサー＝バーボタージュ、陣内忍（ステータス異常・凍結）、雪女、安西恭介、殺人妃。以上の六名が待機組で、彼らが最初に取るべき行動もまた明白だった。

クウェンサーは遠方……全長五〇メートル以上の巨軀を誇る超大型兵器オブジェクトを指差しながら言う。

「うちのお姫様と連絡を取る方法を考えよう。仮にさっきのドラゴンみたいなのがやってきたとして、『ベイビーマグナム』が使えるか使えないかで状況は大きく変わるはずだ」

「……と言われてもだな」

大学生の安西恭介は眉をひそめて、

「無線とか通信とか、そういうのに明るい人間なんているのか、軍関係のアンタ以上に。こっちはただの大学生で、機材にもソフトウェアにも明るくないぞ」

「だいじょぶだいじょぶ。『学生』でしょ、なら俺と一緒だ。というより、大学って事は俺より上じゃないか。そっちなら、通信波と反射波に垂直ロッドの関係性辺りはイマドキ専攻違っていてもマストでしょ。手伝ってくれ」

「駄目だ基準がおかしい」

「え？　家の屋根に立っているテレビのアンテナと同じなんだけど」

「どっちみち、教員免許みたいにとりあえず取っておきましょうって感じじゃない。他のみんなは手伝えそうか？」

安西はそう言って周りを見回したが、雪女は恍惚の表情で氷の棺に収まったコールドスリープ忍に頬ずりしているばかりで、インデックスは『かき氷……』と不穏な呟きを洩らし、サツキは『人体の解剖図以外は明るくありません』とこれまた不穏一二〇％。……そもそもここに役立つ人間はいるのかと疑問に思わなくもない惨憺たる状況だ。託児所なのか。

「こっちの無線機に異常はないみたいなんだよな」

クウェンサーは手元の機材をいじくりながら、『ベイビーマグナム』の方へと近づいていく。何となく、他のメンバーも追従する流れになっていた。

「そうなると、やっぱり怪しいのは『ベイビーマグナム』側なんだけど……」

「これを、どう調べろって言うんだ？」

安西恭介は目一杯頭上を見上げながら呟いた。

全長五〇メートル、球体状本体に逆Y字の静電気式推進装置、そして後部ジョイントから伸びる七本のアームと七本の主砲。二メートルに満たないちっぽけな人間では、よじ登るのさえ困難に思えるスケールだ。

これだけの大質量、高密度の鋼の塊。鉱山を丸々一つ食い潰していてもおかしくないほどの規模だ。

殺人妃は球体状本体から全方位へ伸びる一〇〇門近い大小様々な砲へ目をやり、

「アンテナとやらはどちらに？」

「専門的なものはいくつかあるが、装甲板や砲身そのものも補助的なアンテナとして機能する。照準用のカメラ、センサー、レーダーなんかは砲一つにつき複数搭載されていると思えば良い」

怪物スペックについては理解を放棄した方が良さそうだ。

『平和の国の殺人鬼』はガチの戦争機械についてそう結論付けた。その上で彼女は改めて別の質問を行う。

「具体的に、私達に何か協力できる事は？」

「アドバイスが欲しい。上に登りたいが方法がない」

ビュルン!! という鞭で空気を裂くような音が炸裂した。サツキ。彼女の手に、いつの間にか黒いベルトのようなものが握られていた。自転車のタイヤなどとは桁が違う高性能なゴムの帯だ。その先端は頭上にまたがる鉄橋のような主砲に絡みつく。

誰かが何か言う前に、殺人妃はさらに手を動かした。

クウェンサーや安西恭介達、地上にいる人々の胴体へと次々とゴムのベルトを巻きつけていく。

「な」

文句を受け付ける時間はなかった。

数瞬。わずかなラグが埋まると、ギチギチと伸び切った特殊ゴムが元に戻るため、蓄えていた力を一気に解放した。ぐんっ!!　と六名もの人物（氷漬け含む）が一気に宙を舞う。

五〇メートルの高さを、およそ一・三秒で上昇した。

耳の奥が詰まるような、不快な感覚がクウェンサーの耳を襲う。

「うげう!!」

そして気がついた時には七本ある主砲の一つ、その上へと身を乗り上げていた。

目を白黒させる彼に、サツキはあくまでも冷徹な瞳でこう告げた。

「さあ、調査を」

「……うちの上官よりおっかなそうな女だな……」

呟きながらも、クウェンサーは鉄橋じみた主砲の上を小走りで進む。根元の方に向けて、だ。

手持ちの工具はツールナイフじみた簡素なもので、とてもではないが軍用精密機器を解体調査できるほどの性能はない。

が、主砲の照準センサー群を『素手で』触って少し調べたクウェンサーは、そこでこう呟いた。

「カメラやセンサーそのものはまだ生きてるな……。こっちの身振りに合わせてフォーカスが動いているぞ」

「つまりどういう事です？」

「全てのアンテナやセンサー群を調べるには時間が足りない。一人でやったらマジで一ヵ月以上かかる。だけどこれが動いているって事はハードウェアの問題じゃなさそうだぞ。内部の配線は蜘蛛の巣状っていうか並列的っていうか……とにかく、一部が断線したくらいで信号が途絶える事はない。でも、そうなると内部的、つまりソフトウェアの不具合か？」

「どういう事かとお尋ねしているのですが」

「原因は特定できないし対処もできない。手持ちの携帯端末じゃオブジェクトの膨大な制御スクリプト群をさらうだけで何日もかかるし、俺はプログラムの専門家じゃない」

「打つ手なしかよ」

うんざりしたように安西恭介は呟いた。

サツキは首を傾げて、

「外からハッチを開ける事はできないのですか？」

対して、クウェンサーは肩をすくめた。

「正規の整備兵なら方法は知っているだろうが、トップシークレットだ。戦地派遣留学生なんぞに教えてもらえるはずもない」

考えてみれば当然なのだが、誰でもパカパカ開けられたら『核にも耐える兵器』の意味がなくなってしまう。自転車の鍵みたいに靴底で蹴飛ばせば開いてしまうようでは困るのだ。

「となるとこれ、どうするんだ。手詰まりか……？」

大学生の安西は片手を使って目の上にひさしを作り、遠くを眺めていた。例のドラゴンがやって来ないか心配なのだろう。いくつもの山々が地平線を遮っていたが、どれもこれもピラミッドのように正確で、作り物めいていた。

と、その時だ。

早くもお腹がすいてきたのか、元気がなくなってきたインデックスがこんな事を言った。

「『むせんきー』なんかなくても、手を振ってお知らせすれば良いじゃない」

「手を振って？」

クウェンサーが眉をひそめると、インデックスは両腕をピンと伸ばしたまま、カクカクと直線的、規則的に振ってみた。

ようやく合点がいく。

「……手旗信号？」

4

上条達はあちこちを調べて回った。

勢い良く地面を動き回るソファ、というシュール極まりない強敵にさらわれた七浄京一郎は、同じ地下フロアの一室で発見された。

楽屋でしばらくお待ちくださーい↓床が開いて落とし穴↓急降下スライダーの流れを喰らった体当たり系お笑い芸人のように、彼は前髪バサバサ状態で呆然としていた。

「え？　え？　どっ、なっ何が、どういう事……？？？」

「何よ、普通に生きているみたいじゃない」

美琴が存外ひどい感想を洩らした。

上条当麻、ヘイヴィア、東川守の三人はそもそも一言すら発しない。あらわれたのが美少女でなかったのが敗因か。

座敷童は室内に転がっているものを見る。何故か正座を横に崩したようななよなよした座り方をしている七浄少年の他、バス停、薬局の前に置いてあるぞうさん、地蔵、信楽焼のでかいたぬきなども転がっていた。

「ああ、これって、あのソファに接触した者を片っ端から一ヵ所に収集する仕組みになっているのではないかしら」

「嘘だろ……。ワープポイントだらけとかベルトコンベアだらけとか、そういうマップのハズレ部屋って事？　ふりだしに戻る的な。それじゃあと何回この部屋に戻される事になるんだ……」

上条がうんざりしたように言うが、投げても状況は改善されない。

『ハズレ部屋の近くに核心を突く情報や設備はない』のは分かっていても、何となく手近にあるドアを片っ端から開けて中を調べてしまう。

バニーガールはヘイヴィアに尋ねた。

「どう思います？」

「ありがち」

部屋の中にはテーブルが一つ、不規則に並ぶ椅子がいくつか、そして人数分の食器とマグカップ。皿の上にある鮭のグリルやイモ料理は冷めていたが、奇麗に整えられている様子はなく、食べかけといった印象だった。

「……そもそも何なんだろう、ここ」

東川守は部屋の中に入らず、ドアの近くからそう言った。

「古代の遺跡とかなら、王様のお墓とかが妥当な線だけど……これ、明らかに人が住んでいるっぽいよな。なんかのシェルターなのか？」

「これだけじゃ確信は持てないわね。案外、単純に墓守とかの部屋なのかもしれないし」

さらに手近な部屋を調べていくと、奇怪な、一見して合理性の分からない部屋がいくつも出てきた。

例えば、横並びにデカい宝箱が三つ置いてあるだけの部屋。座敷童は息を吐いて、

「……いかにもな感じだけど、鋼でできた剣とか鎧とかが入っているのかしら」

「と見せかけて、バネ仕掛けで勢い良く閉じる箱にガブリとやられちゃいそうな雰囲気ですけどねぇ」

例えば、ポーカーテーブルやスロットマシンがひしめいている無人のカジノ。

「おい、やっと運が回って来たんじゃねえのか？　ポーカーやルーレットはともかく、スロットならそのまま遊べそうだしよ」

「ダメだってこれせっかくの稼ぎを台無しにするために用意されたイカサマチャンスだってほら銀行っていうかセーブポイント的なものが見当たらないし！」

例えば、学校のプール、あるいは刑務所のような天井からたくさんのノズルだけがぶら下がっている広めのシャワールー—

ガッ!!

「（おい小僧、ここを素通りとか人類全体の規範としてありえねえだろ……っ!!）」

上条の襟首を摑んだヘイヴィアは、大体三五〇から四〇〇ページくらいの、流石に今回ちょっと戦争が長引いているんじゃねえのの顔で直談判に踏み切っていた。

「（着物の姉ちゃんとかバニーガールとか明らかにわがままボディがひしめいているこの状況で、シャワーを見過ごしたら後には何が残るって言うんだ、ええおい、なあ!?　分かるよな!?）」

「ていうか、全体的にこれまでの流れを追って罠だって思えないのか？　タイルはピンク色だし壁は無駄にガラス張りだしでここだけ明らかに怪しいだろ⁉」

「馬鹿が無理矢理利口な口聞いてんじゃねえっ！　テメェから同じ匂いがするのはもう分かってんだ、ああこの流れは釣られてるなーと思いつつ同意するボタンをクリックした事くらいあんだろ？　額で瓦を三〇枚割ったらクラスメイトの女子がおっぱい見せてくれるって言ったら血まみれになっても頭振り下ろすだろ‼」

「な、何の事だかボク上条当麻には分からないよ」

「やって後悔やらずに後悔で想像以上にハンドル切り過ぎて派手に峠のガードレールをぶち破るのが俺らなんだ‼　だったら躊躇ってんじゃねえ、ベタだろうが失笑ものだろうが、それを王道と言い切ってＹＵＫＥＭＵＲＩシャワーシーンに突入すんのが鉄板だっつってんでしょうがよォォおお‼」

がしっ、と上条とヘイヴィアの首根っこがクレーンゲームみたいに掴まれた。

物理攻撃無効、実は何気に高出力な座敷童だった。

彼女は野郎二人をぽいぽいっとシャワールームに放り込むと、壁際にあったハンドル状のコックをひねって天井から豪雨のように冷水を撒き散らした。

そして御坂美琴と入れ替わる。

その前髪から凄まじい高圧電流が迸り、シャワールーム全体が青白い紫電の嵐に包まれた。

「うふはははこの程度はご褒美よォォおおおおおおおおおおおおおおお!!」

「ちょォ俺ァ止めェ不幸だァァあああああああああああああああああ!?」

全力の嘆きが短縮されたのも含めて色々不幸な子であった。

ひくんひくん、と理科の実験のカエルの脚っぽく痙攣を続ける二人に気遣う雰囲気はない(片方は冤罪っぽいが)。

「……さっきの『食べかけのご飯の部屋』も含めて、ここら一帯にあるのは全部罠ばっかりって感じなのね」

美琴が呆れたようにため息をついた。

「だって、これが探索三日目とか四日目とかだったら、コップ一杯の水で殴り合いになりかねない訳でしょ。新品の料理だったら毒とか警戒するかもしれないけど、食べかけだったら逆に安全って思っちゃうかもしれないし」

「実際には、『誰が』食べているかは分からないので、新品の料理をナイフとフォークでそれっぽく削っているだけかもなんですけどねー」

バニーガールは何故かとてもとても楽しそうな声でそう付け足した。傍で聞いていた東川守はうんざりした顔になっている。

「となると、この辺りの部屋はみんな無視で構わないか?」

東川の声に、七浄京一郎が続いた。

「さっきの変なソファに連れ込まれる部屋の近くにある訳だしな。うん、フロア中から侵入者を一ヵ所に集めて、肩透かしで安心させて、実は周囲は全部罠の部屋。いきなり別の場所へ連れてこられたヤツは現状把握のために辺りをくまなく調べて少しでも情報を手に入れようとするだろうし、その全てがハズレなんていうのは……。意外とエグい構造だな、これ」

そんなこんなで、必要以上に大量に取り付けてあるドアはすべて無視する運びになった。

しかし、大量の罠が設置されているのは分かるが、そもそもこの巨大な人工物全体が何のために作られたものなのかはさっぱりヒントがない。

ピラミッドみたいな王様の墓とかだったら、家紋みたいなものがあっても良さそうだが……？

上条はあちこち眺めながら呟く。

「ここにあるだけで、一年くらいで作れる広さじゃない。しかも、後どれくらい続いているのかも分からない。お金の面でも労力の面でも、絶対に『国を挙げての』クラスの分かりやすい目的があると思うんだけどな……」

適当な方角へ一〇〇メートルほど進むと、ドアのラッシュはなりを潜めた。また、あちこち直角に折れ曲がる不規則な通路が待っている。そしてドアも階段も見当たらなかった。

あまり長い通路が続くと、それはそれで不安になってくる。

いきなり行き止まりが出てきて、また長い通路を引き返せ、とはならないか、と。

だが杞憂に終わった。

長い長い通路の先に、分厚いドアが一つ。明らかにこれまでの有象無象とは毛色の違うものが出てきたのだ。

上条はドアをジロジロと眺めながら、

「『金の鍵』とか『銀の鍵』とか、特別なものが必要って話じゃないよな」

「だったら鍵穴と蝶番を撃ち抜きゃ良いだろ。何にしたってとっとと開けようぜ」

ツンツン頭がノブを掴んだ。

下手にひねった途端に高圧電流でも流れるのではとも思ったが、そんな事もなかった。

あっさりと回る。

ドアが奥へと開いていく。

その先に広がっていたのは……、

「……な、んだ、これ？？？」

5

全長五〇メートル超、核兵器の直撃すら耐える『戦争の代名詞』。『正統王国』軍第三七機動整備大隊所属の第一世代『ベイビーマグナム』の機内では、首から足首までぴったりと全身を覆う特殊なスーツを纏った金髪のショートヘアの少女、お姫様ことミリンダ＝ブランティーニが搭乗していた。

レバーだけで大小八本、ボタンともなれば数百に及び、特殊なゴーグルを介して眼球の動きすら操縦体系に組み込まれる。常人ならば操縦はおろか、そもそもどう座ってどう構えれば良いのかも想像がつかないだろう。それもそのはず、オブジェクトのコックピット、そのインターフェイスには最適解がなく、一つとして同じものは存在しない。例えば『ベイビーマグナム』を自在に操るお姫様でさえ、他のオブジェクトについてはお手上げとなってしまう。

しかし、逆に言えば、自らの機体であれば自らの手足のように動かせる。

お姫様にとっては何よりも居心地の良い場所だ（あるいは、そう思うように設定されている疑いもあるが）。リラックスできる部屋、というのを思い浮かべた際、寝室よりもバスルームよりも実家よりも、真っ先に殺人兵器のコックピットが出てくるほどである。

（うーん）

そんな彼女は、機内にある小型冷蔵庫からスポーツドリンクとハムとポテトサラダのサンドイッチを手にしながら、のんびりと考え事をしていた。

（つうしんかいせんシステムのふっきゅうまでまだ３００びょう……。でも、何でこんなのがおきたんだろう。でんじパルスたいさくもされているから、ノイズやサージでんりゅうでソフ

トウェアがきずつくことはないはずなのに）

数百を超えるカメラやセンサーの情報を統合し、大きく映し出す前面のモニタには無数の小さなウィンドウが開いていて、そのどれもがシステムの復旧情報を示すバーがあった。ポコポコと泡立つように表示されてはまた消えていくウィンドウ群だが、その規模は少しずつ縮小されつつある。この調子なら、『ベイビーマグナム』は鉄の棺桶になる事なく、時間の経過と共に回復するだろう。

そして『ベイビーマグナム』は高精度のレーダーやセンサーを備えているが故に、彼女は『ある発見』をしていたのだが、それを伝える手段がなかったのだ。

通信手段を失い、外へ出る方法も見当たらない。

……の割に閉所恐怖症にやられもせず、呑気にサンドイッチを頬張っているのは、やはりここがお姫様の生活空間だからだろう。水、食料、酸素、いずれも当面は困らないため、危機感は薄い。

（けいたいゲームでゴルフでもやろうかな。もうあれ以上スコアがのびることはなさそうだけど……ん？）

と、そこで外の様子に変化があった。

同じ第三七機動整備大隊のエンブレムを肩につけた少年、クウェンサー＝バーボタージュが両手をバタバタと規則的に振っている。最初、あまりに原始的で意味が分からなかったお姫様だったが、高精度の画像認識プログラムが勝手に言語化してくれた。

『正統王国』軍式の手旗信号らしい。

聞こえているなら応答しろ、くらいの簡素なメッセージだ。

(てばたしんごう、か)

お姫様は全部で七門ある主砲の内、右端と左端のアームを操って、ぎゅい、ぎゅい、と『身振り手振り』を交えてみる事にした。

が、

「伝わってないし……」

スポーツドリンクをストローで吸い込みながら、彼女は唇を尖らせる。

腕の良し悪しでなく、そもそも『ベイビーマグナム』の機上にいるクウェンサー達からはお姫様の返すジェスチャーを正しく視認するのは不可能だ。人の顔の表面に張り付いた小さな虫には、それが顔の形をしている事さえ分からないのと同じだ。

しかし、お姫様はそこまで考えが及ばない。

何度か手旗信号を送ってみて、それでも一向に状況が改善されないのを目の当たりにすると、流石に少しイラッとしてくる。

(しんごう、しんごう……)

とんとん、とお姫様は操縦用のコンソールの端を人差し指で叩いていたが、

（うん、モールスしんごう。これならもっとたんじゅんで、だれにだって分かるはず！）

そして。

ツッッドン!!!!!!　という凄まじい轟音に、鉄橋のような主砲の上にいたクウェンサー達がまとめてひっくり返りそうになった。

「あばっ、あばば、あばばばばばばばばばばばばばばばばばばばばばばばばっ!?」

純白の修道女インデックスが絶対に上条当麻の前では見せてはならない表情になっていた。

少しは戦争慣れしているはずのクウェンサーすらも、四つん這いで耳を押さえながら、

「くそっ！　一体全体何だって言うんだ。またどっかの敵と戦い始めたのか!?」

「そ、そんな様子はなさそうですが……」

殺人妃は顔をしかめながらも周囲を見回す。

そうこうしている間にも、立て続けに大規模な砲撃が続く。

余波だけで人間の頭蓋骨の中身をシェイクしそうな轟音と衝撃の渦が席巻するが、驚くべき事に、これでもオブジェクトにとっては一番小さな砲だった。

大学生の安西恭介が、起き上がる事もできず、手足の先をビクビクと震わせながらも、クウェンサーに向けて必死で声を放つ。爆音にかき消えていないか、その自信さえなさそうに。

「おい‼　例の手旗信号の直後に‼　あれが起こったよな⁉」

「あ、ああ。だったら⁉」

「何がどうなったかは知らないが、こいつを操る誰かさんにやめろって伝えなくちゃ止まらないんじゃないのか。何とかして手旗信号をやるんだ、早く‼」

指摘されたクウェンサーは何とかして立ち上がろうとするが、膨大な砲撃音に叩かれるような格好で再び崩れ落ちる。気合や根性でどうにかできる次元ではなく、物理的に三半規管を揺さぶられているのだから無理もない。

でもって、

「うふふ。うふふふふふふふ。もう、なんていうか、幸せが止まりません……」

氷の棺（芋虫入りのキャンディーみたいな陣内忍含む）と寄り添っていた雪女だけが、『妖怪は物理攻撃無効』という性質を最大限活用し、この爆音の渦の中でも恍惚の表情を崩さなかった。

だからこそ、彼女だけは普通に気づいた。

「あら？　この音の渦……何やら規則性があるような……？」

そして、つーとんとんつーのモールス信号をようやく理解した一同の前に、お姫様から開示された情報というのは……。

6

窓はなかった。

四方の壁は全てモニタと制御用のコンソールで埋め尽くされ、さらに部屋の中央付近にも空間を遮るように透明な仕切りがいくつも立っていた。ホワイトボードを透明にしたようなイメージで、その透明な板の上には何を示しているのかも分からない光点が無数に表示されている。

中央にはテーブルが一つ。

地図らしきものが広げられているが、使われている文字は見た事もなかった。

「……おい、ここにきて言葉の壁とか持ち出すか？　俺らが今何語で話し合ってるのかも分かんねえってのによ」

「え？　なに？　変な雑音がひどくてお前の声が聞こえないんだけど？？？」

天井から壁にかけては金属製のパイプがたくさんのたくっていた。水や蒸気を運ぶためのものではないだろう。座敷童は、ラッパの口のような部分に取り付けられている丸い蓋をパカパカと開け閉めしていた。

「伝声管、ね。ハイテクなんだかローテクなんだか、いまいち良く分からない組み合わせ……」

聴診器と同じ仕組みを使って、離れた場所にいる者同士が声のやり取りをするための機材だ。内線電話のおじいちゃんとでも考えれば良い。

　その伝声管の通話口がびっしりと並んでいた。それ自体がパイプオルガンのような一個の巨大装置のように思えてくるくらいだ。

「ここが……地下全体の核たる部屋、なのかしら」

　美琴がそんな風に言った。

　途中に蜂の巣みたいに罠の部屋がひしめいていたのも、ここに到達されるのを防ぐための悪あがきのようなものだったのかもしれない。

　しかし。

「何だろう、これ……」

　上条当麻が呟く。全員も同じ気持ちだろう。この部屋にある機材はどれも専門的……というか、ハイテクとローテクが混在しており、『順当な機材の進化』を遂げたとは思えないような構成で、誰がどんな目的で敷設したのか摑みにくかった。だが、その中でもかなり特徴的なものがあったのだ。

　部屋の中央、地図を広げてあるテーブルのすぐ近く。

　そこにあったのは、上条の腰から胸くらいの高さまである、四角い台のようなものだった。

校長先生の胸像とか、趣味の悪い彫刻を置くとピタリと合いそうだが、そういう目的のために作られたのではなさそうだ。

別のものが取り付けてある。

台座の正面、てっぺん近く。そこに、直径五〇センチくらいの金属の輪があった。自転車のスポーク、あるいはピザを切り分けるラインのように、中心から一定の間隔で放射状に直線的な棒が取り付けられていた。

じかに触れた事はなくても、誰でも写真やテレビの中で見た事くらいはあるのではないか。

赤い浴衣の座敷童が、一言で言った。

「……舵輪、なの……？」

「ちょっと、待て」

ヘイヴィアが改めて周囲を見回した。

無数のモニタにコンソール、それだけでは飽き足らず、部屋を細かく区切るように透明な仕切りで情報表示領域を拡張された空間。無数に瞬く光点を見て、彼はこう呟いた。

「言われてみりゃあ、まるで軍艦の戦闘指揮所じゃねえか」

という事は。

ここが操舵室であり、舵を切るのに使う舵輪を備えているという事は。

「俺達は地下に潜っていたんじゃない」

上条は呆然としたまま呟いた。

「……途方もなく馬鹿デカい、船の上にいたっていうのか……？」

7

『ベイビーマグナム』に乗るお姫様は、自分の位置情報が把握できなくなった（つまり主観的にはどこかに『飛んだ』）直後、まず第一にオブジェクトの膨大なセンサー群でもって周辺の地形を一斉に走査していた。

そして、すぐに理解したのだ。

五〇メートルもの高さから眺めても、なお地平線の果てまで『木目の大地』しか存在しない不可解な立地。だがその『木目の大地』には、果てというか、縁というか、とにかく終わりがあった。全ては水辺に囲まれ、またピラミッドのようにあまりにも規則的に盛り上がった山々も、実はある法則性に従って配置されたものに過ぎなかった。

すなわち。

レーダー断面積の極小化……端的に言えば、ステルスデザインという法則性によって。

初期のステルス攻撃機と同じように、『まるで折り紙を折ってシルエットを作ったような船』なのだ。

冗談抜きに四五キロクラスの巨体でありながら、純粋なレーダー波を使った計測結果では小魚一匹分の表示しかない。複数の処理方式を統合しなければ、『ベイビーマグナム』も騙されていただろう。ステルスについての具体的な技術については不明だった。『正統王国』でもここまでの性能は実現できていない。

（じゅうじゅんようステルスかん。……に似ているんだけど、せいかくなぶんるいは分からないかな。ミサイルかんとしても、かんさいきのりはっちゃくようのカタパルトもあるし……）

全体としてはステルス艦に似ているが、あまりにも広大過ぎ、あちこちが十得ナイフのように拡張されているため、戦艦、空母、補給艦、ミサイル駆逐艦といった従来のカテゴリに当てはまらないのだ。というより、全て内包しても、まだ余りある。形状としては船の形を踏襲しているが、スケールを鑑みれば人工島……メガフロートを軸とした『移動式の要塞』『浮遊式の軍港』とでも見た方が印象は近いほどだった。

とりあえず全部乗せ、という通常兵器にあるまじきコンセプトの具現は、ひょっとしたらオブジェクトとは別の形で発展進化を遂げた『超大型兵器』なのかもしれない。

「マジかよ……。ここまでの規模で、陸地じゃないっていうのか……？　そりゃ『木目の大地』なんていうから人工の遺跡だとは思っていたけど、それでも土の地面の表面に板を張り付けたとか、そういうのを想像していたっていうのに……」

ようやく、砲撃を使ったモールス信号は止まっていた。

クウェンサーの指示の通りに、一人元気な雪女が身振り手振りで機内のお姫様と情報伝達を行ったからだ。

そして代わりに、彼らはお姫様からある情報を受け取っていた。

それが、

「四五キロクラスの超大型軍艦……。オブジェクトがそのまま乗っかる軍用兵器だなんて、流石に心当たりがないぞ」

「問題なのは、そこじゃないかも」

インデックスが横から口を挟んだ。

眉をひそめるクウェンサーに、続けてサツキがこう言った。

「……これが『船』だとしたら、この『船』は一体どこに向かっているのでしょう」

ゾッとする指摘だった。

状況は偶然生まれたものではない。何者かの意図がある。『これ』を作り、配備し、運用するほどの高い技術を持った何者かの。より強大な兵力によって核の時代を駆逐した超兵器オブジェクトさえ掌の上で転がすほどの、圧倒的なスケールを持つ兵器を自在に操る者達の。

あるいは、『これ』がひしめく大地に誘われているのか。

「私達は、一体どこに？」

8

正しい知識を持つ者が見れば、こう判断していただろう。

こちらを押し潰すために動く椅子……というのは雷神トールがゲイルロズと戦う際の前哨戦の一つだ。

そしてその神々が所有する船に、こんなものがある。優れたドワーフが作ったその船は紙のように両手で折り畳んで袋に入れる事ができ、広げればあらゆる戦神・軍神を乗せて海（＝この場合は異世界か）を渡る巨大極まる船となる、と。

その神話は闘争を軸としていた。故に闘争の神を全て乗せて余りある船というのは、とどのつまり世界にあまねくありとあらゆる火力を結集させた最強最大の軍艦という事も意味する。

それは。

その船は。

神造艦スキーズブラズニルと呼称されていた。

9

『彼女』は神造艦スキーズブラズニルの中でも、一際高い山の上に立っていた。

　まるで昆虫の複眼か電波望遠鏡の地上基地のようにびっしりと一面を覆い尽くす超水平線レーダーが正常に機能していれば、膨大な電磁波はそれだけで生身の人間を焼くほどの出力に達していただろう。だが潜航モードの今なら、それはただ見晴らしの良い山でしかない。

　がちゃりと、金属質な音が響く。

『彼女』の全身を覆う緑色の鎧のものだが、正確には金属ではない。神々の敵の牙や爪を受け止めるその甲冑は、夜空にたなびくオーロラを固化させて作られたものだ、と古い碑文にはある。

　耳元にある白鳥の羽飾りが、潮風によってわずかに揺れた。

「ヘイムダル」

『彼女』はどこへともなく呟いた。

「敵性検査終了。未だにその出自や経緯は不明なれど、『異邦人』の敵性・凶悪性は低いものと判断する。侵略の意思などはなさそうであるぞ。スキーズブラズニルの管理状況、および彼らが世界をまたいだ経緯、それにより発生するであろう争乱については監視を密にして維持する必要あり」

『了解。ちなみにチェックシートは開示させていただいても？』

耳元へ、直接男性の声が届く。

「すでに送付済みであるぞ。正規の手順を踏んでいるのであれば構わん」

『彼女』は腰に片手を当てたまま、艦内と大型兵器（それでも神造艦に比べればちっぽけなものだが……）、双方から『異邦人』達が再合流していくのを観察しながら、

「自衛行動以外の主立った戦闘行動は取らず、艦内においても略奪や破壊行為には走らない。理不尽な状況に怒り、それを暴力の正当化に結び付けたりもしない。一部、訓練された戦闘要員が確認されているものの、ROEにより統率され、また暴れたとしても技術レベルは未熟だ。火薬を使って発砲するようなレベルであるぞ、あれで『我々』の敵となるものか？」

『そりゃまた何とも……。では、彼らはこれからも驚きの連続になってしまいますねえ』

「敵性・凶悪性がない場合は我らの客人となりえる。あまり弱過ぎると、今度は警護の際に振り回されるのであるぞ。そう思うとあまり笑える状況ではないな」

『当該艦は間もなく大陸外周・巨人国ヨツンヘイムへ到着します。コンタクトを取るなら、彼らが不用意に陸地を闊歩する前がよろしいでしょう』

「であるな」

ため息をつき、『彼女』は傍らにあったものの表面を軽く撫でた。

それは『彼女』の腰の辺りに張り付いている、小さな少年の頭頂部だった。

「では参るか。ご挨拶の時間ぞ」

10

ガカァ!!　と凄まじい閃光があった。


これは巨大な船だ。『探索組』と『待機組』の双方はそう結論を出し、全員は再び甲板で合流した。ここが海の上だとしたら、どれだけ広くたって内部の探索を続けても『出口』は見つからない。あのやたらとピコピコした操舵室で船を動かせないか試してみよう。そんな事を話し合おうとしていた矢先の事だった。

上条当麻、インデックス、御坂美琴、クウェンサー＝バーボタージュ、ヘイヴィア＝ウィンチェル、ミリンダ＝ブランティーニ（オブジェクト搭乗中）、陣内忍（ステータス異常・凍結）、座敷童・縁、雪女、安西恭介、東川守、バニーガール、七浄京一郎、殺人妃。彼らは一斉に轟音のあった方へと振り返る。

「ようこそ『異邦人』の諸君、九つの世界を束ねる世界樹ユグドラシルの根元たる大陸へと」

緑色の甲冑とミニスカートを組み合わせたような、奇妙な出で立ちの女性がいた。長い金髪をたなびかせるその女性は巨大な白馬にまたがり、片手に青白い閃光でできた槍を携え、馬上、自らの体の前に小さな少年を同乗させたまま、怜悧な瞳でこう告げた。

「我はワルキュリエ九人姉妹の四女たるヴァルトラウテ。神の槍にして人の魂を導き神の敵を葬り去る戦乙女なり」

そしてヘイヴィアが（誰もが心の中で思っているであろう）余計な事を言った。

「おいおいすげえなこりゃすげえショタコ

「ようし『異邦人』、自己紹介がてらに神の力をお見せしてやろうぞ」

あまり詳細を説明するとゾンビゲームでお馴染み、残酷な表現やグロテスクなシーンのラベルを貼られそうな有り様だったが、端的に言うと閃光が迸って馬鹿の残機がいっこ減った。

しばらくフライドチキンと七面鳥は食べられない、と上条は素直に思った。

第二章
【シリーズ紹介その3】
簡単な～シリーズ
それは不条理を巡る、小さな小さなお話の集合体。紙とメモの用意はできましたか？　そして『あなた』は、どのような答えを導き出すのでしょうか。

第二章

1

神造艦スキーズブラズニルは無事に浜辺へ接岸した。

……操舵室はもぬけの殻であり、船からの操舵も地上からの誘導もしていないはずなのだが、ひとりでに浜辺へ乗り上げてしまったのだ。そう、大量の乗員や車両を陸揚げするのに使う揚陸艦のように。砂浜に取り残されたクジラみたいにならないかと心配になる上条だが、ヴァルトラウテとかいう金髪碧眼のお姉さんに慌てたところがない事から、別に座礁とかではなくこれが正しい使い方らしい。何かしら、海に戻る方法もあるのだろう。

そしてそんなの心配している場合でもなかった。

「ぜえ、ぜえ、はあ、はあ……」

砂漠で迷った人みたいな調子で上条は荒い息を吐いていた。

とりあえず得体のしれない船から陸に下りよう。

……と言うのは簡単だが、ここは神造艦スキーズブラズニル。全長は四五キロ以上、三胴艦構造で横幅も広く取っているため、幅も一七キロ近くあるらしい。となると、単純に船から陸に下りるだけでも相当の距離を踏破しなくてはならないのだ。

一応軍関係者のはずのクウェンサーさえへばっていた。

「……く、くそ、げほがほ……。こんなの間違ってるって、これ言っちゃダメだと思うけどデカけりゃ良いってもんじゃないよ‼　行って戻ってくるだけで週一更新のブログのネタになりそうな船なんか実際に運用できるのか⁉」

「うえっ。て、ていうか、そもそも『さんどうかんこうぞう』って何なんだ？」

「どうでも良いじゃねえか‼　問題を解くごとに辺り一面の女の子が一枚ずつ脱いでいく訳じゃねえんだ、知りてえヤツは勝手に検索でもしてろ‼」

上条の素朴な疑問はヤケクソ気味のヘイヴィアの叫びにかき消された。

ヴァルトラウテは情けない男達を見下げ果てた瞳で睥睨しながら、

「たかが甲板上を移動する程度で音を上げるとは……普段どうやって表を歩いているものぞ？」

「この船だけで首都圏くらいの広さがあるんだっ！　そもそも馬に乗っているヤツにあれこれ言われる筋合いはないと思うけど‼」

大学生の東川守が金切り声をあげる一方、その横で七浄京一郎がボソリと呟いた。

「……しかし、『金髪碧眼のお姉さん』に『馬』という組み合わせに不埒なものを感じる俺の脳は本格的に穢れているのだろうか……？」

「転生がお望みでしたらいつでもお声掛けを」

天下無敵、相性最悪の殺人妃からサラリと言われて、彼は煩悩を捨て去る決意を固めた。

それでもえっちらおっちら神造艦スキーズブラズニルの端まで到達する一同。上条が手すりのない縁から真下を覗き込むと、ざっと六〜七階ほどはあった。学校の校舎の屋上よりもさらに高い、足を竦ませるには十分な高低差だが、船全体のサイズを鑑みれば、これでも十分に『薄型』となるはずだ。

魔法の光を浴びてアブダクションbyフーファイター的に地上へ降りる……なんて仕掛けは特になく、船の側面には当たり前のようにタラップが折り重なっていた。ざっと六〜七階、と先ほど頭をよぎったトピックスが再び上条達を打ちのめす。

「……もしや新手のダイエットとかで、規定の体重を減らさないと帰れないなんて話じゃないだろうな」

「あら、そんなの困ってしまうじゃない。妖怪は基本的に痩せも太りもしないから無限ループ確定なんだけど」

赤い浴衣の座敷童がうんざり言う横で、陣内忍.in氷の棺にまたがった雪女が奇声を発しながら階段を滑走していった。どっかの山奥でやっている、急な坂を丸太にまたがって滑り落ちる命知らずの奇祭みたいな感じだった。

「くそう……船体が木製でなけりゃ磁力使ってショートカットできんのに……」

美琴が呪うような声を発していたが、それでも何とかして砂浜に足を着ける。

海！　砂浜!!　太陽!!　なんやかんやで全員水着で集合!!!!!!　みたいな流れは特になく、体力が無限大な妖怪を除く全員がその場でへばっていた。今、海に放り出されたらそのまま気絶して溺死しかねない。

遠方で『ベイビーマグナム』が甲板から砂浜へ飛び降り、大量の砂塵が壁のように迫りくるのを目の当たりにしながら、インデックスがこう尋ねた。

「わ、私はもう全体的にお腹がぺこぺこなんだよ……。これから一体どうするの？　何をするつもりなの、わぶっ⁉」

砂嵐に遮られる視界の中、ヴァルトラウテの平然とした声だけが返ってくる。

「やるべき事は色々あるが、何よりそなた達も人里が恋しいであろう。まずは人間界ミズガルズまで向かうべきだと推奨しようぞ」

「げほっ、げほっ」

美琴は咳き込み、磁力や静電気を使って髪や服にこびりついた砂を払いながら、

「人間界？　何それ、みずがるず？」

「ミズガルズはミズガルズぞ。世界樹ユグドラシルの根元に寄り添う、人間達の暮らす世界」

ヴァルトラウテはさらっと言ったが、クウェンサーとヘイヴィアはこうひそひそ話をしてい

た。

「(……どう思うよ。そこに行ったって武器屋とか道具屋とかがひしめいていそうな雰囲気だぞ。フローレイティアさんだのおほほだのが年中無休で戦争やってる『元の世界』とは違うような気がするけど)」

「(……美人が言うなら何でも構わねえよ。この『信心組織』のにこやかスマイルみてえなスピリチュアル電波トーク、むさ苦しい野郎がやってやがったら鼻っ柱に一発叩き込んでもう一度お話を伺ってみるがな)」

一方、美琴とヴァルトラウテの問答はまだまだ続く。

「人間界？　何よそれ、まだ私達に歩かせるっていうの？」

「ここに留まっても構わんが、この地は分類上巨人国ヨツンヘイムに分類される。巨人というのはまあ色々あって基本的に神々や人類の敵だ。寝泊まりする自由はそちらにあるが、うっかり踏み潰されたりおやつ代わりに収穫されても文句は言えんのであるぞ」

うへえ、とバニーガールが軽めに呻いた。

東川守は真上……自分が降りてきたタラップを見上げながら、

「……そんなにヤバいんだったら、外に出る必要ないんじゃないの？　船の中の方が安全っぽい気もするんだが」

「それでも構わん。こちらとしては『異邦人』全員の所在さえ明らかになっていれば行動の自由は任せる。ただし、私は人間界ミズガルズに向かうメンバーにつく。それが全員であれ一人であれな。ちなみに現状、神造艦スキーズブラズニルにはトラップ以外の食品は積載していない。真水と食料の調達が急務になるが、海水からそれら全てを確保する算段があるなら好きにするがよかろうぞ」

基本的にどうしようもなかった。

食料については釣り竿なり投網なりで魚を獲れば……などという楽観論が脳裏をよぎらなくもないが、真水は絶望的だろう。小石や砂のろ過装置だけでは、あの海水から塩分を全て取り除けるとも思えない。

そんなこんなで、結局は行動の主導権はヴァルトラウテが握りっ放しなのだった。浜辺に来たのに女性陣は水着にもならず、服の中まで砂が入ったのに女性陣は水浴びもせず、インデックスや座敷童やバニーガール達は緑色の平原へと踏み出していく。

……のだが。

「お、おい」

上条はうつ伏せに行き倒れたまま声を掛けた。

ぺたりと地面に尻をつけたまま、ぜえぜえはあはあと息を吐いている美琴が応じる。

「な、何よ……」

「今日でもう何日目だっけ？」

「知らない。きっと、三日か四日は経っていると思うわよ」

自分で尋ねておきながら、具体的な数字を聞かされた上条は世の理不尽に憤った。

「あーもう!!　何でだよ、何でなんだよ!?　ちょっと隣の村まで的なトークからメチャクチャ時間がかかってますけど!?　つーか、根本的に、一つの事件って『朝に始まって夜中くらいに終わる』もんじゃね！　移動だけで四日もかかっているとかどういう事よ一体!!」

「~~こ、今回はきっと豪華仕様なんだよとうま~~」

インデックスがなんか言っていたが雑音だらけで聞き取れなかった。

東川守ははるか遠方へ目をやる。

そちらにあるのは『ベイビーマグナム』だ。

「……みんなであれに乗せてもらうって選択肢は、やっぱりないんだよな」

「二〇万トンの塊を静電気で浮かばせているんだぞ。生身の人間がうっかり近づいたら粉々に吹っ飛ぶ」

答えたのはクウェンサーだ。

「さっきみたいに主砲だの何だのに取りつけば話は変わってくるけど、良いのか？　あれは時速五〇〇キロでその辺を走り回る。うちのお姫様がうっかりくしゃみしてレバーを倒したら、全員ひっくり返って振り落とされるかもしれないけど」

　この場で元気なのは妖怪の座敷童と雪女、後は『ベイビーマグナム』に搭乗中のお姫様くらいのもので、軍関係者のはずのクウェンサーやヘイヴィアも、太い木の幹に背中を預けるような格好で座り込んでいる。完全に息が上がっていた。

「うへえ、さいあくさいあく……。こんなに歩き回ったら痩せちゃうよ。世界規模のイケメンに磨きがかかって、新しい戦争の引き金になっても知らないぞちくしょう……」

「あれえ……？　これってひょっとしてプロの軍人さんでも音を上げちゃうレベルの強行軍なんですか。そりゃあピンヒールのバニーちゃんには辛い訳だあ……」

「つーか、俺らだって基本的に日帰りだぜ。戦争なんてオブジェクト任せで、俺らは一番近いトコで結果だけ眺めてりゃあ税金から給料が出てくる仕組みなんだ。こんなもん、『北欧禁猟区』のバケモンどもじゃねえ限り誰だってギブアップしちまうよ、くそったれ」

「ですってよー。そんな訳で私をおぶれ東川さーん!!」

「やめろくっつくな根本的に俺達いつから仲良くなってる訳フツーに殺し合っているはずなんだけどなー!?」

　ぎゃいぎゃいと騒ぐ一同は、そんなこんなで今日もキャンプなのだった。と言っても大きな木の下で焚き火をするだけの簡素なもので、テントすらない。

　横倒しに転がったまま、七浄京一郎が死んだ魚のような瞳で何か呟いていた。

「……でもさ、普通、ファンタジーな異世界で女の子と旅するって言ったら色々あると思うじゃん、ほら、こう、匂いで表現すると甘酸っぱい系の何かが!!　何故ならここにはお風呂もなく、仕切りもなく、体を洗うと言えば河や泉で沐浴なのだからっ!!　寝る時も男女の区別なく雑魚寝なのだからっ!!　あっても良いはずじゃない、そういう明日への糧というか生きる希望的なものをもらったって良いじゃない!!!!!!」

「京一郎、また自殺志願のケが出てきているのですか？」

「違いますう!!　文句があるのはより良い暮らしを求めての事なんですう!!」

ヤケクソになる少年はもう口調が崩壊していたのだった。

傍目で見ていた大学生の安西恭介がこんな風に口を挟んだ。

「いやあ、駄目だって。ファンタジーに夢なんかないって。イメージソースは中世ヨーロッパでしょ。一〇世紀？　一五世紀？　場所はイギリス、それともフランスとかドイツ辺り？　何にしたってリアルに当時の世俗文化を学んだらそんなの思い浮かべていられなくなるって」

「おいやめろ大学生、高校生の夢を壊すんじゃ――――」

「だって」

安西恭介は自分の袖の辺りをくんくんと嗅ぎながら、

「リアルなファンタジーは基本的に体臭がすご

「ぬうんっっっ!!!!!!」

　言葉が途切れたのは、ヴァルトラウテが白馬の腹を蹴って、その後ろ脚で大学生一人分の質量を宙へ飛ばしたからだ。

　ぱかーん!!　という、一見してコミカルだが実質的に壮絶な破壊音と共に極大の禁忌に触れた愚者の口が封じられる。

　ヴァルトラウテは涼しい顔でこう告げた。

「ファンタジーはファンタジーだからファンタジーに臭いなんかない。ファンタジーな『匂い』はあってもファンタジーな『臭い』など存在せんのであるぞ」

「は、は」

「従って私は普段からファンタジーな白馬にまたがっているが、ファンタジーな獣臭などはこびりついていない。何故なら全てはファンタジーだから。……分かってくれるな？」

「はひい!!　理解しましたあ!!」

　壮絶に散って星座の一つに生まれ変わる、みたいなファンタジーな仲間入りを果たしたくなかった七浄京一郎は、持ち前の生存本能に従って素直に頷いておく事にした。

　人間のクズを見るような目のサツキだったが、やがてヴァルトラウテに向き直る。

「この後の行程は？」

「折り返しといったところであるぞ。残りは三日、それで人間界ミズガルズに到着する」

こっそり盗み聞きしていた上条当麻は呻き声を上げた。

自分のふくらはぎを片手で揉んでいたクウェンサーが声を投げてくる。

「なあおい、この先はちょっとは美味しい目が待ってると思うか？　泉で沐浴、着替えを目撃、冷えた体を肌を合わせて温め合う、何だったら膝枕とか口移しとかあるなら軽めの病気で倒れるくらいの覚悟はあるよ俺は」

「知るかよそんなの。この先なんかあったらダイジェスト的に挿絵が挟まるよ、なければ特に何もなしだ」

「ああくそ、結局最後は運を天に任せるだけじゃねえか。俺はなー!!　絶対に『葉っぱ水着』があるって信じているからなー!!」

そんな嘆きと共に、残りの長い長い道のりを乗り越えていく。

そのはずだった。

のだが。

2

とぼとぼ歩いて五日目の事だった。

その夜。

パチパチと焚き火が燃える即席のキャンプ地にて、上条当麻、インデックス、御坂美琴、クウェンサー＝バーボタージュ、ヘイヴィア＝ウィンチェル、座敷童、雪女、安西恭介、東川守、バニーガール、七浄京一郎、殺人妃はついに致命的な衝突を起こした。仲違いとなってしまったのだ。

内容を要約するとこうなる。

「ああん、林檎を焼くってどういう事だ!?　テメェは酢豚のパイナップルを許す派かよ！」（ヘイヴィア）

「つーか冷蔵庫がないんだから林檎超ぬるいじゃん！　だったらいっそ焼いた方が美味しいって!!」（御坂美琴）

……何でこんな事で、と思うかもしれないが、つまりここに至るまでの積み重ねがあったという事なのだろう。五日もぶっ通しで歩かされて、休憩と言えば草か黒土の上で雑魚寝、となれば誰だってこうなる。

「果物を焼くっていう発想がついていけないんだよなあ。ほら、かき氷とかアイスとかに添えてほしいじゃん、果物って。なーんで逆に舵切っちゃう訳？」（七浄京一郎）

「ジャムだってアップルパイだって果物に火を通しているんだよ！　チョコバナナとか杏子飴とか他にも色々色々……!!」（インデックス）
「というか、果物に火を通すのって、ヨーロッパの方ならそんなに珍しくもないんじゃないかしら。ほら、イギリス辺りならメロンに火を通して鶏肉と一緒に出したりするし」（座敷童）
「オイよせって南ブリテン方面の郷土料理の話を出すの！　音楽も博物館も美女についても尊敬してはいるけど、あそこの料理だけはどうしても納得できないんだって！」（クウェンサー）
「なあ、なあなあ！　ここまで大ゲンカするくらいならいっそ林檎いらなくない？　だってこれメインディッシュじゃなくてデザート枠なんだし、あってもなくても構わないいじゃないか」（上条当麻）

一方その頃、『ベイビーマグナム』のコックピットでは、チーン、という軽い電子音が鳴り響いていた。

お姫様は座席に体を沈めたまま、腰をひねって背後を振り返る。そこにボルトで留められていた電子レンジの扉を開けて、中からチーズバーガーを取り出す。

良く冷えた金属缶のプルタブを開けると、今まで機体ごと振り回されてきたせいか中身の炭酸が勢い良く泡立った。大噴火を起こしかけた冷たい缶に唇をつけ、喉へと流し込んでいく。

沈静化した金属缶を額に当て、包み紙から顔を覗かせたチーズバーガーを一口噛み千切って、むぐむぐと口を動かしながらお姫様はこう呟いた。

「うまうま」（お姫様）

そして世界を救うヒーロー達は大爆発を起こしていた。

焚き火の枝がバチン！　と爆ぜる。

「ああ……こんな時に『凍殺死』を司る殺人鬼でもほっつき歩いていれば……」（殺人妃）

「……、」（氷漬けの陣内忍）

「あっ！　そういえば雪女っていうのがいたじゃないか!!　こいつに頼めば林檎を冷やしたりシャーベットにしたりやりたい放題なのに……」（安西恭介）

「……冗談は言わないでください。私が陣内忍の幸福の追求のため以外にこの力を使うとでも……？」（雪女）

「もう、食べたい人だけ林檎を食べれば良いんじゃないのか？　というか、俺、あんまりそこまで林檎に興味もないんだけど……」（上条当麻）

『ベイビーマグナム』の機内には、電子レンジの他にも、携帯ゲーム機や、病院やホテルにあるような小型の冷蔵庫なども常備されてあった。戦争そのものがオブジェクトという単一の兵器によって支えられているため、それを動かす操縦士エリートのコンディションは洒落にならない影響を与えるからだ。

そんな訳で、

「……うーん。何でバニラばっかりこんなにかたよっているんだろう？　今はチョコチップとかミントの気分なのに」（お姫様）

障害物となっている冷凍食品を横にどかし、ブランド系のカップアイスを吟味していくお姫様。やがて、彼女はその中から一つをチョイスした。親指と人差し指で小さなカップを取り出していく。

「きせつげんてい、さくらのはなびらアイス。今日のデザートはこれにしよう」（お姫様）

そしてハルマゲドンが始まる。

「もう駄目だ!!　こいつとは一生分かり合えねえ！　つーか思えば最初っから気が合わなかったんだ!!」（東川守）

「ああそうですか上等ですよ今は因果がねじ曲がって私みたいなのが息吹き返す状況っていう

の忘れていませんよねえ⁉　『常勝の挑戦者』がいつまでも通用すると思ってんじゃないですよ‼」（バニーガール）

「待った待った待った‼　何でアンタ達はどさくさに紛れて本気で殺し合おうとしているんだ⁉　だ、だったら林檎を半分に分けて片方はそのままもう片方は焼いて食べれば済む話……」（上条当麻）

「「「「「「「「「「「「うるっせえすっこんでろコウモリ野郎っっっ‼‼‼」」」」」」」」」」」」（残る全員）

体全体をぴっちりと覆う操縦士エリートの特殊スーツだが、実は喉元からへその下まで縦一直線にファスナーで開けられる構造になっている。

『ベイビーマグナム』のコックピットの中で、お姫様はウォッシュタオルという軍用品を取り出していた。平たく言えば抗菌仕様のウェットティッシュと肌に優しいパウダーソープを組み合わせたような品だった。

これらは開発は進められたものの、現場の兵士達に支給される事はなかった幻の品でもある。人工物の一切存在しない砂漠やジャングルの中では、ヒゲソリ用のジェルの匂いが五〇〇メートル離れた精鋭の鼻で捉えられる事もある。軍用犬ならさらに精度は上がる。そういう場所で安易に石鹸やシャンプーを使わせるのは死活問題に直結するからだ。

とはいえ、核にも耐える重装甲の中でなら、そんな問題を考慮する必要はない。

そんなこんなでウォッシュタオルは軍関係者の間では『携帯お風呂』『ユーロ札タオル』『高級将校の贅沢品』などと揶揄されたりもしていた。

きちんとお風呂に浸かって全身をほぐすほどの効果はないが、それでも常に体を清潔にできるか否かは、やはり心身のコンディションに大きな影響を及ぼす。

ついでに座席のマッサージ機能を弱めに設定しながら、お姫様は特殊スーツの中に手を差し入れて汗を拭っていく。

ぼんやりとした瞳で彼女は呟く。

「びばのんのん」（お姫様）

ドグシャヴェギゴグアアッツッ!!!!!! という恐るべき轟音が炸裂した。
上条、クウェンサー、安西恭介、七浄京一郎などの男性陣は、大の字に転がったり、人間椅子でギブアップした人みたいに尻だけ突き上げた状態になって這いつくばっていた。
「……や、焼き林檎賛成派の女ども、全体的に火力が高過ぎねえか……？」（ヘイヴィア）
「どこぞの超電磁砲と殺人妃が平均値を上げ過ぎているんだ。し、しかも物理攻撃無効の妖怪

まで揃っているし」（クウェンサー）
「ち、ちょっと待ってくれ。げふっ、何で俺まで巻き込まれた……？」（上条当麻）
それを言ったら徹底的に沈黙していたはずの『氷漬け忍』なども逆さにひっくり返ったまま地面に突き刺さっている。
一方、仁王立ちの御坂美琴は一仕事終えたみたいにパンパンと両手を叩いて埃を払いながら、
「勝負はついたわね」（御坂美琴）
「私達は水浴びに行ってくるから、戻ってくるまでに林檎を焼いておきなさい。敗北者ども」（座敷童）
そんな事があった。
コテンパンにされていたのだ。
世界を救うヒーロー達はどす黒いリベンジの機会を追い求めていたのだった‼
と、そこへ白馬にまたがって様子を見に来た神様がいた。
「少し見ない内に何があったのだ。またぞろヒゲの主神が人間達に戦争でもさせていたのか」（ヴァルトラウテ）
「あのねー、すぐそこに行商のおじちゃん達が来ているの。もしかしたら珍しいお菓子が手に入るかも！」（少年）
だがそんな平和的なトピックスなどで心安らぐ男達ではない。

「(そんなのはどうでも良い!! この煮えたぎる怒(いか)りをどうしてくれたものか……ああもう、今日こそ水浴びでも覗(のぞ)きに行ってやろうか!?)」(安西恭介(あんざいきようすけ))

「(いや待て! 待つんだ同志!!)」(クウェンサー)

「(何だよ、こんな時までお利口さんにならなきゃいけない理由なんかないはずだ!)」(東川守(ひがしかわまもる))

「(そうじゃない、そんな一時のきゃーえっちービリビリーで結局こっちが黒焦(くろこ)げにされておしまいなんてアリか? ここは呑(の)め、そして密(ひそ)やかに前へ進め!! そんな定番じゃ駄目(だめ)だ、リベンジかますなら恒久的(こうきゆうてき)に効果が出る絶対勝利でなければならないはずだ!!)」(クウェンサー)

「(何なのよクウェンサー、また窮地(きゆうち)に立たされて極限の閃(ひらめ)きでも発揮しやがったか!?)」(ヘイヴィア)

「(まあ見てろよ、まずはその行商だ。そこのラインナップによっては俺達、革命を起こせるかもしれないぞ)」(クウェンサー)

「(やれるさ、やってやるさ! こっちにゃ今動けるだけで世界を救う主役級が六人も揃(そろ)っているんだ。これだけいれば『いつものオチ』から一歩はみ出る事だって!!)」(七浄京一郎(ななじようきよういちろう))

「(えっ!? いつの間にか俺も混じってる!?)」(上条当麻(かみじようとうま))

そんなこんなで焼き林檎(りんご)否定派の敗北者どもはひとまず行商の元へ。そちらでは四頭立ての大きな馬車がいくつか列を作っていた。身振り手振りでコミュニケーションを取る限り、どうも大きな取引を終えて街へ引き返すところだったようで、馬車の中に残っているのはボロ布や壊(こわ)れた金具など、売り物にならなかったものらしい。使い道も『薪(まき)の代わりになれば』程度のものでしかなさそうだった。

「金ないけどどうするの？」（安西恭介）

「林檎売っちまえよ、諸悪(しょあく)の根源だ」（ヘイヴィア）

　そんなこんなで、物々交換を使ってボロ布や壊れた金具などを手に入れる男子一同。

　これで一体何をするのか。

　そうした疑問に対し、技術畑の少年クウェンサー＝バーボタージュはこう宣言した。

「おいヘイヴィア、今から潜入(せんにゅう)スキルをフルに使うぞ。敵国のオブジェクトの整備基地に潜(もぐ)り込むくらいの気分で女どもの水浴びへ接近する」（クウェンサー）

「あん？　結局やるのは覗きでおしまいかよ」（ヘイヴィア）

「いいや、ヤツらの服を隠(かく)してしまえ！」（クウェンサー）

「ド級のが来たなオイ‼」（七浄京一郎）

「でも、そしたら連中は俺達が用意した着替えを身に着けるしかなくなる。ここにあるのはボロ布だの壊れた金具だのだが、手を加えれば別のものに化ける可能性だってある。そう、例えば、ここまで来て全然足りないファンタジー分、つまりはビキニアーマーとか貝殻(かいがら)水着とかそ

ういうラインのがだ‼」(クウェンサー)
カッッッ‼‼‼　と雷光みたいなエフェクトがその辺を走り回った。
ＲＰＧでは毎度お馴染み調合イベントの予感である。
でも上条当麻(かみじょうとうま)だけが冷静にバックしてみた。
「いやいやいや、無理だって！　そんなのやったら今度の今度こそ殺され……」(上条当麻)
「……、」(残る一同)
「あれ、俺だけ？　理性が残っているのってもう俺だけ⁉　やめようってこれ絶対ヤバいよビリビリのヤツとかにミディアムレアくらいにされちゃうってーっ‼」(上条当麻)
だが世界を救うヒーロー達はこんな無駄(むだ)な時だけみんなの力を一つに集めてしまった。大体第四章の後半くらいのテンションでツンツン頭を真正面からぶっ飛ばし、彼らは作戦行動に移っていく。

　そして誰(だれ)かが異変に気づいた。
「んっ、あれ⁉　ここに置いてあった私の制服がなくなってる⁉」(御坂美琴(みさかみこと))
「こっちもなんだよ……」(インデックス)
「『温泉に浸(つ)かる猿(さる)』みたいなのはいなかったでしょう？　そうなると、もう容疑者は限りな

く絞られてくると思うのだけど」（座敷童）

「あいつら……!!」（殺人妃）

殺しの専門家がめらっとしていると、茂みの向こうから野郎の声が飛んでくる。

「ああ、ああ。そっちも服がドロドロでいい加減気が立っていただろ？　さっき行商がやってきたから着替えを調達しておいたんだ。こっちはほら、全体的にファンタジーだからビキニアーマーとか裸マントとか普通らしいよ？」（クウェンサー）

「すっとぼけた事を言いやがって!!」（御坂美琴）

「……でも、そういう世界だからと言われてしまえば反論材料はありません。そもそも、私達はまだこの世界の人間の集落を眺めてもいないのですから……」（雪女）

「ど、どっちにしたってアウトはアウトなんだよ！　別に郷に従わなくたって、元あった服を着れば済む話なんだし……」（インデックス）

「いやあー今日の焚き火は何だか知らねえけど本当に良く燃えるなあ……」（ヘイヴィア）

女子達の顔が全体的に青っぽく変色していった。

確かに、茂みによって遮断されているここからでも、火の勢いが強くなっているのが分かる。

代わりに、少し離れた場所に別の着替えが畳んだ状態で置いてあった。

広げてみると、そいつは『踊り子さんには触らないでください』という一文が良く似合う布きれだった。

キャンプファイアーっぽいが、では一体何を燃やしているのだろう？
ヒント・今ここにないもの。
「うわあー‼　ひょっとして私達の服が燃えていませんかね、これ⁉」（バニーガール）
「今すぐぶっ殺してあげたいけど、このまま出ていくのも癪よね」（座敷童）
「背に腹は代えられない、のか？」（御坂美琴）
女性陣は改めて用意された着替えを地面に広げ、その惨憺たる構造を確認していく。
一体どうやって知ったのか、サイズもぴったりだ。つまり選択権はない。ただ用意されたものを用意された通りに着るしかない。
概要は以下の通りだ。

インデックス　↓　装備『裸マント（青）』
御坂美琴　↓　装備『ビキニアーマー（赤）』
座敷童　↓　装備『南国式葉っぱ水着（緑）』
雪女　↓　装備『小悪魔風ボンデージビキニ（黒）』
バニーガール　↓　装備『バニースーツ（白）』
殺人妃　↓　装備『踊り子さん（金）』

身に纏い、その馬鹿馬鹿しさに顔全体を真っ赤にしながら御坂美琴は前髪から青白い火花を散らせていた。
「よおし、あいつら全員木炭にしてやる……‼」（御坂美琴）
「あれ、ていうか、何で私だけバニースーツのまま……？」（バニーガール）
「すでにあなたは完成され過ぎていてイジリようがないのではないかしら」（座敷童）

そしてリベンジ成功の報を受けてクウェンサー＝バーボタージュは腹を抱えて地面をバンバンと叩いた。
「あーっはっはっはっはっは‼　成功成功、これでようやく少しは気分もドブグシャ⁉」（クウェンサー）
「火の中に‼　全員‼　放り込んでやる‼」（御坂美琴）
「待って待って御坂ちゃん待って！　それだとミディアムレアどころかウェルダンの失敗したヤツみたいになっちゃうから‼　そもそも俺は体を張って止める側に立ったのにーっ‼」（上条当麻）
「つーか、何で私だけ頭の悪そうな戦士系になってんのか説明を‼」（御坂美琴）
「いやだから俺じゃないし、日頃の自分の言動を顧みれば割り当てられるジョブは自然とＭＰ

0のゴリラ系……いやあ待ってーっ!!　火の中に投じるのは待ってよーっ!!」(上条当麻)
……ちなみにインデックスの修道服『歩く教会』はこの世に二つとないため、ここで燃やされちゃうと後で面倒な事になりそうだが、きっと何とかなるだろう。~~因果とか時系列とか歪んでいる事にしちゃえばどうとでもなるのだ。~~

3

そんなこんなで色々あった。

しかしその終わりは唐突にやってきた。

横一線、地平線の先から先までびっしりと覆う『白い柵』だった。

金属ではなく、どことなく『とても長い魚の骨』みたいな印象だ。

「国境線、というか異界線とでも呼ぶべきか。ともあれ、この先が人間界ミズガルズなのだが……」

「ヴァルトラウテさん？　どうしてそんなに歯切れが悪いんだ」

上条当麻が不安げに尋ねると、『戦乙女』の記号でガッチガチに固められているはずの女神が、何か恐ろしいものを見るような目でチラチラと背後を振り返りつつ、

「い、いや、『異邦人』の振る舞いに口を挟むつもりはないのだが、本当にその破廉恥極まる

格好で人里を練り歩くつもりであるか……？」

　そんな風に言う彼女は、インデックス達が『着替え』コマンドを実行した直後から、恐るべき反応速度で常に傍らの小柄な少年の視界を己の背中でガードし続けていたものだった。

「ヴァルトラウテー、これじゃ何も見えないよう」

「見なくて良い!!　あんなものは『異邦人』限定であるぞ、まったく、まったく恐ろしい！　私は今後どれだけ技術が発展しようが、『異界』にだけは飛ばぬと誓おうぞ!!」

「ほらやっぱり!!　とうま、この服装に対する合理性が軽く吹っ飛んでいるんだよ！　私の一〇万三〇〇〇冊の知識と照らし合わせても何の理論もないのが丸分かりだし!!」

「だーかーらーっ！　俺は止める側に立っていたんだってーっ!!」

　インデックスが上条をボコボコにしているのは、もうパブロフの犬のようなものなのかもしれない。であればそんな『慣れ』を生み出してしまった、彼の日頃の行いにも遠因があるのではないか？

　一方で、的確に冤罪を他人に押し付けコソコソ死角へ潜り込んでいたヘイヴィアは、胡散臭そうな目をあちこちに向けていた。

「……どんなもんかと期待していたけど、柵一つかよ。馬鹿デカい正門も熱烈歓迎パレードもねえの？」

　不良兵士がそう言ったのは、せめてそれくらいあってほしいと思っての事だろう。数日間歩きっ放しで心が潤いを求めている。

もう、この先の人間界とやらに、人間らしい潤いがあるのを祈るしかない。

全員で柵を乗り越え、先へ踏み出す。

ミズガルズへと。

4

しょっぱなから全長四五キロ超の巨大軍艦にお出迎えされたせいか、上条は人間の住む街と聞いて『全てをAIが統括している、透明なチューブの中を車が走っているような遠未来シティ』などを想像していたが、その考えは見事に裏切られた。

丸太を組んだログハウスはまだまだ高級な方。煉瓦や石壁ともなれば王や領主の居城。中には土を盛った半円状ドームの上に、屋根の代わりとして芝生を乗っけているような家も珍しくなかった。

石畳の道路もまた、街の出入口から一番の有力者の住居までを繋いでいるだけだ。残りは未舗装の土の道が枝分かれしている。

そしてやっぱりインデックスや座敷童達にはひたすら奇異な視線が突き刺さった。

王様だって木の棒と布の服くらいは与える。何でそこから裸マントや南国式葉っぱ水着に行き着くのか理由が分からない、といった感情が込められていた。

「ほらーっ!!　ほらとうまーっ!!」

「たっ、たまには他のヤツに掴(つか)みかかるとかあっても良いと思うぞ!　天丼(てんどん)とか高度な技を覚える必要はないんだインデックス!!」

裸マント、学生服の少年をボッコボコの図。何かの大道芸と勘違(かんちが)いされたのか、道行く人々からくるみを二つと林檎(りんご)を一ついただく事になった。

食べ物を与えて沈静化を図った上条は、ようやくインデックスの猛攻(もうこう)から逃れていく。改めて、人里の景色をあちこち見回していく。

そして呟(つぶや)いた。

「リアルなファンタジー……」

「よせって、俺みたいな目に遭(あ)いたいのか若人(わこうど)よ」

大学生の安西恭介(あんざいきょうすけ)が遠い目でコメントを残した。

ヴァルトラウテの案内で連れて行かれたのは、街にある宿屋だった。ＲＰＧなら武器屋と並んでお馴染(なじ)みのサービスだが、しかし実際にはかなり珍しいものらしい。理由は単純で、小規模な村社会の延長線上で発展してきたコミュニティでは、そもそもよそ者を受け入れる素地が整っていないからだ。

ヘイヴィアはごくりと喉(のど)を鳴らして、

「……ビキニアーマーだのバニースーツだの、奇怪な格好の人間がわんさか集まっても笑顔で受け入れるだなんて、ここは逃亡犯を匿う温床とかになってんじゃギャバウ⁉」

余計な事を言った直後に、美琴の『雷撃の槍』に尻を貫かれてのた打ち回る羽目になった。

一方、大学生の安西恭介は割とシリアスに言った。

「けどまあ、言葉が通じるかどうかも分かんない、宗教についてもサッパリ、どこから来たのか身元を証明しなくてもノープロブレム、ってのは確かにラッキーだったかもな。これが『リアルな中世ヨーロッパ』とかだったらどうなっていたか分かんないぞ」

『異邦人』を受け入れられる土壌を持つコミュニティは、強い。

何故なら、自分達の持っていない技術や文化を吸収できる可能性に恵まれているからだ。

もちろん、その過程で独自性を見失わなければの話であるが。

「いずれこの街は、国となるであろう」

利害や感情から切り離された『目』を持つヴァルトラウテは、そう囁いていた。

ちなみに肝心の宿屋は木造の二階建てだった。上条達だけで全ての部屋が埋まってしまうほどアットホームである。内装は、ベッド……というか、スプリングのない直方体の木の箱みたいな寝台が一つだけ。トイレやシャワーどころか、椅子とテーブルさえない。宿泊客の創意工夫が求められる構成だった。

部屋を確かめ、廊下に出てきたヘイヴィアがうんざりしたように言う。

「わおー！　下手すりゃ芝生の方が寝やすいかもしれねえぞ、あれ。ほんとに金取るつもりかよ？」

「ふふふ。うふふふふふふ。今日からは氷漬けのあなたと一緒に愛の氷室を作りましょうね。これで、ずっと、ずうっと、あなたと一緒。うふふふふふふふふふふふふ……」

「……いかん声を掛ける相手を間違えちまった」

流石のヘイヴィアも、こちらを見ようともしないどっぷりヤンデレには手も足も出ないらしい。一方の雪女はボルテージが最高潮なのか、息を吸って吐くたびに周囲がダイヤモンドダストでキラキラ瞬いていた。

上条達はヴァルトラウテの提案で、一階にある酒場兼食堂へと集められていた。

『余計な一言』をぐっと呑み込むツンツン頭の横で、七浄京一郎が口を滑らせた。

「しっかしすごい絵面だな、改めて全員集合すると。特に女性陣の肌色具合がグギャア⁉」

「ドブッフ⁉　だっ、だから俺はちゃんと呑み込んだのに何で巻き添え……っ⁉」

ビキニアーマーの『雷撃の槍』が飛び交い、南国式葉っぱ水着の剛腕が唸りを上げる大惨事なのだった。

すでに十分以上にへとへとだったが、あの木の箱みたいな寝台で寝られるのかと言われると激しい不安がある。

「つーか！　アンタのワイシャツこっちに寄越すとかできないの⁉」

「え……そのビキニ鎧の上から、ワイシャツ……？　もうカオス過ぎて訳が分からないよ。そのまんまだと裸にワイシャツで外を練り歩いている変態に見えるし、下の鎧が見えたら見えたでゴグギャア⁉」

　こんがりローストを無視してヴァルトラウテはこう切り出した。

「元々、神造艦スキーズブラズニルは神々の軍艦だ。そして神々の主要な敵は天界アースガルドの『外』にある。つまり、端的に言ってしまえばあの船は神々を乗せて世界を渡るためのものだった、という訳であるぞ」

　彼女は淡々とした調子で、しかし自分の体を使って小柄な少年の目線は的確に覆い隠す。

　そして背中に隠れていた少年が疑問を放った。

「むー。ねえねえ、ヴァルトラウテー」

「な、何ぞ？　私が邪魔で見えないとかいう話なら聞かんぞ！」

「そうじゃなくて、さっきからヴァルトラウテのお尻が当たってるよう」

「ぶふっ‼⁉⁇」

　噴き出しながら、戦乙女は正しい距離感に修正する。

　こいつもこいつで気苦労の多そうな女神だった。

「とはいえ、これはあくまでも世界樹ユグドラシルが支える九つの世界を渡る、という意味での話ぞ。真に『北欧神話』という枠組みを飛び越すようには作られていない。にも拘らず、諸君は現実問題として、どこかよその枠組みから引きずり込まれてきたらしい」

クウェンサーとヘイヴィアは互いの顔を見て肩をすくめた。

早くもお手上げらしいが、一方でさっさと先に促したのはインデックスだ。

「じゃあどういう事なの？」

「我々の世界は全て世界樹ユグドラシルに支えられている。それが木の枝であれ、木の根であれな」

ヴァルトラウテは窓の外を指差した。

そちらに見えるのは、天を突くほど巨大な樹だ。その幹だけで小さな村を埋めてしまいそうなスケールである。

「この枝なり根なりの成長方向を、ユークリッド幾何学を無視した向きへ無理矢理に伸ばす。そうすれば九つのどこの世界にも繋がらない、新たな世界と連結する『道』へと成長を遂げるであろう」

「ふうん。言われてみれば、世界樹は知恵の泉の水で生長するんだったよね」

「三女神ノルンが泉の水を振り撒いて育て、暗黒竜ニーズヘッグが根に嚙み付いて枯らそうとしているようにな。具体的な方法までは不明であるが、『泉の水』を利用して世界樹の生長方針に介入し、本来ならば絶対にありえない方向へ枝や根を伸ばした……とする仮説は概ね間違ってはいないだろう」

「でも、それだけじゃ絶対に不安定になると思う」

「だからこその、神造艦スキーズブラズニルぞ。不安定に世界を渡る汝らを強力に吸引し、世界と世界の狭間で迷うのを防いだとでも言うべきか」

ちょっとちょっとちょっとちょっと!! と割り込んだのは美琴だった。

「アンタ達さっきから先に進み過ぎ! こっちは最初の時点から躓いているんだってば!!」

『ふうんなるほどねぇ』な顔つきの維持に渾身の力を注いでいた大学生・安西恭介はその言葉を受けて思わず泣き崩れそうになっていた。人は背伸びを止めた時に大人になるのかもしれない。

インデックスはため息をついて、

「……ようは、神様の理屈だから私達にできる事は何もないって話なんだよ」

「ごめん、今度はぶっちゃけすぎて希望がなくなってるわ」

「だが事実は事実であるぞ。というか、神たる我々でも詳細を調査し、汝らが元の世界に帰る方法を構築するのに時間がかかる。まあ、この手の搦め手がお好きなヤツには心当たりがあるから、自力で調べるより片っ端から締め上げた方が手っ取り早そうではあるが」

何とも『闘争と略奪の神話』たる北欧神話らしい論調でヴァルトラウテが話をまとめる。

「よって、汝らは私達が調査を終えるまではひたすら『待ち』となろうぞ。まあ、野宿よりは人里の方が良かろうと思ってここまで連れてきた次第なのだが」

「そりゃまた面倒臭い……」

とクウェンサーは呟いたが、内心ではほっとしていた。

どこぞのお使いクエストのように元の世界に帰るには七つの宝が必要で、個人の力で大陸を一個ずつ制覇していけーなんて無茶ぶりをかまされるよりははるかにマシだ。

バニーガールは作り物のウサギの耳の先端を指先でいじくりながら、

「ではではほんとに私達はやる事ないんですかね？」

「ない。というか、下手に動いてもらっては余計な混乱を生むため、じっとしていて欲しいというのが本音であるぞ」

ヴァルトラウテはそう答える。

「だから連絡があるまで宿で好きにしていると良い」

「なんだ、それならやっと休め――――」

「ただし当然、日々の宿賃と食費を稼ぐ限りはの話であるが」

――うん？

5

「ヤベえよヤベえって!!」

食堂にある簡素な椅子にどかりと座りながら、ヘイヴィアは息を吐いた。

「何がヤベえって、この陽気なヘイヴィアさんがこっち来てからうんざりため息ばかりだぜ？　ダンジョン探索、強行軍に続いて今度は金の問題だとよ。いつになったらサラサラ金髪耳長エルフちゃんとかハープ片手の人魚さんとかが出迎えてくれるんだっつの。巨大なタコに囚われた半裸のお姫様とかでも良いんだぜ」

葉っぱ水着の座敷童は、席ではなく丸いテーブルそのものに腰掛けながら、

「まあ、戸籍の登録は曖昧で社会保障番号なんかで身元が管理されている訳でもなし、潜り込んで仕事を探すのはさして難しくないでしょうけど。でも私は働きたくないけど」

「そう簡単でもなさそうよ」

さらに美琴が口を挟んだ。

「宿のおじさんに話聞いてみたけど、どうも皿洗いやフロアの掃除だって回してはもらえないみたい」

「どういう事？」

クウェンサーが眉をひそめると、美琴は肩をすくめて、

「基本的に親から子への世襲制か、師匠から弟子への相伝制くらいしか仕事はもらえないって事。つまり、血の繋がりなりご近所付き合いなりのコネがないとどうしようもない。村社会の延長とは良く言ったもんだわ、これじゃよそ者は買い物一つできないまま干からびるわよ」

　労働基準法や雇用機会均等法なんかと照らし合わせればとんでもない話だが、『文化的に未熟』とは、つまりそうした不備がそのまま通ってしまう社会を指すのだ。

　時間割を埋めるため適当に取っていた政経の講義を思い出しつつ、大学生の東川守が呻き声を発した。

「マジかよ……。仕事を探す前にまず村社会への入信儀礼を済まさなくちゃならないってか」

「ふひひ。その入信儀礼のために莫大な貢ぎ物が必要、とかって話になったら堂々巡りになっちゃいますねえ」

　自分が窮地に立たされているはずなのだが、バニーガールの声は不謹慎なくらい明るい。

　と、そこへ上条とインデックスが会話に混ざってきた。

　彼らは紙……というより、動物の皮に近い何かにインクで書き込まれたチラシのようなものを何枚かテーブルの上へ置いていく。

「インデックスの話だと、どうもこいつが俺達よそ者にもできる仕事みたいだぞ」

　が、七浄京一郎は顔をしかめた。

「……何だこりゃ。血を使ってサインすれば悪魔でも呼び出せそうなチラシだな。なんて書いてあるんだよ?」

「基本はルーンなんだけど、方言っていうか、細部がかなり特殊なんだよね。標準フサルク二四字に、見た事もない記号が七つも散らばってるもん。それでも分かるところだと……」

インデックスは細い人差し指で『魔法文字』の上をなぞりながら、求人情報を開示していく。

『山に行って石を切り出そう。一日平均一三トン！（週平均死亡率三〇％）』

『ガレー船の漕ぎ手になろう。一等の軍艦を手で漕いで海を渡るぞ！（週平均死亡率八〇％）』

『浜辺で塩を作ろう。白夜なら二四時間海水を乾かせるぞ！（週平均死亡率五〇％）』

『北端の厳寒地を開拓しよう。途中で倒れたらそこが貴様の墓場だ！（週平均死亡率四〇％）』

（※単位等はインデックスによる現代版数値に換算）

安西恭介はちゃぶ台のようにテーブルをひっくり返そうとし、その上に乗っかっている座敷童に全力で拒まれた。

妥協と挫折にまみれたまま彼は叫ぶ。

「重労働っ！　というか、時代や地域によっては罪人がやる社会奉仕活動が混ざってないか⁉」

「うーん、流石は村社会。これは中世レベルの未熟な技術や機材を使う場合の話ですが、馬鹿正直に取り組んだら過労で人生終わっちゃいそうなものばかり寄せ集めてありますね。姿なき新手の殺人鬼か何かですかこれは」

殺人妃が人差し指で自分のこめかみをぐりぐりしながら言う。

「……というか、これならそこらの賞金首の張り紙でも探した方が、まだしも効率的かつ安全かもしれませんよ」

「あのう、それはよそ者が別のよそ者を狩るデスゲームになってないか……？」

上条が念のために問題提起してみた。

クウェンサーとヘイヴィアはひそひそと、

「でも、お姫様に任しちまえば賞金首なんか一発で粉々にできるんじゃやねえのか？」

「砲弾どれだけ残っているか分かんないのに？　そもそも粉々にしちゃったら賞金なんてもらえないだろ。あの怪物兵器にミネウチなんて機能はないし」

とはいえ、宿賃や食費を稼げなければ街の中では生きていけない。なまじ下手に発達しているため、魚や木の実を取って生活するのも難しいだろう。

いや、そもそも強行軍の時はヴァルトラウテがその辺りの面倒を見ていた。上条達だけで自活レベルの食料と寝床を自然の中から常に確保し続けるのは相当に非現実的ではないか。

「ああ、くそ。とにかくこいつは宿屋にあった張り紙だろ」

クウェンサーは問題を棚上げにするような調子で呟いた。

「この調子じゃ望み薄だが、他の場所にある張り紙ならもうちょいマシかもしれない。絶望するなら一通り街の中にある求人広告をかき集めてみてからにしないか？」

異論はない。というか、この死亡率の中からチョイスする度胸がない、といった方が近いかもしれない。

そんなこんなで、一休みする暇もなく宿屋から外へ出て行こうとする上条達。

「ちょっと待ってよ！　とうま、この格好でまた表を歩かなくちゃならないの⁉」

「大丈夫だよインデックス、俺達だってこの世界の人達からすれば十分に奇妙な出で立ちじゃないか」

「……じゃあとうま、ちょっと試しに交換してみる？」

「男が裸マントだって⁉　お前、世界に底なしの暗黒でも呼び込む気か‼」

だが他に選べる選択肢は『そうび　を　すべて　はずす』しかないため、インデックスや美琴達にはもうどうにもならない。

そんなこんなで外へ。

が、建物を出てすぐに状況が変わった。

「ふはーはー‼　そこの『異邦人』ども、村の周りのモンスターは馬鹿強いけど武器屋に立ち寄る路銀もない系の困り果てた顔をしているわね。だが捨てる神あれば拾う神ありなのであった‼」

いきなり『おかしなの』に声を掛けられたのだ。

その『おかしなの』は二〇歳くらいの背の高い女性で、長い縦ロールの銀髪に、色白の肌と青ざめた肌を半々に持っていた。服装はウェディングドレス風だが、全て氷のように透き通っている。おかげでインナーとして着込んでいる『細い鎖となめし革と貴金属で作った、ビキニアーマー風のあれ』が見え見えになっていた。

上条は声のした方を振り返って、しばし固まっていた。

そもそも、インデックスの裸マントやサツキの踊り子さんを見ても特にリアクションをしない辺りからして、目の前の女が変態枠に収まっているのは明らかだ。

そう、女神のヴァルトラウテでさえドン引きしていたではないか。

全てを総合的に判断した。

そして上条当麻の目元にぶわっと涙が浮かんだ。

「みんな、ごめん!!　多分ここから先は大きな事件が起こる。何故なら『おかしなの』しかも女性版が平凡な高校生上条当麻の目の前に出てきちゃったからだっっっ!!!!!!」

「大丈夫さボーイ、あれは二〇歳前後だから『美少女』とは呼べないさ。だったらまだいつものラインに乗ったとは限らない。そうだろう？」

慰めるクウェンサーの横で、ヘイヴィアがさらに不穏な事を呟いていた。

「（……冗談じゃねえぜ。軍人なら二〇歳超えのキーパーソンだって珍しくねえんだ。だとすりゃこれはこっちのルールか？　そろそろ化け物兵器が真正面からかち合う特大の戦争でも起こるってのかよ……）」

が、氷のドレスの女性は気に留めない。

親指と人差し指を直角にし、鉄砲のジェスチャーをこちらに突きつけながら『おかしなの』

はこう告げた。

「職に困ってんでしょう旅の人。そういう時のために私みたいなのがいるのよ。あんまり『異邦人』向けの宿の中に入り浸っているとこっちまで村社会のシステムから爪弾きにされちゃうもんで、こうして宿の外で待ち構えている訳」

「……つまり斡旋業者とか仲介人という立場なのかしら」

「ゴメイトウ葉っぱ水着ガール‼　つーか、張り紙の文章なんて戦士階級や農民階級にゃ読めない人も多い。そんでもって私みたいな森の魔女が糊口を凌ぐにゃ、代筆、代読なんてのはもってこいって訳。持ちつ持たれつ分かっていただけた？」

「森の、魔女？」

美琴が眉をひそめると、『おかしなの』は無意味に両手を腰に当てて、

「吟遊詩人とかの流れ汲んでるから、ちいっとばかし派手派手な服を着ているけどね。舞台衣装っぽいのはそういう事。ほんとは薬品とか跳ねるのが怖いから、こう、雨合羽みたいなのですっぽり体を覆っちゃいたいんだけどねぇ」

まだ、白衣というものは存在しない世界なのかもしれない。

それ以前に相手にはちゃんとした理由があった！

「うっ……同類を見つけてちょっとはホッとしていたのに……」

ビキニアーマーの女子中学生が眩暈を受けたようにふらついていた。

一方、『おかしなの』改め舞台衣装の魔女はパチンと指を鳴らして、
「はっきり言うけどそこらの張り紙なんて過労で死にたい放題の激務しか残っちゃいないわよ。まともに喰ってまともに寝たければ、素直に専門家のお世話になっちゃう事をオススメするけど？」
ぞるぞるぞる、と色白の肌と青ざめた肌がマーブル状に混ざっていく。
上条達は軽く顔を見合わせた。
「なんか動き出したって感じだけど、どうすんの。この流れに乗っかるの？」（七浄）
「俺はやだよ、これ絶対深みにはまる流れだもの。しかも今回はカエル顔の医者がいない訳だからくたばる時は本当にくたばりそうだし!!　つーか俺病院に立ち寄り過ぎじゃね？　もう知らぬ間に全身を少しずつサイボーグにされていてもおかしくない規模なのよ!?」（上条）
「でもこれ強制的な流れっぽくねえか。多分『いいえ』を選んでも永久質問ループが待っている感じだぜ」（ヘイヴィア）
「もしくは断ったが最後、いきなり順当ルートを外れて皆殺しクエストとか宇宙人襲来クエストとかに飛ばされて地獄を見るタイプな。そんな馬鹿なと思うかもしれないが、これが十本道でなく完全自由のオープンワールドだったら普通にあり得ちゃうから『不条理』は侮れないんだ」（東川）
石橋を叩いてみる彼らは、しかし見落としていた。

　氷めいたドレスを着た魔女はパンパン！　と両手を叩いて、
「ぶぶー！　はい時間切れで私の流れに乗っかる方向にけってーい!!」
「ああくそ!!　デジタル表示がないからって油断してた!!」
　安西恭介が両手で頭を掻きむしったが、もうやり直しは利かないらしい。
　人生は一度きりなのだ。残機がない限り。
「はいはい後はお姉さんに任せてちょうだいね。『異邦人』の諸君、今アンタらにできる仕事はこれよ!!」
　ばばん！　と舞台衣装の魔女は求人情報を開示していく。
『死体を運ぼう！』（週平均死亡率〇％）
『世界樹の根っこに噛み付こう！』（週平均死亡率〇％）
『病人や老人に鞭を打とう！』（週平均死亡率〇％）
『死者の爪をたらふくかき集めて大きな船を作ろう！』（週平均死亡率〇％）
（※単位等は舞台衣装の魔女による現代版換算）
「おいいいいいいいいいいいいいいいいいいい!!　いきなりネクロ系が二つも混じっているんですけどおおおおおおおおおおおおお!!」

「……ああ、死体洗いのアルバイトとかマグロ拾いの噂って、こういうファンタジーな世界にも蔓延ってんのね」

上条の叫びと美琴のどんよりした呟きに混じって、安西恭介が『春海のヤツを連れてこなくて良かった……』と心底暗い顔になっていた。

一方、クウェンサーやヘイヴィアはと言えば、

「おい、木の根をかじるってどこかで聞いた事があるぞ。何だっけ？」

「あれじゃねえの、昔々『島国』辺りで捕虜になると木の根の入った汁を無理矢理喰わされたとかいうヤツだ。まったく恐ろしい話だぜ」

「……それはね、ゴボウって言うのよ欧米人」

南国式葉っぱ水着の座敷童がサラッとツッコミを入れている横では、バニーガールとサツキがごにょごにょと話し合っている。

「でもでもネクロ系も木の根もアウトになるとー、もう後は一個しか残っていませんけど？」

「ある意味、こちらの方がよほどヘヴィーな気がしますが。なけなしの日銭のために一生悪夢にうなされるかもしれませんよ……」

一方、あれもこれも拒否された舞台衣装の魔女はぶーぶーと唇を尖らせて、

「ちえー。何よ何よ人がせっかく仕事を用意しているのにミスマッチミスマッチって。随分と余裕があるようじゃないのー？」

「次からは精神衛生の数値も書き込んでおいてくれ。どう考えたってＳＡＮ値がガリガリ下がるものばかりじゃないか」

「ああ、でもこれ以外だともうまともな仕事なんて一個しか残ってないよ？　どう考えたって張り合いがないからつまんないよ。ＳＡＮ値下がっちゃっても知らないわよ」

「このラインナップを嬉々として並べる人の『まともな仕事』っていうのがもう不安でいっぱいなんだよ……」

げんなりするインデックスに、その魔女は人差し指を立ててこう言った。

「じゃあ後はこんなのしかないけど？」


『街道沿い、崖下から落とし物拾い』（週平均死亡率九〇％）

「荷崩れを起こして馬車から落っこちた商品を回収してほしいっていう商人は珍しくないの。特に崖下とか、素人さんには難しい場所とかはね。ただし、ここ北欧の文化じゃ落とし物を拾って我が物にするのは女々しい行為と罵られるから人目につかないように。お宝は掘り返すものじゃなくて、バケモノと戦って奪うのが常道ってされてるお国柄なもんで」

渋々といった風の魔女だったが、上条はようやく乗り気になってきた。

「それじゃん、それで良いじゃん！　ネクロ系でもなければ精神的に打ちのめされる事もない、誰に迷惑をかける事もないし、きちんと相手に喜ばれる。ああうん、やっとお仕事って感じがしてきたぞ!!」

「あっそ。んじゃま街道関係の地図だけ渡しておくからご自由に。拾った荷物の半額が依頼人から直接支払われるんで、収穫ゼロなら無一文よ」

「（……なあクウェンサー、なら荷物をネコババしちまった方が儲かりそうじゃねえの？）」

「（……ここの法律分かんない内から派手にやるのはやめた方が良いと思うけど。広場で火炙りとかヤダよ俺は）」

そんなこんなで日銭を稼ぐために一行は崖沿いの街道へ。

ただし、

「でも」

「？　どうしたのよ？」

葉っぱ水着の座敷童の言葉に、美琴が怪訝な顔をした。

「……ただの荷物拾いのアルバイトなのに、どうして週平均死亡率が九〇％に設定されているのかしら（まあ妖怪は基本的に死なないから私には関係ないけど）」

6

ぐいーむ、という駆動音めいた轟音が森に轟いていた。

クウェンサーとヘイヴィアの馬鹿二人の前にそびえているのは、一言で言えば『全長二〇メートルくらいの軍用ロボット』だった。雪か氷でも意匠に組み込んでいるのか全体的に半透明で、その背に巨大な翼だか雪の結晶だかを負い、肘だの膝だのにやたら尖ったパーツがゴテゴテと取り付けられている。

胸の中心辺りに、青白い光を放ちながらゆらめく、人魂のようなものがあった。

その表面に、明確に憎悪と憤怒に猛る男の顔が浮かび上がる。

「ああくそ、何なんだあのファンタジーに不釣り合いなヤツは⁉」

「ほら見た事か、今日もこの世は悪意ばかりだぜ‼」

7

パパパン‼　パパン‼　という連続的な発砲音を聞きながら、上条も森の木々の隙間を走り抜けていた。

返す刀で、半透明なロボットの胸部から青白い閃光の帯が地面へ解き放たれる。着弾点を中心に二〇本近い針葉樹がまとめて薙ぎ倒され、黒土の地面が砕かれ宙へと舞い上げられる。

軍人の割に静穏性は考慮していないのか、馬鹿二人の大声は何度も山の斜面を反響させるような格好で、上条の耳まで届く。

『ちくしょう、マガジンは残り五本だ。できれば一回こっきりのミサイルは温存してえ。テメェの方はどうなんだナイト様⁉』

『通り一遍「ハンドアックス」が一〇キロほど。出し惜しみしている場合かよ、火薬なんてその気になれば小便からでも作れるだろ！』

『そんなもん兵器に組み込んでみろ、テメェの指をテメェの小便で吹っ飛ばすのがオチだぜ！』

狙い撃ち状態の彼らはあまり芳しい状態ではないらしい。

下手に流れ弾が当たらないよう、半透明の巨大ロボットの『真後ろ』だけは避けるように心がけながら、上条は太い木の幹に体を隠す。

その傍らでは、爆風でマントが大きくめくれ上がらないよう、両手で全力のガードをしているインデックスがいた。ツンツン頭はこう尋ねる。

「そもそも何なんだありゃ？」

「見た事のない意匠だけど……ここが北欧神話ベースの世界で、胸の所に収まっているのが怨念とか邪念の類だとすると、ニフルヘイムの兵隊かな。氷の国の女王ヘルに従う罪人達の魂って事になっているけど」

「何だって良いわ。超電磁砲で仕留める」

すぐ近く、別の木に密着して体を隠していた美琴が呟く。

その手にはゲームセンターのコインがあった。

「足止めをするなら前へ。そうでなけりゃ頭を抱えて伏せてなさい。何にせよ、あいつが横方向へ不意に動くきっかけさえ作らなきゃ……」

ぐりんっ!! といきなり半透明のロボットがこちらへ振り返った。

胸部から放たれた青白い閃光が、美琴が隠れていた木の幹ごと紙屑のように吹き飛ばす。

「マジかクソ!!」

思わず目を剝いた上条だったが、様子がおかしい。

直撃する寸前に、七浄京一郎が美琴の体を突き飛ばしていたのだ。大量の鋭い木片が恐ろしい速度で撒き散らされ、現にその内の何本かが七浄の背中に突き刺さっていたが、不思議と一滴の流血すらない。

美琴は目を白黒させて、

「な、なん……」

「ああこれか、心配すんな。一〇トントラックと正面衝突しようが鼻先で手榴弾が炸裂しようが、何故か急所を外れて生き残っちまう。世の中ってのはそういう風にできてんのさ」

ざしっ、と草を踏む音があった。

続けてもう一発、青白い閃光を放とうとした半透明なロボットの前に、ただの大学生のはずの東川守が丸腰のまま立ち塞がったのだ。

「何だか他人とは思えないな。そういう、何故だか知らないけど勝ち組になれる体質ってのは俺だけじゃないのか？」

彼が何かをした、という話ではなかった。

だが必殺の一撃が放たれる直前にロボットの足元の黒土が、莫大な荷重によって勝手に崩れた。バランスが崩れ、青白い閃光は見当違いの方向へと放たれる。

まるで、あらゆる偶然が彼の味方をするように。

代わりに危うく閃光の餌食となるところだったバニーガールは、しかし枝上で軽く口笛を吹いていた。

「ひゅう！　あいっ変わらず冴えに冴えていますなあ、『常勝の挑戦者』。……本来はああいう使い方をするために開発したものじゃないんですけどねえ」

ビュルン!!　という鞭を走らせるような音が別の場所から響く。

殺人妃。圧殺死を司る『死の塊』たる少女は、身に纏う踊り子の衣装に見合うように、くるくると体を動かしていた。その手にあるのはリボンとは違う。木々に、その枝に、幹に、軍用の特殊ゴムでできたロープを複雑に交差させ、莫大な圧力を生み出す殺意の檻を作り上げる。

それらの輪でもって巨大なロボットの胴体、手足、そして首を戒め、万力のような力で強烈に締め上げる。

ベギベギゴキン!!　とその内部から何かが砕ける音が炸裂した。

それでも止まらない。

半透明のロボットは強化ゴムを……というより、その支えとなる周囲の木々を強引に引っこ抜く形で、さらなる進軍を始める。

「チッ！」

美琴は倒れたまま、ゲームセンターのコインを親指の上に乗せた。

(ああもう、射線上に馬鹿な兵隊が乗っかってる！　ここからだと直接狙えないか!!)

一気に電磁波を放出し、周囲一帯の地形や条件を走査していく。使えるものがないかを徹底的に洗い出す。

こっそり安全な場所へ逃げようとしていた座敷童を発見した。

「そこドーン!!」

躊躇なく音速の三倍でコインを弾く。凄まじい烈風と共に森の木々が薙ぎ倒され、一直線にオレンジ色の光のラインが走る。

座敷童は驚いた顔になったが、もう遅い。

ゴッッッギン‼ という凄まじい音と共に、座敷童に直撃した超電磁砲が、跳ねた。怪我一つなく、黒髪の妖怪は葉っぱ水着の方を手で押さえるくらい余裕があった。

一方で、鋭角に軌道を曲げた跳弾が、今度こそ半透明の巨大ロボットを精密にぶち抜く。足の一本が、根元から千切れて飛んだ。

大きく体勢を崩して屈むような格好になる巨大ロボットだが、まだ動きを止めない。

「くそっ‼」

七浄京一郎と東川守が美琴の前で立ち塞がり、さらに上条当麻がその右手を前へかざす。

が。

ドゴァッッッ‼‼‼ と。

直後に、森の外から飛来した別のレールガンが全てを地形ごと帯状に消滅させた。

それこそ、ドラゴンが口から放つ強烈なブレスにも似た大破壊だった。跡形もない、とはこの事で、広大な森には一本の長大な『野戦飛行場の滑走路』が出来上がり、その経路上にいた半透明のロボットは残骸を探すのさえ難しい状態にまで砕かれている。

周辺に一〇人以上の人間が散開していたにも拘らず、味方だけを器用にすり抜けるような一撃だった。

ぺたりと尻餅をつく上条に、聞き覚えのある声が飛んでくる。

「おーい」

大学生の安西恭介だった。

木の枝とハンカチで即席の『手旗』を作ったのか、二本の原始的極まる信号機をパタパタと振りながら、

「オブジェクトとかいうのに助けを求めてみたけど、大丈夫だったか？」

「……オーケー、こいつ一発ぶん殴ろうぜ」

ヘイヴィアの低い声が戦闘続行を告げていた。

8

「ああもう」

と、ボロっちい宿に帰ってくるなり、御坂美琴はそう呟いた。

インデックスやサツキらと一緒に、女性陣の部屋の一つに集まっている。

ぐりぐりと腰をひねって背中側を確認している美琴が何をしたいかは明白で、

「あっちこっちに跡とかできていないでしょうね……。ったく、そもそも金属で胸当てを作るの自体無茶があるんだっつの。まあ内側に布を当てるとか無駄に芸が細かいんだけども」

「見たところ、金具が壊れているとかいうトラブルはなさそうなんだよ」

「ああそう、ありがと。でもさあ、やっぱりいい加減この格好は何とかしなくちゃならないと思う訳よ」

「外へ出て行った方々が吉報を持ち帰ってくれるとありがたいのですが」

　サツキはカーテンをきつく閉めた窓の方へ目をやる。

　男性陣の陰謀によってとんでもない衣装を押し付けられた彼女達だが、その反応は大きく分けて二種類あった。『ものすごく恥ずかしい組』と『全く気に留めない組』だ。

　気にしないのはビフォアとアフターで大して変化のないバニーガール、赤い浴衣が南国式葉っぱ水着に切り替わっても表情一つ変えない座敷童などが当てはまる。

　ちなみに雪女も『全く気に留めない組』だが、そもそも周りの世界に興味がないらしい。今もどこかで氷漬けにした陣内忍へ寄り添っているはずである。

　と、部屋のドアが外側からノックされた。

　美琴がノブを回すと、件の座敷童とバニーガールが入ってくる。

「駄目ですねー」

　開口一番、あんまり緊迫感のない声でバニーガールが告げる。

「手頃に手に入る服っていうのが全然見つかりません。値段の方もそうですけど、そもそも大量生産のインフラが整っていないみたいで、みーんなオーダーメイドなんですよ。たとえ今から注文したって、商品ができるまで一週間以上かかりそうな雰囲気です」

「そこらの人達の服は古くなったものをバラして何度も縫製し直しているようね。この辺りは着物と反物の関係と同じかしら。本当に『ゼロから』衣類を調達するとなると、かなりの負担を覚悟しなければならないみたい」

……だとすると、行商から手に入れたジャンクに手を加えただけでここまでの事をやれるクウェンサーやヘイヴィア達はその手先の器用さだけで食べていけそうなものだが……多分、有効には活用できないだろう。たとえ使っている技術は同じでも、湿ったストーカーは世界を守るイケメンスパイにはなれない。馬鹿は馬鹿のフィールドでなければ戦えないのだ。

「世の中の仕組みってねじくれているわよね」

「とうまはよくよく空回りする人だからね」

インデックスが躊躇なく言ってのけた辺り、ツンツン頭はそろそろ本格的に冤罪解消のために推理パートへ突入しなくてはならない雰囲気であった。

座敷童は退屈そうに壁に背中を預けながら、

「……でもまあ、この件に忍が絡まなかったのは僥倖かしら。あれが悪魔のような頭脳を限定的フル回転させたら、見た目は普通のビキニでも実は中央にスリットが隠れていました、くらいのえげつない真似をやりかねないし」

ともあれ、今後もしばらくは悪ふざけみたいな格好で大冒険を続けなくてはならないようだった。

「ったく、あいつらの服を毟り取って布切れに分解したら、もうちょっとまともな衣服を作れないかしら？」

「でも、そうなると素っ裸の男達を従えて街を歩き回るアマゾネス集団みたいになってしまいますけどね。それはそれで恥の概念に追い駆け回されそうな気がしますが……」

9

翌日。

「ああ、よくある話であるぞ。氷の武装の中心に死者の霊魂を封入してあったとなると、冥界の女王ヘル辺りの尖兵であろう」

どうにかこうにか日銭を稼いで寝床と食料を確保した上条達が一晩眠って朝食を取っていると、様子を見に来たヴァルトラウテが（女性陣の肌色率にドン引きしながらも）さも当然といった口振りでそう言った。

「北欧神話は闘争の神話で、優れた人間の魂は優れた神々の兵士になると信じられているからな。同じように、冥界の女王ヘルが自軍を整えるために優れた魂を手に入れようとするのはさして珍しい話でもない」

合点がいくようでいて、聞き捨てならない言葉があった。

上条は必要以上に硬いパンを手で千切りながら、

「……ちょっと待った。『同じように』ってのは何なんだ。その強引極まるリクルート方法はヘルとかいうヤツ限定じゃないってのか？」

科学技術や大規模工場なんぞに毒されていないファンタジー時空だが、かと言って野菜や料理が格別に美味しいという話でもなかった。全体的に不揃いで、味も洗練されていない。特に、農作物の超高級ブランド化を果たしたインテリビレッジで暮らしている座敷童は大変ブルーな顔になっていた。

当然のように無視してヴァルトラウテは続ける。

「というより、元々は神々の専売特許だったものを、向こうが真似したといった方が近いのであるぞ。うちの主神のヒゲ辺りになると、優れた魂が欲しいとか言って人間界ミズガルズで戦争を起こしたりするからたちが悪い」

「冗談じゃねえぜ、あっちもこっちも引っ張りだこってのは水着の姉ちゃん限定だろうが。つーか、俺は死ぬ時は女の上って決めてんだ。ヒゲの都合なんぞで殺されてたまるかよ」

冥界の女王とかいうのは怖いし、かと言って正反対の位置にいる神様連中も信用ならない。

……ここに住んでいる人達は一体何に祈って生きているのだ、と疑問に思わなくもない殺伐ぶりだった。

「まあ、『異邦人』の魂ともなれば冥界の女王ヘルが狙っても不思議ではないのであろうぞ。しかしそもそも長期滞在する訳でもないのだ。すぐに元の世界へ帰ってしまえば、災禍に呑まれる事もあるまい」

「……具体的に、帰る方法は見つかったのですか？」

サツキが『これはサラダなのか、それとも雑草の詰め合わせなのか』と少々悩む小皿をフォークでつつきながら質問する。

ヴァルトラウテは片手を腰に当てて、

「どうせこの手の悪だくみをするのは悪神ロキ辺りと相場が決まっているが、今は雲隠れを決め込んでいるらしくてな。しかし逃げたという事は後ろ暗い証左であろう。数日中には見つけてフルボッコぞ」

相変わらず、『自分で調べて解決策を見つける』ではなく『それを知っているであろう黒幕から拳で情報を引き出す』という方針らしい。神々のスタンスが端的に分かる話だ。

それを聞いた座敷童は息を吐きながら、

「……となると、最低でも数日はあんなのが続くと見た方が良いのかしら」

「ふふふ。私は別にどうだって構いません。彼とこうして一緒にいられるのなら……」

雪女は雪女で、氷漬けになった陣内忍の口の辺りに魚の切り身をぐりぐりと押し付けては仄暗く笑うというヤンデレ全開な有り様だった。こいつはきっと人類が丸ごと滅びても幸せでいられるタイプだ。

　そちらは見ないようにしながら、美琴がさらに懸念を言う。

「ていうか、その、カミサマ？　何だか知らないけど、今後はそっちからもちょっかい出されるって考えた方が良いんじゃない。二面同時攻撃とか勘弁してほしい訳だけど」

「ああ、それなら心配ない」

　ヴァルトラウテはあっさり即答した。

『？』と首を傾げるインデックスに、続けて戦乙女はこう言ったのだ。

「それは、まあ、その、『上』でも色々あったからな」

10

「……、」

　そして天界アースガルドにある神々の館ヴァルハラでは、『ヒゲ面の主神が仮装のためにスズメバチの巣を頭から被ったらこうなった』的に、すっかり顔面を腫れ上がらせた誰かさんが無言で玉座に腰掛けていた。

11

昨日の荷物拾いのアルバイトのおかげでしばらく宿賃と食費には困らなくなった上条達は、特に表に出る理由はない。だがうっかり『一括で』払ってしまったが故に女性陣は自前の衣服を購入する資金を失ってしまった。読み通り……!!　とゲス顔になったヘイヴィアはビキニアーマーの雷撃を浴びて芯までしっかりローストされる。

ヴァルトラウテ達が元の世界へ帰る方法を（物騒極まる方法で）見つけ出すまでは部屋でのんびりしていれば良いのだが、すると当然のように置いてきぼりにされる人物が一名出てくる。

クウェンサーは宿の出入口の辺りから不安そうに遠くへ目をやって、

「……そろそろお姫様むくれているんじゃないかなあ」

「そっちじゃないっっっ!!」

どりゃーっ、というヤケクソ気味な掛け声と共にクウェンサーが蹴飛ばされた。宿の中へゴロゴロと戻されたクウェンサーの後に続くように、『彼女』は酒場兼食堂のスペースへと足を踏み入れてくる。

昨日の、舞台衣装の魔女だ。

彼女は色白と青色が混ざり合う両手をバタバタと振り回しながら、

「何でー何でよー‼　今日も今日とて色々お仕事用意してんのに何でアンタら外に出てこないのよー‼　キホン新しいサービス見つけたらこまめにチェックするのが常道でしょう⁉」

「……別に贅沢を求めている訳じゃないからなあ」

上条は爪楊枝のない北欧文化に軽くイラッとしながらも、

「ていうかお前、冥界の女王ヘルだろ

「げふんげふん‼」

咳払いで台詞を潰したつもりのようだが、もうどうにもならなかった。

いたたまれなくなった上条はこう叫んでいた。

「無理だよ、だってこれ騙される方も乗りきれないよ！　何故なら途中で出てきた人はアンタ一人しかいないじゃない‼　容疑者が一人で事件が起きたらそりゃアンタ真っ先に疑われるよ‼」

「ばっ、馬鹿な事を言っているんじゃないわよ‼　ここは街の中なんだから、途中で人とすれ違ったり、宿屋のおじさんと世間話したり、ほら、荷物運びのバイトのお金は誰から受け取ったの⁉　人なんてたくさんいたよ私だけじゃないわよ！　美少女以外はいらないからって風景の中からオミットしてんじゃないわよ‼」

インデックスと座敷童が呑気に顔を見合わせていた。

「でも、だってねえ、なんだよ」

「あれだけねちっこく登場しておいて無関係な一般人ですはありえないでしょう。昼下がりの午後、疑惑の未亡人が時刻表片手にこれから外出するっつってんのにスーパーのタイムセールへ向かうだけで終わってたまるか的な」

あうあうあう、と混乱を極める舞台衣装の魔女改め冥界の女王ヘル。

よほど余裕がないのか、半透明のドレスの下に覗く色白と青ざめた肌はぞるぞると布陣を変え、何故だかスク水日焼け跡っぽくなっていた。

「ね、ねえ、気づいてた？　亡霊の鎧と私のドレスが同じ半透明の氷繋がりだった事にはせめて気づいてもらえてた⁉　氷と死者の国ニフルヘイムらしくだ‼」

血走った目で青系スク水日焼け跡が叫ぶ。

「最初に提示したバイトについても、死体を運ぶとか世界樹の根っこをかじるとか、ちゃんとニフルヘイム絡みのトピックスを織り交ぜていたのよ？　私はちゃんとやっていたのよ？　分かっていたわよねっ、ねっ⁉　そこんとこ一つ一つ通って結論には至ったのよね⁉」

せめてもの精神的救済を求める冥界の女王ヘルに対し、バニーガールが満面の笑みを浮かべて（悪意のままに）応じる。

「あれーどうでしたっけー？　何だか良く分からないけど、ヴァルトラウテさんとかいうのがのっけから冥界の女王ヘルの仕業って言っちゃってたようなー？」

「うおおおおおおおお!!　天才的頭脳のなせる瞬間芸とかじゃなくて普通にネタバレかよおおおおおおおおおおおおおおおおおおおおおおおおおおおおおおおおお!!」

崩れ落ちて四つん這いで床をバンバン殴りつける冥界の女王ヘル。……たびたびこの名前を出しておかないと、いつの間にか『スク水さん』という全然関係ない呼称で固定されてしまいそうで怖い。端的に言うとそれくらいすっかり威厳や尊厳が奪われていた。

　そして四つん這いのまま女王は叫んだ。

「だが!!　色々ショートカットしたって事はさっさと結論を言うしかないようね『異邦人』！　ちまちまレベルアップなんかしている時間を自ら捨てるだなんて命知らずとしか言いようがないわ!!」

「……女王よ、バイトの斡旋以外に何ができるんだ」

　上条が素朴な疑問を発すると、地味に傷ついたのかヘルは涙目気味にこう答えた。

「強いて挙げるなら、暗黒竜ニーズヘッグの召喚とか」

　表で爆発的な暴風があった。

宿屋の玄関の扉が勢い良く内部へ向けて手裏剣のようにカッ飛び、全ての窓が砕け散った。

それはあまりの大質量が地面近くで空気を叩くように減速した事によって生まれた、強烈なダウンウォッシュだった。シスターの裸マントが危うく大きくめくれかけ、殺人妃の踊り子さん衣装の金具が吹っ飛びかける。もはや屋内にいる上条達には、その全景を確認する事もままならない。だが外から見れば一目瞭然だっただろう。人里、宿屋の正面に、二〇〇メートルに届く巨竜が舞い降りたのだと。

感覚的には出入口全体を暗黒竜ニーズヘッグの開いた大顎が埋め尽くすようなビジョンの中、四つん這いのまま冥界の女王ヘルが片手をピコピコ振って指示を飛ばした。

「ふふふははー!!　優れた人間の魂、稀少な人間の魂は優れた兵力になるってのはヴァルトラウテ辺りから聞き及んでいるのよね。だったらもはや説明不要!　ニーズヘッグ、この者達の肉の器を欠片も残さずすり潰してやりなさい!!」

反応は迅速だった。

開いた大顎の中に、漆黒の粒子が集束していく。それが膨大な圧力を溜め込んでいく。ひとたび解き放たれれば『ベイビーマグナム』相手に向こうを張れるほどの大火力となるその一撃、その矛先が、生身の人間に向けて容赦なく突き付けられていく。

「さあ、~~ダウンロード専売で小分けに売り出すRPGならここで『vol.XXへ続く』を挟むくらいのクライマックス感で行ってみようか――　はいムービー班の皆さん高画質のお願いします~~ドーン!!」

……と、何やら感極まっている冥界の女王ヘルだが、彼女はいくつかの失敗をしていた。

一つ目。

上条当麻の右手には幻想殺しが宿っており、彼が右手を正面にかざせば大抵の魔術攻撃は打ち消せてしまう事。

二つ目。

暗黒竜ニーズヘッグの大顎は宿屋の戸口にあり、冥界の女王ヘルは四つん這いのまま上条当麻の目の前に位置していた事。

三つ目。

暗黒竜ニーズヘッグは必要以上に冥界の女王ヘルに絶対服従で、この位置関係はヤバいなーと思ってはいても主君の命令を優先した事。

以上の三点を総合的に加味した結果、『それ』は起きた。


「あ」

カッ!! と漆黒のブレスが四つん這いの冥界の女王ヘルの尻のみを正確無比に叩いた。

あるいは、人の背丈ほどもある巨大なしゃもじで尻を目がけてフルスイングしたら、こんな轟音が炸裂したものだろうか？

右手の幻想殺し(イマジンブレイカー)で吹き荒れる漆黒の奔流(ほんりゅう)をかき消しながらも、上条はとっさに首を振って『それ』を避(さ)けていた。

「hぶrgbhえあるおghbるおgbろgbrbふぉぶふいうぃえfbjr!!⁉??」

中途半端(ちゅうとはんぱ)なへっぴり腰のまま宙を舞い、向かいの壁へと頭から突き刺さった一つの影。

思わず行方を見送ったヘイヴィアは、壁から丸い尻と、足と、長いスカートだけを巨大な花のように大展開させたその結末を前に、思わずこう呟(つぶや)いていた。

「……人の成し遂(と)げた奇跡だぜ」

12

人間ラフレシア、もとい冥界の女王ヘルを壁から引っこ抜くのには難儀(なんぎ)した。元々何か引っかかっているのか壁に刺さった女性を引っ張ってもなかなか出てこず、しかも冥界の女王ヘル自身が頭隠(かく)して尻隠さずというか現状を酷(ひど)く恥(は)じているのか明らかに両腕を突っ張り皆の前に顔を晒(さら)されるのを拒(こば)んだ上、しまいには救出作戦に勤(いそ)しむ上条当麻辺りの胴体を細い両足でカニバサミして逆に壁の中へと引きずり込み始める始末だった。

総括(そうかつ)して安西恭介(あんざいきょうすけ)が叫ぶ。

「うわあ怖い!!　南国辺りの得体(えたい)のしれない食虫植物みたいになってる⁉」

「何だってそこまでして『優れた魂』とやらが欲しいんでしょうねえ。まったくカミサマのやる事はどいつもこいつも『不条理』が極まっていますよ」

とはいえ、所詮は多勢に無勢。綱引きみたいにみんなでヘルの両足を掴んで引っ張り続けると、やがて絵本に出てくる馬鹿デカいカブみたいに彼女の体がスポーン!! と抜けた。

反動で全員が床の上へ投げ出され、ビキニアーマーとかバニースーツとか男女の区別なくもみくちゃになった事でヘイヴィアの顔が至福に染まりかけたが、よくよく観察してみればいつもの悪友が覆い被さっており半ば以上本気でドツキ回す羽目になった。

南国式葉っぱ水着の座敷童は折り重なる人の山から我先にと四つん這いで抜け出しつつ、

「それで、セクシーよりも恐怖の色が強い、世にも奇妙なカニバサミを披露してくださった冥界の女王ヘルさんはこれから何をどうするつもりなのかしら?」

「ふはー!!」

声に、ヘルもヘルでがばりと起き上がって高らかに(そして無意味に)笑い始めた。多分ヤケクソにならないとやってられないのだろう。

「世界樹ユグドラシルから伸びる九つの世界、そのどこにも属さない真なる『異邦人』の希有な魂なんて冥界の女王ヘルちゃんが総取りするに決まってんでしょ!! むしろ見逃す理由を探す方が難しい。こんなの林で札束の詰まったジェラルミンケースとご対面したようなもんよ。え、交番に届ける? はいはい教科書アンサーご苦労様ですってな!!」

どかりと適当な椅子に腰掛けながら、ヘルは（やはり無意味に）足を組んでそんな事を言う。これもまた胸の内の恥を押し潰すため、精神的に上位へ返り咲きたいらしい。

が、ついてこれないのは上条達だ。

インデックスは自分のこめかみを人差し指でぐりぐりしながら、

「うーん……。文化風俗そのものが私達とざっくり違うものだから、このまんま会話を進めても何にも分かり合えないかも。その前に、まずお互いの認識を『寄せる』必要がありそうなんだよ」

「あん？　俺としちゃアンタが何言ってんのかも分かんねえぞ。具体的に何すりゃ良いってんだ」

ヘイヴィアの怪訝な声に、バニーガールは苦笑いで提案する。

「まさかと思いますけど、分厚い六法全書を音読しろって言うんじゃないでしょうね」

「……言われてみれば、そもそも日本の法律をまとめた本なのに誰も詳しく知らないっていうのもすごい話だよな」

上条はそう言ったが、乗り気でない彼に座敷童が別の方向性を投げてみる。

「道徳、倫理、規範……。この辺りを『子供でも分かるように』簡単にまとめた、インストール用の書物ならどこの世界、どこの時代にでもあると思うけど」

「何なのよその洗脳データみたいなヤツは……」

「童話に絵本に昔話。あれ、子供に語って聞かせる『教訓話』よね？」

軽く数百年単位で生きている妖怪の言葉に、上条と美琴は顔を見合わせた。

やってみる価値は……あるかもしれない。

寛容な社会とは良く言ったもので、会談や交渉で一番有効なのは、両者の価値観を統一する事だ。……まあ大抵の場合は、相手を理解するのではなく、こちらに染める努力の方が多いのだが。

上条は意を決して、

「ミセス・ヘル!!」

「私はぴちぴちの未婚だおばちゃんに見えんのか!!　何よ!?」

「ＲＰＧに出てくる隠しボス風の年齢なんか知らねえし。それよりだな」

「それよりって流すな！　だから何なのよ!?」

「……君は桃太郎という話を知っているか」

……実を言うと上条も桃太郎を細部まで覚えている訳ではないのだが、確か桃から這い出てきた超人が三匹の畜生を手懐けて鬼の棲む島を強襲し、金銀財宝を根こそぎかっぱいでくる話だったと思う。

　絵本、書物としてまとめられている以上、本来はそれなりに長い話のような気もしたが、実際に上条が要所をまとめて説明してみると、一〇分間も保たなかった。

　が、

「えぐっ、ひっく……良かったねえ桃太郎。やっぱり男として生まれた以上は外の世界へ侵略して一国一城築いてこそ英傑だものねえ。アンタ立派な男、いいや『漢』になったもんだよ、うォォおおおおおおおおおおおおおおおおおおおおおおおおおおおおおおおおおおおおん!!」

「ええー!?　泣いてる、桃太郎で号泣している人なんて見た事もないわよ!?」

　美琴が驚きの声を上げたが、横にいる七浄京一郎は単純に喜んでもいなかった。

「……あの、ええと、やっぱりお互いの認識に齟齬があるっていうか、不穏なワードが混じってないか。桃太郎は侵略戦争の話じゃないし……」

　そしてそれ以上にドン引きしていたのはクウェンサーとヘイヴィアの馬鹿二人だ。

「(……怖いって、何だよ『島国』ってのは子供の頃からあんな話を聞いて育っているのか!?人喰い巨人の島を殲滅させてハッピーエンドなんて、そりゃあ恐ろしい兵士達になる訳だ!!)」

「(認識を改める必要があるぜ。ヤツらテクノロジー大国ってんで有名だったが、短期間の内に闘争心を醸成させる戦闘教育にも余念がなかったって訳だ!)」

　横では提案した座敷童と、氷漬けの陣内忍に寄り添うばかりだった雪女までもが束の間、現実を思い出すようにぶるりと身震いしていた。

「まあ確かに、『私達』の側から見れば別に子供に語って聞かせる話でもないのだけどね。そもそも結局桃太郎って何だったのかも謎のまんまだし……」

「……あれはとんでもない突然変異でした。冗談抜きに桃太郎が五人ほどいれば『私達』は絶滅させられていたかもしれませんし……」

が、思ったよりも効果はあるかもしれない。

冥界の女王ヘルは両手で上条の襟首を摑むと、そのままぐわんぐわん前後に揺さぶりながら、

「まだないの!? アンタら不思議な格好しているからおかしいとは思っていたけど、吟遊詩人の集まりって分かっていたらもうちょっと歓待したっていうのに！ とにかく異国の話を聞かせるのだー!!」

「ちょ、待っ、死、これ、首が!?」

好まれようが嫌われようが結局は冥界送りにされかけた上条だったが、ギリギリのところで解放してもらえた。

『ステータス異常・混乱』が自然回復するのを待って、上条はゲホゴホと咳き込みながらも、何とかして話を先に続ける。

「かぐや姫っていうのはな」

「何だよー、必要な別れとかそういうのは良いんだよー‼　おじいちゃんおばあちゃんと一緒にいたかったんでしょ、だったら添い遂げればいいじゃんよかぐや姫ェェええ‼」

「浦島太郎って話があってだな」

「うおおおおおおおおおおお‼　ここにきてよりにもよって悲恋ものかよ⁉　つーか乙姫がこんだけ猛烈にアタックしてんだから話に乗っかれよ浦島太郎‼　あのシチュエーションで地上に帰りたいとか鈍感主人公かキサマ⁉」

……やはり所々に認識の齟齬があるようだが、冥界の女王ヘルは先ほどよりも『徹底的に分からない人』という雰囲気が削げていた。少しずつだが、彼女の琴線が摑めてきた気もする。

主人公が戦って勝つ話は好きらしい。

人と人が別れる話では哀しむらしい。

恋愛は普通に成就してほしいらしい。

こう考えると、大仰な肩書きの割に感性そのものは普通の人間とそう変わらないように思えてくる。

　ここでクウェンサーとヘイヴィアが再び内緒話をした。

「（……この程度で号泣って事はだ、シェイクスピア辺りを持ち出したらこいつ一体どうなるんだろうな？）」

「（……待て待て、予備知識が必要な小難しい話じゃキョトンとされるかもしれねえ。フランダースの犬とかどうよ？　いまいち俺にゃあれを子供に語って聞かせて何を学ばせようとしてんのか分かりゃしねえんだが、あれほどはっきりした絶望話もねえもんだ）」

「おいゲス顔ども。話がまとまりかけているんだから遊びを持ち込むんじゃないわよ」

　美琴が釘を刺しておく。

　が、彼らの目的は『ヘルから暴力沙汰で変なちょっかい出してほしくない』である。となると、人の命だの生き死にだのに直結する童話で牽制してみる事自体は、悪くないかもしれない。

　という訳で美琴は、

「ねえねえ、マッチ売りの少女って知ってる？」

「このゲス顔!!　凍死すんのが女の子な分俺らとしちゃそっちの方がヘヴィーだっつの!!」

　桃太郎やかぐや姫さえ涙と鼻水だらけで喰いついてきた冥界の女王ヘル。となると正義のヒーローも魔法で大逆転もないマッチ売りの少女を目の当たりにしたらどうなってしまうのか。

　興味半分恐怖半分の、怖いもの見たさな一行だったが、

「はあ？　生きるための努力を怠ったんならそりゃ死ぬに決まってんじゃない」

……あれ？　という空気が宿屋をくまなく覆い尽くした。

冥界の女王ヘルの顔中を埋め尽くしていた涙と鼻水が一瞬で引っ込んでいる。

上条はちょっと確認を取ってみる事にした。

「いやいやいや!!　これは、その、なんていうか、分かんないかな？　典型的な悲劇っていうか、作中ではマッチ売りの少女は死んじゃったけど、でももしも誰かが一人でも手を差し伸べていたら違った結末になったんだからあなたがその一人になりましょうよ的な教訓話であってだな……」

「何言ってんの、そいつが黙ってマッチ売りに留まったからマッチ売りのままくたばったんでしょ？　つーか、自分で状況を打開する努力もしなかったのに、それを他人に押し付ける訳？そんなの支え合って生きてないわよ、ただ一方的に寄りかかって相手を押し潰すだけだって」

何となく。

認識の齟齬というか、会話の通じない『核』のようなものを見つけた気がした。

上条は少し考え、別のリトマス紙を投じてみる。

「お気に召さなかったようだから、別の話にしよう」

「おおう、望むところよ！　ドラゴン退治の話とか聞きたいわね!!　こう、ムキムキのマッチョがガッツンガッツンぶつかる系の!!」

「残念だがドラゴンもマッチョも出てこない。人魚姫って話なんだけどな」

…………………………………………………………………

…………………………………………………………………。

「はあ？　惚れた男を雌猫に譲って自分一人でくたばるとかありえないんですけど？？？」

やっぱりここだ、と上条やクウェンサー達は思う。

その間にも、『齟齬』が分かっていない冥界の女王ヘルはこう続けてしまう。

「つーか、恋愛沙汰なんて世界で一番分かりやすい闘争軸でしょ。惚れた男はライバルぶっ殺してでも独占しなくちゃ！　声が出ない？　足が魚？　知らねえわそんなの!!　王子に惚れたんなら使える手段は全部使えっての！　アンタの愛はその程度か人魚姫!?　ぷんすか!!」

「……これは、やっと色々分かってきた感じですね」

殺人妃が慎重に言葉を選びながら告げた。

冥界の女王ヘルは何があっても『人間の死』を美化しない。

冥界の女王ヘルは闘争を拒否して『自ら死を選ぶ』行為を特に嫌悪する。

だから、彼女は根本的に悲劇で終わる話に納得しない。そうなるくらいなら、別の登場人物を殺してでもハッピーエンドにしてしまえと憤る。

……一見するだけなら正しいようでいて、しかしどこか歪んでいるのは、死んでしまった人を敗者と見下しているところにあるのかもしれない。被害者とか自己犠牲とか、そういう特別枠を用意しないで、一律に死者は全て同じ敗者の枠に放り込んでいる節があるのだ。

ただ、これは『ヘル特有』の思考か？

あるいは、この北欧世界全ての人々の共通認識ではないのか？

「そもそも死の先にある世界が辛く苦しいもんだってのも言いがかりだしねぇ」

呆れ果てたようにヘルは言う。

「冥界ニフルヘイムにだって氷殿エリュズニルって館はあるもの。あ、これ私んちね。使える人間の魂はきちんと館に呼んで客人として歓待する。今は光神バルドル辺りがくつろいでいるかな、アンタらも引きずり込んだ後は能力次第で客間をあてがったって良いし。冥界ニフルヘイムに連れてこられた人間達が永遠の責め苦を受けるのは、私達が残忍だからじゃないわ。こっちに落ちてくる罪人達は揃いも揃って歓待を受けるチャンスを与えられないほど使えない魂ばかりだから、辺り一面が残虐ショーになっちゃう。これに尽きるもの」

ま、良質な魂はみーんなオーディンが持ってっちゃうから余り物ばかりになるのは仕方ないんだけど、と冥界の女王ヘルは息を吐いた。

「……罪人にチャンスはない？　使える人間って……？」

上条が訝しむように言うと、冥界の女王ヘルは顔の近くでひらひらと手を振りながら、

「ああ、これ最終戦争ラグナロクで『使える人間』って意味ね。アンタらがどんな基準で天国地獄を振り分けているかは知んないけど、こっちじゃそういうルールなのよ。強靭で勇猛で華々しく散った戦士やそれを魔法的に支えた魔女はみーんな『使える』ってんで主神オーディンのアホ辺りが青田刈りして天界送りよ。おかげでこっちの冥界にゃあ病人だの老衰だの、戦わずしてくたばった人間の魂しか下りてこないのよねぇ」

この寄せ集めでラグナロクに勝てってそりゃ無理な相談だわ、とヘルは呟きつつ、

「そんなこんなで、ヘヴィゲーマーみたいになってるオーディンの唾がついていないアンタ達は、私達みたいな冥界の軍勢からしたら喉から手が出るほど欲しいって訳。軍勢だの戦術だの言ったって、結局んとこ神々の戦いってのは個々の魂の輝き、たった一人の英傑やら軍神やらが戦局を左右しちゃうのは良くある話だし。ま、劣勢に立たされた宇宙連盟軍が敵の新型エース機をダース単位でかっぱらいに来たようなもんかしら？」

説明はされたが、腑に落ちるものは一つもなかった。

むしろ、上条達の疑問は膨らむばかりだ。

そもそも、根本的にだ。

上条は尋ねる。

「ちょっと……ちょっと待ってくれ。アンタは冥界の女王ヘルとか名乗っていて、それってつまり悪魔の王のサタンだの地獄の王の閻魔様だのそういう位置づけなんだよな？　ＲＰＧ知識で申し訳ないけど」

「そうねー、悪の権化っつーより悪の裁定者の方が格好良くてオススメだけど。何にせよ罪人の魂ひしめく地の底を治める女王ってんで認識は間違ってないわ」

「そう、それだ。地獄だか冥界だか知らないけど、そこには『罪人』がひしめているっていう話なんだろ？」

「基本的には。ただ、例外的に魂の格を上げ過ぎた巫女の霊なんかも別荘建ててるけどね。男性社会の北欧じゃ秩序を乱すんだと」

「……じゃあ、何でまたその冥界には病気や老衰で死んだ人達が溢れているんだ……？」

まるでイメージが合致しない。

精一杯生きようとしてそれでもベッドから出る事のできなかった子供や、さんざん努力を重ねて多くを助けてきた老人達が、地の底へ落とされる理由が分からない。

地の底、冥界とやらが上条やクウェンサー達の想像する通りのものだとすれば、彼らはそこでも責め苦を受けているはずだ。文字通り、死人に鞭打つような形で。

彼らが『罪人』の餌食となって被害者になるなら、理不尽でもまだ想像はつく。

だが、彼らが『罪人』そのものになり加害者として扱われるのは、もはや想像の範疇を超えた理不尽ではないか。

「え、だって」

しかし、冥界の女王ヘルはキョトンとした顔になった。

太陽が空から落ちてこないのはおかしい、計算が合わない、と馬鹿正直に言われた時のような顔だった。

そして彼女は一秒のラグも置かずにこう即答した。

「たったの一人も殺さずに一生を終えるなんて、そんな大罪人を社会が許す訳ないじゃない」

…………………………………………………………

……………………………………………………………。

沈黙があった。

一応は『平凡な』という冠のつく高校生の上条当麻や七浄京一郎はもちろん、殺人鬼同士の戦闘を生業とする殺人妃、世界平和のためにモラルを捨てたバニーガール、人間社会を『外』から眺める妖怪の座敷童、極め付けに年中無休で戦争をやっているクウェンサーやヘイヴィアまでもが、束の間、呼吸と思考を奇麗に忘れていた。

ヘルだけが、止まった時間の支配者じみた滑らかな挙措で言葉を続ける。

「ん？　今のは語弊があったかな。人間同士の戦争に参加もしないで死ぬなんて、いやいや、神々の戦争に備えた予行練習もしないで死ぬなんて、いやいやいや……。でもなあ、どっちみち人殺しに協力できない戦争不参加者は問答無用で冥界送りってのは変わらないしなあ」

その、言葉に。

特大の悪意があれば、まだ理解はできずとも納得はできたかもしれない。

冥界の女王ヘルとはつまり人の悲劇や不幸を呑み込む極大の果てであり、その理不尽でもって順当に生きようとする人の道を曲げる存在なのだと。だから理解できないのが正解なのだと。

だけど、違う。

ヘルの顔つきやその口調そのものは、隣の席に座るクラスメイトの女子となんら変わらない。

そして彼女が語っているのは冥界の住人だけのローカルルールでなく、人間や神様をひっくるめた世界全体のグローバルルールだ。

この理不尽は、彼女が一人で作ったものではない。

神様を名乗る者さえ疑問一つ挟む事なく履行している世の理なのだ。

「ま、簡単に言っちゃえば天国地獄の裁定はランキング制って感じなのかな。より強く、より倒し、より殺した者からリストに名前が連なって、上位何名のラインで天界アースガルドへの扉が開く。でもってそこから弾かれた連中は冥界へ落っこちる。ほら、これならスコアを稼がなかった病人や老人がどうなるかなんて明白でしょ？　人は、多くを殺さないと天界で幸せな生活はできないのよ。まったく困った仕組みよねえ」

「……なん、なんだ、そりゃあ？」

ヘイヴィアが呻きを発していた。

全身を銃火器で固めた軍服の兵士でさえ、呑まれそうになっていた。

「いや、俺みてえなのがこんなの言う義理はねえってのは分かる。そいつは良く分かってんだが、それにしたって歪んでやがるぜ。だって、普通は逆だろ。殺したヤツより殺されたヤツの方が救われるってのが、どこにでもあるあの世の理ってもんじゃあねえのか⁉」

「んなもんルール作ったヒゲの主神辺りに聞いてよ。あいつはあいつで予言恐怖症だから、最終戦争ラグナロクで自分が巨大狼フェンリルに喰われるって分かった途端にあの感じだもの。あのヒゲにとって善人とはより多くを殺せる英傑で、悪人とはより多くを殺せない平和主義者って事なんでしょ？」

「そんなのに従うなんて間違ってる、とは思わないの……？」

御坂美琴が、唖然としたまま呟いていた。

「だって、そんなの、最終戦争ラグナロクって何なの？　アンタ達は何のために戦っているの？　戦って勝つのが目的なんかじゃない。それは手段でしかない。勝って、倒して、何を得ようとしているの⁉　守るために戦う。だとしたら、冥界だか何だか知らないけど、その守るべき人達を檻に閉じ込めて苦しめるなんて絶対に間違っているじゃない‼」

「んえ？　守るために戦うって何よ？」

渾身の力を込めたはずの叫びは、しかし無理解によって弾かれる。

あっけなく。

「最終戦争ラグナロクに勝とうが負けようが、どっちに軍配が上がろうが、何にしたってこんな世界は滅びるよ。そういう風に設定されてんだもん。オーディンのアホだって世界の守護や救済なんか求めちゃいない。自分が喰われるのが嫌だから、自分だけはラグナロクを生き延びようと世界を巻き込んでる。そんだけっしょ？」

「……、なによ、それ……？」

「予言だと最終戦争ラグナロクで私達も神々もそして人間も皆殺しにされる事になってる。でも光神バルドルとその弟のヘズ辺りが瓦礫の中から超展開大復帰して新しい世界と人類の始祖を一から作るんだと。だから最後の最後の、『その次』には神々が世界全土を覆う。それをもって『戦争の勝者』とするってのがラグナロクの存在意義よ」

冥界の女王ヘルは椅子に腰かけたまま人差し指を振って、

「だから、私達みたいなあぶれ者としちゃ、その結果にねじ込みたい。『最後に現れる者』は一人か二人で良い。その枠に『冥界の誰か』が組み込まれれば、『その次』の世界全土は私達が覆い尽くす。手前勝手な神々の存在しないまっさらな世界で、私達なりの理想郷を誰にも邪魔されずに作っていく権利が得られるって訳ね」

神々も、その敵対者も。

端っから世界を守るだの、世界を奪うだの、そんな事は考えない。

壊れる事が大前提。壊れた後に何が得られるかを計算し尽くす、そのレベルでの大災禍。

であれば。

板挟みとなったこの世界の人間には、何が残されているというのだ？

惑星を砕くほどの大災禍を単独で乗り越えるほどの力はなく、神様に祈ってもその神様自体が世界の破滅を望んでいる。かといって、その敵対者に宗旨替えをしたって、そちらもそちらで同じく世界の破滅を思い描く。

この世界の安息は、絵に描いた餅。それも、巨大な卵の殻にでも描いた餅だ。

内から割れて、何かが這い出てくる事が前提とされた世界。

親鳥に温められ、自壊のために育てられる理想郷。

「そんなの、間違ってるだろ……」

「んえ？」

上条の呟きに、冥界の女王ヘルはのんびりと首を巡らせた。

続けて、ツンツン頭は言う。

「もしも神様なんてのが本当にいるなら、世界だってそいつの都合に合わせて作られるんだろうさ。敵対者なんて名乗るヤツが出てきたって、そいつが自分で考えていると思い込んでいる事さえも神様の掌の上なんだろうさ」

でも。

「そんな考えで神様と戦って、勝利とやらをもぎ取ったって、その後には何が残るんだ？」

だけど。

「結局、神様が勝とうがアンタ達敵対者が勝とうが、結果は変わらないじゃないか。誰にも邪魔されずに理想郷を作ったって、そんなの病人や老人を苦しめる事に疑問を持たないアンタが作った理想郷でしかないじゃないか。二つを見比べて、戦闘バカの神様が作った理想郷と並べて、何か違いがあるのかよ。だったら、本当に、何のために戦っているんだ？　誰が勝とうが負けようが全く同じ『その次』の世界が待っているなら、最初から最後まで神様とやらのレールの上でしかないじゃないか」

そうね、と冥界の女王ヘルは答えた。

あくまでも、気軽な調子で。

「だけど世界ってのは時代の勝者が決めるものよ。そして世界樹が束ねる九つの世界の二大頂点には、揃ってこんな考えをするヤツしか出てこなかった。ま、わがままに付き合わされるその他大勢にとっては迷惑かもしれない。だけどほら、私は冥界の女王で恨まれるのも織り込み済みだから。逆にその辺、恐怖と殺戮を撒いておきながら信仰しろってふんぞり返るヒゲの方が凶悪だと思うけど」

どうやっても止まらない。

短い滞在期間を経て上条達はここから去る。そうなった後に、彼女達は彼女達の理に従って粛々と世界の卵を砕いてしまう。

所詮は一夜の夢、と放り出すのは是か。

あるいは。

「……なら、ここで暮らす人達はどうしろっていうんだ」

「簡単よ」

ヘルは笑顔で言った。

「黙って殺されるか、逆に私達頂点を殺せば良い」

13

冥界の女王ヘルは人間達の滞在する宿屋を出た。

ここでもう一ラウンドやっても良かったのだが、戸口に佇む暗黒竜ニーズヘッグが『やっちゃって良い？　やっちゃいましょうよ姐さん‼』みたいな感じで尻尾をぶるんぶるん振り回すので、いったんお開きになったのだ。いかに冥界ニフルヘイムを支配する真なる女王とて、一日に二回も壁面ラフレシアをやらかしたら精神的な致死量を超える。そんなのに耐えられるのは『あらゆる攻撃を弾く無敵の肉体を持った』光神バルドルくらいのものかもしれない（あとインデックスや美琴の方も、そろそろ衣服のメンテナンスをしないと全てが装備破壊しかねなかったし、だ）。

漆黒のワイバーンに腰掛ける氷の女王……と何やら中二病邪気眼てんこもりな感じになってるヘルだが……案外、人の心に描く原風景というのは神話の時代からさして変わらないものなのかもしれない。

と、そんな邪気眼の女王が飛び立とうとした時だった。

「えー⁉　サーモンのサンドイッチだよ、これが絶対に一番だもん！」

「何を言うか。唯一無二の絶対正義はハンバーグに決まっているではないか」

何やら言い争う声にそちらを振り向いてみれば、いつもヴァルトラウテの腰の辺りに張り付いている小柄な少年が、全長四メートル以上の巨人と議論しているのを目撃した。

というか、冥界の女王ヘルと並んで世界を滅ぼす大軍勢を指揮する……はずの、魔王スルトであった。

「アンタ何で人間界ミズガルズなんかに遊びに来てんの⁉」

「貴様が言うのもどうかと思うが」

「つーか炎の魔剣は⁉」

「ああ、あれは諸事情あって放り捨てた」

ケロッとした顔で存在意義を否定するような事を言われ、冥界の女王ヘルは軽い眩暈に襲われた。

魔王スルトと冥界の女王ヘルに挟まれた（割と神話規模で絶体絶命な）少年は、しかし全く危機感を感じていない声で、

「お弁当のおかずは何が最強かで話し合っているの。ヘルちゃんも一番はサーモンのサンドイッチだって思うよね⁉」

「いや鮭は美味いのは認めるが、サンドイッチにしてしまったらおかずにならんだろう。何より小さなハンバーグが最強なのだ、こればかりは譲れん。小さなっ！　お弁当用のハンバーグが豪華な感じがするではないかっ‼」

「サーモンのサンドイッチならおかずにもなる。サンドイッチをおかずにしてライスだって食べられる」

「ぬう、こやつ、まさかタコ焼き原理主義者の親戚か⁉」

最初は呆れて相手にする気もなかったヘルだが、何故だか途中でイライラしてきた。

そう。

何故、おかず最強ランキングで『あれ』が出てこないのだ⁉

「ちょっとー！　こういう時はとりあえずフライドポテト入れとくべきでしょばっかじゃないの⁉　そのまま食べるもよし、みんなで分け合うもよし、他のおかずとトレードするもよしで言う事ないいじゃない‼　みんなでおしゃべりする時はフライドポテトって決まってんの、世の中的に。何でそんな簡単な事が分かんないかなあ⁉」

と、不満のままに叫んでみる冥界の女王だったが、

「ええー……？」

「フライドポテトとかマジかこやつ……」

テンションだだ下がりの男衆に、ヘルが激昂した。

「おおい‼　ここは最強のおかずに恐れ戦いてひれ伏す場面でしょう⁉」

「いやいやヘルよ、貴様は弁当というものが分かっておらん。フライドポテトは揚げたては美味いのだが、弁当箱の中に長時間入れておくとどうだ。利点が消えてしまうではないか」

「コロッケとかもそうだけど、しなっしなになっちゃうのは駄目だよね。お弁当なんだもん」

「えっ、な……そんな事ないわよ、フライドポテトは何も悪くないっ！　それは同じお弁当箱の中に水分を多く含む……そう、魚とかハンバーグとか詰めてあるからよ‼　だから湿気みたいなのが籠ってしなしなになっちゃうの！　ちゃんと油を少な目にして、入れ物を分けておけばそんな事にはならないはず……‼」

「ポテトのためにサーモンを弾いちゃうなんてなあ」

「ハンバーグの切り捨てなど世の中に対する冒瀆であろう」

わっ、とヘルは唇を震わせ、

「分からず屋めェェえええ!!」

ぶわさあ!! と暗黒竜ニーズヘッグの翼を羽ばたかせ、冥界の女王は勢い良く飛び立ってしまう。

眼下では少年が大きく手を振っていた。

『あっ、もう帰っちゃうの。ヘルちゃんばいばーい』

「二度と来るか!! 二度と来るかァばーかばーか!!」

フライドポテト全否定の衝撃を受けたヘルは半ば泣き叫ぶようにしながら、ニーズヘッグと共に人間界ミズガルズを飛び越す。世界樹ユグドラシルに支えられた九つの世界でも果ての果て、陽の光も届かない白き絶望の地、冥界ニフルヘイムへと女王が帰還する。

そこは全てが雪と氷に包まれた場所だった。

どれだけ地面を掘り返しても水も食料も手に入らず、ただ立ち尽くすだけで柔らかい肌を内側から引き裂くほどの寒風で埋め尽くされた、死の先の苦痛を与える地。

それは苦行ではない。どれだけ積んだところで、魂の浄化は約束されていない。

ただ、落ちてきた者を永劫に苦しめる、それだけの巨大システム。

ちょっとしたトレーラーほどもある番犬ガルムが冥界の女王ヘルを出迎える。

「おおう、待たせたわねガルム。留守番の任、大義だったぞー」

軽く手を挙げると、撫でて欲しがっているのかわざわざヘルの手の届く場所にまで巨大な頭を下げてくるガルム。

よしよーし、と番犬を手懐けるヘルだったが、そこで視界の端に何かがチラリと入った。

一面を白で埋め尽くした、猛吹雪のスクリーンのさらに奥。

ボロボロの布きれだけを体に巻きつけた人間達が、一列になって雪の上を歩いていた。彼らの両手と両足はそれぞれ鎖で戒められ、さらには前後を行く別の者とも連結されている。

年齢も性別もバラバラの老若男女だが、冥界ニフルヘイムにやってきたという事は、一つの共通点を持っているはずだ。

彼らが何か罪を犯したという訳ではない。

ただ世界をまとめる主神オーディンにとって不要であったから、天界アースガルドの扉に弾かれたというだけの話。

それだけで冥界ニフルヘイム送りとなり、一切の救済措置もなく永劫の責め苦を受ける事を一方的に決定づけられた者達。

「まーた増えたわねえ、戦争不参加者の魂。病気や老衰の他に、飢餓でもあったのかしら」

冥界の女王ヘルはそう呟いた。そんなのどうでも良いからこっちの頭も撫でてよ‼ 寒いの我慢してるんだから褒めて褒めて‼ とばかりに暗黒竜ニーズヘッグもぐりぐりと巨大な頭を押し付けてきて、番犬ガルムとの間で熾烈なシェア争いが勃発しかける。

苦笑いで両方の頭を撫でながらも、冥界の女王ヘルの脳裏で、何かがチクリと刺した。

それは、ほんの小さな棘のようなものだった。

だから、当人もそれには気づいていなかった。

『異邦人』がもたらした、ちっぽけな小話。

「……、」

それでも、確かに棘はあったのだ。

心の傷は、乗り越えた先でも疼く事を、彼女は知らない。

そしてほんの小さな棘、いや、楔であったとしても、巨大な歯車をまとめて止めてしまいかねないほどの効力を発揮する事も。


間もなく。

世界は変わる。

【シリーズ紹介その4】
インテリビレッジの座敷童
超高級ブランド田舎、インテリビレッジには当たり前って顔で妖怪達が暮らしている。ただ、その性質を組み込み、悪用した犯罪装置パッケージも猛威を振るって……。パッケージの謎を解き明かし、黒幕に一撃入れろ!

第二章

第三章

1

そういえば、『インテリビレッジの座敷童』の主人公、陣内忍って何やってんの？

「どばーん!!」

そして意味不明な叫び声と共に、金色に髪の色を染めた高校生、陣内忍はトラバサミみたいな勢いで体を起こした。

「お待たせいたしました諸君、陣内忍☆超復活!!」

どこぞの弾幕シューティングみたいな叫びと共に目を覚ました陣内忍だったが、そこで周囲を見回し怪訝な目つきになる。

それは材質不明の半透明な大地（強いて譬えるならつるつるしていないガラスに近いか）であり、膨大な大地はあまりにも巨大な樹木の枝々によって支えられており、その大地の上には火星移住計画でも始まってんのかと疑いたくなるほどの流線形遠未来シティが広がっていた。

陣内忍ははるか遠方に建っている軌道エレベーターみたいなのを呆然と眺めながら一人呟いていた。

「……とんでもねえ話だな。一体何階建てなんだ、あれ」

「大広間『だけで』五四〇室もあるって話だし、軽く一〇〇〇階超えてんじゃない。噂のバカ息子雷神トールのお屋敷だよん、信じられる？　筋肉バカだから何とかなるかもしれないけど、普通だったら家ん中で餓死できる広さよねえ。やっぱり光神バルドルがくたばったのは大きな損失だったわ。あいつはバカのつかない良い息子だったのにね」

いきなり真後ろから女性の返答があった。

うわあ⁉　と驚いて忍が振り返ると、そこにはゆったりとした白い装束を身に纏い、長い金髪をツインテールにした女性が屈み込んでいた。ドレスに大変ゆとりがあるせいか、体勢次第では乳房がチラリどころか丸ごと放り出されそうな危うさがあった。

そして陣内忍はいちいち顔を両手で覆ったり後ろを向いたりしなかった。

彼は宝石商のような真剣極まる眼差しで谷間をガン見しながら尋ねる。

「お前は一体何なのよ？」

「おっ、自分に正直で大変よろしい。そしてふはーはー‼　私は美貌女神フレイヤ、美と愛欲の女神にして天界アースガルドの軍勢の半分を自在に操る大女神だっ‼」

「ほうほう、美と愛欲ですか。ほほう！　その筋の専門家さんですと⁉　その辺りをもうちょっと詳しく！　何をどこまでやっても怒られないのさ神⁉」

「……いや、それよりまず自分の事心配してみたら？　アンタ氷漬けが極まってコールドスリープのまんま魂だけ天界アースガルドまでやってきちゃったんだけど」

「ええー死人かオッパイよ⁉　それオッパイじゃ超復オッパイ活してないじゃオッパイんどうすオッパイんのオッパイ俺オッパイオッパイ‼」

「一色かよ思春期だなあ‼　地上に氷漬けになったアンタの体が取り残されているって言ってるじゃん！　幽体離脱してんの、軽めに死んでるんだけど分かってる⁉」

「オッパパパパパパパパパパパパパパパパパパパパパパパパパパパパパパパパパパパパパ‼」

「うわあ！　連打し過ぎてもう正しい言葉が挟まるスペースなくなっちゃってるし⁉　まーまーじゃあ一応は最低限の通過儀礼も終わったしここらで一肌脱ぎましょうか？　北欧の女神様はその辺割と容赦なしだよ、だってそういう伝承でそういう文化でそういう宗教なんだから仕方がないもんね。そんな訳でノーブレーキ‼　私が何故豊穣と多産を司る女神なのかを実技で教えてあげましょう忍ちゃーん‼」

「普通ならそこでヘタレブレーキがかかるところをアクセル全開で行っちゃうのが巷で噂の陣内忍だから！　死人には権利はあっても義務はねえって話だしそもそも異世界だし相手は神様だしで道徳倫理規範貞淑節制あまさずノーブレーキだぜえ‼　かもーんフレイヤさまー‼」

ぶわさあ‼　と辺り一面に薔薇と百合の花弁が撒き散らされそうになったところで、結婚の女神フリッグが握り拳で黙らせた。

ちなみにこのフリッグ、伝承では主神オーディンの妻であり、かつ普段は表に出ない彼に代わって全軍を統括する力と権限を貸与されているとする話もある。平たく言えば『世界一の軍神の代理人』であり、その拳の威力も生半可なものではないのだった‼

具体的に譬えると関東平野が丸ごとクレーターになって新しい湾ができるくらいの衝撃力だったが、フレイヤは豊穣神らしくそれらを逃がすのではなく、真正面から受け入れて体の中で溶かしてしまう。

そしてギャグのフィールドで乗り切った。

「ぐふう……‼　ふっ、流石のフレイヤちゃんも天界の軍勢の半分を支配する力と権限がなければ危なかったのだぜ……」

「妻の前でその話をしますか、それ私の旦那の愛人になってヒゲの力を横取りしたものですよね……？　そもそもあなたを北欧の女神の基準点にするのはおやめなさい。アクセサリー一つのためにドワーフ四人を相手取りましたなんていう奔放ぶりは、九つの世界全てを見渡してもあなたくらいのものなんですからね」

「えっ、男四人に女一人、だと⁉　それは、その、どういう……いいや、あれをこうしてこう体をひねったって、四人もいたら絶対に一人くらいはあぶれてしまうはずだっ‼　なんだっ、知恵の輪か、それともタコ足配線なのか⁉」

「ふふふ世の中にはとても奇妙な解決策がいくつもあるのよ。やはりコーコーセーには早かったかにゃーん⁉」

もう一発、結婚の女神フリッグの爆撃鉄拳が振り下ろされ、今度こそ両手で頭を抱えた美貌女神フレイヤが黙り込んだ。

フリッグは両手を腰に当てて、

「……まあ、肉体崩壊前に魂だけこちらに昇ってくる事例は極めて珍しいのですが、どうしましょうかね。天界アースガルドへやってきた以上はその魂の格を認め、それ相応の歓待をすべきなのでしょうか」

「おや天界とはあの天国の事かい？」

「それは特定の宗教内でしか通用しない用語なのですが、概念としてはさして違いはないかと。選ばれた人生の勝ち組だけがやってこられるあの天界です」

「つまり、つまりだ！　陣内忍は善き行いの果てに待っているとされる人の手では再現不可能なほどの天国接待を浴びるほど受けられると、そう考えても構わねえって捉えて良いね⁉　あとでぼったくりみたいなお金を取られたりもしねえって‼」

「(……うーむ、何でこの少年は自分が死んでいる事に疑問を持ったり早く帰りたいと泣き叫んだりしないのでしょう……？)」

そりゃ複数の女神様に取り囲まれたこの環境でなら、本筋に戻る前にちょっと寄り道くらいしてみるべきだからに決まっているのである。

「きゃほー‼　味わえるものなら一度は味わってみたかった神様アトラクションが俺を待っているう！　どうするどうなっちゃう、欲を捨てた正直者が辿り着くって言われる割に天国とか浄土とかの描写って宝石でできた宮殿とか美人の天女なんかがわんさかいるとかいうたとえが多いもんな‼　さてさて天界サービスその実像がどんなもんかソムリエ忍が確かめてやろうじゃねえか‼」

「そ、そうね」

美貌女神フレイヤは未だに頭頂部を掌でさすりながらも、何とか涙目から復活する。

「少なくとも死ぬほど楽しい毎日ってのは保証するわ。なんていうか、『男の夢』を全部叶えます的な？　天界アースガルドにやってきた男どもはもう朝から晩までガンガンに汗の珠を散らばせて夢中で動きまくっているくらいだし」

「……ああ、殿方って何でああいうのがお好きなんでしょうねえ」

そして陣内忍の右のこめかみから左のこめかみに向けて強烈な電流が迸った。

彼の思春期が爆発する。

「マジか⁉　マジで酒池肉林なのか⁉　だ、だったらこの辺でいったんシーンを切ってもらって良いのよ？　俺はその間に裏手に回って好き放題やらかしちゃうからなあ‼」

「だいじょぶだいじょぶ。コソコソしなくたってみんな大っぴらにやってるし」

「マジかー!!　どうなってんの北欧基準!?（↑超嬉しそう）」

「はいそれじゃあ発表します！　北欧の男達はくたばって天界アースガルドへやってくると！」

「やってくると？」

「朝から晩まで年中無休でハァハァ息を切らせて!!」

「切らせて!?」

「武器を手にして永遠に殺し合いを続ける権利を与えられますっ!!」

「……んんう!?」

危うく『はい』のボタンを連続クリックしかけた忍は慌てて思考をストップさせた。

ちょっとバックしてみる。

「待て待て待て待て!!　何だっ、何なんだその地獄絵図っぽいサービスは!?　ん？　そもそもサービス？　ただの地獄ではなく？？？」

「え、ああ大丈夫よ。心臓ぶち抜かれたり首を落とされたりしても、ちゃんと次の日には奇麗サッパリ傷は治っているから。最終戦争ラグナロクまでエンドレスに殺し合えるわ☆」

「最後の戦争の日まで延々殺し合った挙句、そのまんまラグなしで世界の終わりに放り込まれんのか!?　そもそもお休みの日さえねえじゃねえか!!」

　すると結婚の女神フリッグもお上品に頬へ片手を当ててため息をつきながら、

「……殿方って何で戦争がお好きなんでしょうねえ。天寿を全うしてアースガルドまで導かれたのなら、いい加減に安息を願ったって良いはずなのに。毎日毎日飽きる事なくどデカいハンマーで人の頭を叩いたり叩かれたり割ったり割られたり」

「いかん。血と硝煙の中でしか生きる意義を見出せない系の軍人とかが思い描く、ドSなんだかドMなんだか分かりゃしねえ変態殺戮パラダイスに放り込まれつつあるぞ。やだやだー！　俺の酒池肉林はどこ行った⁉　酒と女はまだかー‼」

「うーん、それはそれでコーコーセーが口に出すようなパラダイスでもないなあ」

　美貌女神フレイヤの言い分ごときでめげる欲望の塊陣内忍ではない。

　すでに彼の思春期は爆発しているのだ‼

「あっ、でもなんかさっきから女神様しか見てねえ気がする‼　これは、こいつは、ひょっとして女性キャラ乱舞のセカイに男一人だけパターンか？　だったらありだよ！　ようし模擬戦と称してビキニアーマーの女戦士とか裸マントの女魔法使いを押し倒すぞう‼」

「……男手が足りなくなってんのって何ででしたっけフリッグ様？」

「冥界の女王ヘルの行動が活発化しているから、そのための予防的配備でしょう。俗に言う全裸で正座待機だとか」

　ぴくりと忍の鼻が微かに動いた。

「感じる、感じるぜ。『姫君』じゃねえのがややマイナスだが、それにしたってレアリティの高そうな美人の匂いを感じるのだぜ！　どこのどなたさんよその黒いビキニアーマー（四天王の紅一点）っぽい娘は⁉　ちょっと友達なのアドレス教えなさいって‼」

「んー？　悪神ロキと女巨人アングルボザが生んだ三兄妹の一角だったかな。ちなみに他には巨大狼フェンリル、大蛇ヨルムンガンドなんてのがいるわ」

「うーん……上半身は女で下半身は蛇タイプかなこいつは。難易度が上がってるぞう」

だが普段から妖怪系女子に鍛えられている忍はこの程度ではめげない。

そして結婚の女神フリッグも否定した。

「姿形は美しい少女ですよ」

「何だよもー心配させやがってー！　しかも三兄妹って事は女王で妹かよ盛り盛りじゃねえか‼」

「ただ体の半分が生者で体の半分が死者というだけで」

「え、ゾンビ系とかミイラ系とかそっちなの？　……まあ見た目がぴっちぴちの全裸包帯少女だったらミイラ系でもいっか！　続けて続けて‼」

「（マジかよ……）え、ええと、ヘルはその異名の通り、氷の冥界ニフルヘイムの支配者たる存在です。天界アースガルドに入れなかった全ての人間の霊魂を直轄管理し、神々に仇なす悪霊の軍勢を作る力を持っている、とされていますね」

「あっれー？　それで良いんでしたっけ」

と、異を唱えたのは美貌女神フレイヤだ。

「そりゃまあ今のヘルは冥界の女王って位置づけですけど、でも別に生まれた瞬間からその力を持っていた訳じゃないでしょ。ヒゲの主神の手で冥界に落とされたから、彼女はそこを治める女王としての力を手に入れた。なら本来、生まれ落ちたその時に持っていた性質や属性は全然違ったものだったんじゃあ」

「全体的にどゆことよ踊り子さん」

「元々、最初に予言があったのよ。悪神ロキと女巨人アングルボザが生んだ三兄妹はヒゲに仇なす存在に育つってね。最終戦争ラグナロクの際、フェンリルは主神オーディンを丸呑みにし、ヨルムンガンドは無限に成長し続けて大陸を圧迫し、最後にはオーディンの息子トールと相打ちになるって出た。だからそうなる前に対策を講じる必要があったって訳」

じゃあ残るヘルは？

わざわざ主神の手で冥界の底まで突き落とされたという話だから、よっぽど凄まじい大災禍を生み出す存在なのだろう。

当然の疑問に、しかし美貌女神フレイヤは肩をすくめた。

「分からなかったのよ」

「何だって？」

ね」

「災厄の三兄妹の一角でありながら、フェンリルやヨルムンガンドと違って、ヘルはどんな役割を負って何をやらかす存在なのか、予言の巫女や運命の三女神にも読み切れなかった。ただ、『フェンリルやヨルムンガンドと同クラスの力を内包した存在』ってのが分かっていただけで

「ちょっと待ってくれ。つまり、これはつまり、だ。主神を殺すほどの力を持っていながら悪に染まっている訳でもなく、ただ周囲からその力を恐れられる一人孤独な美少女、だと……？　何それ滾る!!　絶対処女だろそんなの、何だい何だよわざわざ俺のために優良物件を残しておいてくれたってのかタマナシどもめグワァははははははー!!」

「ああ、そんな簡単な話ではないと思いますよ」

結婚の女神フリッグは呆れ果てたような目で陣内忍を見下ろしながら、

「発生はどうであれ、現状のヘルは冥界ニフルヘイムの支配者として完全に染まっていますから。悪逆非道の女王様、で認識は間違っていないはずです」

「じゃあ悪いのは全部そのオーディンとかいうヒゲのせいじゃねえか！　そいつがヘルちゃんを冥界に放り込まなければつぶらな瞳のヒロインだったかもしれないのに!!　……でもそれはそれで滾るな。元優等生の清楚ボディが魅惑の黒革ボンデージで再登場、か……」

「けどまあ、確かに乱暴な処置だったかもしれませんね」

フリッグは立てた人差し指をくるくる回しながら、

「フェンリル、ヨルムンガンドがヤバいから、ヘルだってヤバいだろう。……ようは、『それだけ』で彼女を冥界の底へと突き落とした訳ですからね、あのヒゲ」

「ヒゲにとっちゃ悪神ロキの息子達っていうより、ヤツが作った生体兵器三部作って扱いだったんでしょ。当人の善悪なんか関係ない、ただ『破壊する力』を廃棄施設の最下層へ封印する。あのヒゲ、きっといつも通りの俺様理論で自分は正しい事をして世界を救ったんだって信じきっているわ。あいつ『どうして自分が殺されるのか分からないタイプ』だもの」

「何しろ惜しげもなく主神なんて名乗っちゃう人ですからねぇ」

「完全正義なんてどんだけ面の皮が厚けりゃ名乗れるんだって話ですよねえ、戦争と魔術と詐欺の神が。しかも特段美少女でもないヒゲのマッチョが」

……自らの保身のために無実かもしれない氷の美少女を『とりあえずビール!!』感覚で奈落の底に突き落としたヒゲ面のむさ苦しい（自称主神の）おっさん。聞けば聞くほどオーディンの株がだだ下がりなのだった。これが現代日本だったら『御託は良いから真面目に働きなさい!!』と怒鳴られてもおかしくないレベルである。

　そして陣内忍はヒゲなんてどうでも良かった。

「結局どうなのヘルちゃんは美少女なの!?　まだ間に合うのかやれんのか!?　最終的にどんよりした目のヘルちゃんは元に戻るの戻らないの!?　重要なのはそこなのよ!!」

　質問に、美貌女神フレイヤと結婚の女神フリッグは顔を見合わせた。

「いやあそれはどうかなあ」

「発生や経緯はどうあれ、現状のヘルはとても活き活きしていますからね。望まずに始めた事であっても、思ったよりも適性が高くて良く馴染んでいるようですよ」

それに、と彼女は付け足し、

「……先ほども言った通り、ヘルが冥界の女王なのは全て後付けで、生まれ持った性質や属性は謎のまま。下手をすると、オーディンが考える範囲をはるかに超えた『何か』を抱えている可能性だってありますし」

2

「やあ諸君。早速だがとっとと帰ってくれまいか」

宿屋にやってくるなり、戦乙女の四女ヴァルトラウテがいきなりそんな風に言った。

酒場兼食堂で朝食を取っていた上条達は、その言葉を聞いただけでうんざりする。……もっとも、四角い氷の棺の中でカチンコチンになっている陣内忍だけはリアクションのしようがなかったが。

あとここで素直にうんざりできる事から分かる通り、女性陣はそろそろ裸マントだのビキニアーマーだのに慣れ始めていた。適応能力とはまことに恐ろしいものなのだ。

「いきなりとんでもないご挨拶だな……」

「『異邦人』には特段この世界に留まるほどの未練もなかろう。汝らの帰還方法については調べがついた。やろうと思えば今すぐにでも帰れるのであるぞ」

え？　とキョトンとしたのはクウェンサーとヘイヴィアだ。

「あれ、ちょっと待って。もう帰れるの？　俺達はまだ何にも倒していないしどこにも冒険に出かけていないんだけど」

「あと岩場に腰掛けている人魚とか耳の長い金髪のエルフとかにも会ってねえし！　何のためのファンタジーなんだっつの!!」

……根本的に眼前には北欧の女神がいるし、同じテーブルには妖怪もいる訳なのだが、彼らの目には入っていないらしい。どうやら『ピコピコ音が鳴るファンタジー』とは違ったカテゴリに放り込まれているようだ。

ヴァルトラウテは片手を腰に当て、

「一応は不測の事態に巻き込んだのはこちらなのでな、『異邦人』にそこまで手を煩わせる事もあるまい。必要な探索と敵の撃滅は私が済ませた。汝らは結果だけを受け取れば良いのであるぞ」

うん？　と美琴は首を傾げ、

「敵って、やっぱなんか黒幕っぽいのがいた訳？」

「まあ、大体こういうのは主神オーディンか悪神ロキ辺りと相場が決まっているのだがな、今回は悪神ロキの方であったのであるぞ」

3

天界アースガルドの一角において、ヴァルトラウテはインテリでイケメンでチョイ悪との評判の悪神ロキの襟首を片手で掴んでがっくんがっくん揺さぶっていた。

ちなみにロケーションは虹の滑走路ビフレストの端の端のそのまた端。普段は神々や戦乙女が地上などに飛び立つために使われる施設だが、現在は軽めの拷問施設と化していた。……平たく言うと片手一本で宙づりにされた悪神ロキの両足は完全に浮いており、『崖の外』へ放り出されている。

「ぶ、ぶぶう、ぶごぶう……」

そしてイケメンの言葉がブタ語になっているのは、言うまでもなくヴァルトラウテが見つけ次第フルボッコにしたからである。

「ぶふふう」

「ああ、汝が神造艦スキーズブラズニルと世界樹ユグドラシルを利用して、『真なる外』から『異邦人』を多数呼び出した事はもう分かっている。世界樹が『知恵の泉』の水を吸って生長する特徴を逆手に取り、九つの世界いずれにも繋がらない別の方向へ枝を伸ばす事で橋渡しとした事もな。……で、具体的にどうすれば『異邦人』を元の場所へ帰せる？　事と次第によってはこのまま手を放して真っ逆さまであるぞ」

「ぶごっ、ぶごごう」

「うん？　元の場所への橋渡し、世界樹の枝はまだ各世界に連結したまま？」

「ぶう」

「世界樹は『知恵の泉』の水で育つが、逆に木の中にある水を吸い出せば枯らせる事もできる。暗黒竜ニーズヘッグが世界樹の根に噛み付くように。だからイレギュラーな橋渡しの枝の根元を傷つけて、わざと枝を枯らしている状態だと？」

「ぶふう、ぶぶっ」

「つまり世界樹につけた傷に詰め物をして『漏水』を抑えれば、枯れて萎縮した枝が再び元の場所との橋渡しとして機能する、という訳か。後は『異邦人』を神造艦スキーズブラズニルに乗せれば、彼らは自動的に元の場所へと散らばっていく、という寸法であるな」

4

それを聞いて、大学生の安西恭介は顔を真っ青にしていた。

彼はロマンの分かる男であった。

「ダメじゃん、それ……。そいつはひょっとして俺達が自分の手で数々のダンジョンを乗り越え、村や街に立ち寄って村人達からヒントを集め、普通なら侵攻ルートの存在しない山奥の結界の中とかにある魔王の居城っぽいトコで一騎打ちして手に入れなくちゃならない解決策のはずじゃん!! 何でさらっと答えだけ言ってんの!? 今日この日のために色々積み立ててきた悪党の気持ちがアンタには分からんのか!?」

しかしヴァルトラウテは微動だにしなかった。

「ほら、神様は基本的にチートなものであるぞ」

「それにしたって宿屋で待機の一択でエンディングに突入はないと思う! 俺達、ここにきてやった事と言えば食って寝ただけだぞ!! 逆にバチとか当たらんのか!?」

「悪党の事情なんぞ知った事か。そして世にあまねく英傑は皆、最短最速を目指した結果あれだけの大冒険をしているに過ぎん。楽して解決できるならそれを摑むに決まっていようぞ」

それはそうなんだけど……と未だにくすぶる安西恭介を放っておいて、ヴァルトラウテは話を先に進めた。

「という訳で、諸君がこれ以上この世界に留まる理由は特にない。また、悪神ロキが何を企んでいたにせよ、ヤツが用意したセーフティがいつまで機能し続けるかは未知数。……ま、『一時的に枯らしている枝』が『本当に枯死して戻らなくなったら』おしまいという訳ぞ。今このタイミングをわざわざ逃して未帰還のリスクを増やす理由は特にないと思うが」

　上条達としても、その点だけなら異論はない。

　バニーガールは椅子に座ったまま大きく両手を挙げて背筋を伸ばしながら、

「あー!!　じゃあこれでやっと帰れるって訳ですかあ！　……ん、あれ？　私、そういえば『元の場所』に帰ったら処遇はどうなっちゃうんでしょう？？？」

　クウェンサーと座敷童も追従するように言った。

「何にしたって帰り道が分かったってだけでも安心か。まあ、この状況を合理的にフローレイティアさんに説明して納得させる理由はほとんどないけど。……できないと脱走兵扱いされて営倉にぶち込まれそうな気もするけど……」

「座敷童が家を離れるとその家は没落するって話だけど、今回のはノーカンよね。帰ってみたら家が借金まみれになっていたとかいうのは流石に後味が悪いというか」

　特に努力はしていないが何となく大団円な雰囲気なのだった。~~もう、クリアまで平均五〇時間はかかる大作RPGを楽しむロマンの分かる男は減ってしまったのかもしれない。~~

　なのでヴァルトラウテはさっさとまとめに入った。

「では難しい事は全て我々が引き受けた。汝らは合流地点に急ぐと良い」

「うん？　合流地点だと？？？」

　ヘイヴィアが怪訝な声を出すと、ヴァルトラウテは何を当然の事を、といった口振りで、

「神造艦スキーズブラズニルを使うと言ったのであろうぞ。汝らが皆、そこに集結しない事には始まらん」

「……待て、ちょっと待って」

聞き捨てならない、といった調子で美琴が確認を取った。

「スキーズなんとかって、あれ？　私達が最初にいた、あの馬鹿デカい船の事？」

「それ以外に何があろうぞ」

「ここに来るまで全部で一週間近く歩き通しだった訳だけど、今度は違うよね!?　ほら、一度訪れた村やダンジョンについては時間短縮っていうか瞬間移動的に行き来できる救済措置が用意されているっていうか!!」

問いに、ヴァルトラウテはコキリと首を鳴らして、

「ある訳なかろう。再び歩き通せ」

5

冥界ニフルヘイム。

白一色、全てが雪と氷に包まれた絶望の地。

そこを支配する冥界の女王ヘルにとっては居心地の良い環境だが、放り込まれる人間達の魂にとってはそうではないらしい。

太い鎖の輪が擦れ合う、がしゃりがしゃりという音がいつまでも続いていた。

もはや苦痛に喚くという最低限の感性も削り取られ、黙々と責め苦を受けるだけになった、人間というよりも機械や人形に近い風体の『罪人』達。

老衰で倒れたおじいさんがいた。

病気でベッドから起き上がる事さえ許されなかった子供がいた。

出産に失敗し、それでも赤子だけでも世に送り出した母親がいた。

「……、」

冥界の女王ヘルは、真っ白に染まる世界で彼らを眺めていた。

彼らは『悪い』のだと、九つの世界を治めるオーディンは言った。彼が求めるのは勇猛で強靭な戦士の魂であり、最終戦争ラグナロクで役に立たない人間の魂は等しく『悪い』のだと。

疑問を持った事はなかった。

それが当然なものとして、受け入れていた。

「……、」

きっと、何もヘルに限った話ではないだろう。

精神が壊れるほどに責め苦を受け、それでも永遠に終わる事なく、魂の浄化だの来世に生まれ変わるだのといった救済措置は一切取られず、ただ廃棄・投棄されるだけの『最悪の終着点』。そんな場所に放り込まれた『罪人』達自身、自分はそうなっても仕方がないと諦めているのだろう。

何故なら、それがこの世界の理だから。

何故なら、それは常識としてみんなが学んだから。

何故なら、それを作ったオーディンが一方的にそう決めたから。

でも。

だけど。

「……、」

冥界の女王ヘルの中で、何が醸成されていたかは彼女自身にも把握できていない。

吟遊詩人めいた『異邦人』から聞かされた、異なる世界の真なる外の『教訓話』が彼女の歯車を壊したのか。

あるいは、『異邦人』そのものが、ある種の元凶だったのか。

がしゃり、と鎖が軋む音が響いた。歩調に合わせて鳴り響くのとは違う、不協和音だった。

雪の中に埋もれるようにして、小さな子供が倒れ込んでいた。

十字教の悪魔や仏教の鬼と違って、北欧の冥界ニフルヘイムには『罪人を苦しめる、獄卒のような専門職』は存在しない。

鞭や棍棒を握っているのは、半透明で不定形な人型のシルエットだった。

『罪人』を苦しめるのもまた、同じく人間の魂だった。

天界アースガルドの神々にとって戦争不参加者の魂は『最終戦争ラグナロクで使い物にならない廃棄物』に過ぎない。そして、それを冥界の軍勢として再利用しているのが冥界の女王ヘルだ。

日々すり潰されていく『罪人』の魂から、再利用できそうなものだけが軍勢として加わる事が許される。

だが別に、だからといってその魂が救済される訳でもない。

殺す『役』も殺される『役』も、責め潰す『役』も責め潰される『役』も、全ては同じ人間の魂。

そこにはもう同胞という意識はない。そんな当たり前の感性は、いわれのない罪を受けて永遠の責め苦を受ける過程において、徹底的に砕かれている。

機械的に蠢くだけの魂と、機械的にそれを責め潰すだけの魂。

「……、」

だから、そんなのはいつでもどこにでも転がっている景色だった。

倒れた子供の魂がどう扱われるかなど明白だった。

獄卒『役』の亡霊が、秩序を乱す子供の魂へと近づいていく。彼らの手には鞭や棍棒が握られている。彼らには効率的な手順やマニュアルは存在しない。立ち上がらないのなら、立ち上がるまで殴りつける。従わないなら、従うまで体を壊し続ける。

どうせ、すでに死んだ魂だ。

どうせ、永遠に消え去る事のない生態系から外れた存在だ。

どうせ、救われない事をカミサマに決定づけられた廃棄物だ。

「……けんな」

そこで。

しかし。

冥界の女王ヘルは呟いた。

それはすぐにでも、冥界ニフルヘイムを轟かせる絶叫へと変じた。

「ふざっっっけんなくそオーディンがァァあああ!!!!!!」

ずかずかと白い雪と氷の世界を進み、子供の霊に鞭を振るっていた獄卒『役』の亡霊を力いっぱいに殴り飛ばす。

だけど、その獄卒『役』だって、所詮は『役』だ。

元はと言えば冥界ニフルヘイムに落とされた人間の魂。主神のジャッジによって『使い物にならない』というだけで永遠の責め苦へ放り込まれ、極大の苦痛によって恐怖や抵抗を感じる理性を根こそぎすり潰された犠牲者の一人。

ヘルは、改めて、本当に改めて、周囲をぐるりと見回す。

『罪人』などいなかった。この中には、物を盗んだり、人を騙したり、殺してしまったり……そんな悪事を働いた人間など一人もいなかった。

にも拘らず、彼らはみんな揃って『罪人』にされた。

主神オーディンの利益のために。それに適わなかったというだけで。何より、そんなものを信じた冥界の女王ヘル自身の行いによって。犠牲者の人間自身が、オーディンの役に立てないのはそれだけで『悪い』事だと信じてきたせいで。

救いなんて、なかった。

どうせ、何も変わらない。

どうせ、何も変えられない。

正義を担う者が、光を自称する神が、そもそも自分の事しか考えていない世界。そんな地に自浄効果なんて望めない。そしてどれだけ腐っていようがどれほどふざけていようが、オーディンとヤツが直轄する天界アースガルド軍勢が『最強』で『最大』で、好き放題に正義を名乗れる側に立っているのは自明の理だ。よって、間違っている事を変えられない。永遠に。

疑問なんて挟まなければ、せめて痛みを麻痺するくらいはできたかもしれなかった。

だけど、彼女は知った。

何がきっかけだったかなんて、自分自身にも理解できなかったけれど。

冥界の女王ヘルは知ったのだ。


こんなのは、絶対に、何かが間違っている、と。


当たり前の事に、思い至った。

それを、成長と呼ぶのは簡単だろう。

だが救いなき闘争の世界では、壊れたと言った方が正しかったかもしれない。

そして。

こんな歯車に従うだけだというのなら、

「壊れてしまえ……」

願った。

冥界の女王ヘルはそう願った。

手前勝手な欲望や利益しか頭にない神々にではなく、自分自身の心に向けて。

「何もかも‼　『ここ』にあるもの全部‼　片っ端から壊れちまえええ‼」

彼女の胸の中心で、ぎちりと『何か』が蠢く。

冥界の女王などという、オーディンが後付けで植えつけた失笑ものの『役』ではない。

生まれ落ちたその瞬間から彼女の内にあり、そして巨大狼フェンリル、大蛇ヨルムンガンドなどとは違い、予言の巫女や運命の三女神さえ把握のできなかった、あまりにも膨大な『何か』が、だ。

6

最初に『それ』を感じた時、上条達は小さな地震かと思った。

わざわざ身を竦めて頑丈な小屋などに隠れるまでもない。地面はほんのわずかに揺れただけで、すぐにでも沈静化した。

上条は長距離移動でぜえぜえはあはあ息を吐きながら、

「何だ、こっちでも地震ってあるのか……？」

「北欧神話だと、地震の原因はロキっていう神様のせいになっているんだよ。お仕置き中のロキは神々の力で洞窟に閉じ込められていて、毒蛇の体液で苦しめられるたびに暴れ回って大地を揺らすんだって」

「どいつもこいつもドSかよ。どうなってんだ北欧社会」

……実際にはヴァルトラウテの手でフルボッコされている事から分かる通り、『この時代』の悪神ロキはまだ幽閉はされていないようだが。

そして少し離れた所では、へばっていたクウェンサーとヘイヴィアが違う事を話し合っていた。

「おいクウェンサー、今のヤツ、見覚えがねえか？」

「ああ。あれは地震っていうよりも……爆轟時に地面を伝う余波に似ていたよな」

次に『それ』を感じた時、いつもヴァルトラウテの腰や背中に張り付いている人間の少年は、大きな風かと思った。

ちなみにその少年は、今日に限ってヴァルトラウテと一緒ではなかった。彼は普段、蜂蜜酒の職人の下に弟子入りして職業訓練を行っている身の上なのだが、その日は生憎と雨だった。そして道路の舗装技術、川の堤防や山の落石や土砂崩れ防止用擁壁を築く土木技術に乏しい北欧文化からすると、『今日は天気が悪いから外に出ない』というのはさほど珍しい状況でもない。農家や漁師だけが空模様を気にする訳ではないのだ。

　さらにもう一点、北欧文化には大々的な学校教育制度はない。

　家庭教師軍団に囲まれた王や貴族でもない限り、基本的に語学や算術などは親から子へ、暇な時に伝えられる程度なのだが……そうなると、『親が馬鹿なら子も馬鹿の馬鹿スパイラル』という目も当てられない事態になりかねない。

　ので、実際には集落のシャーマン辺りが不定期に家々を回って、きちんと及第点レベル、というか最低限生きていくのに不自由しない程度の学力が備わっているかを確かめ、必要なら不足を補う、というボランティアに勤しんでいた（そして大抵はついでに宗教教育も織り込み、シャーマンたる自分の立場を固めるのも忘れない）。

　そんなこんなで、少年の家にもシャーマンのじいさんが訪問していた。

　とはいえ、よほどの事がない限り『シャーマンが不足を補わなくてはならない事態』は起こらないため、彼らの『講義』はほとんど世間話に近い。

「神々、人間、悪鬼、妖精……それらが暮らす九つの世界は全て世界樹ユグドラシルによって支えられておる。なんやかんやでみんな共生しているという訳じゃな」

（そういえば最近ヘルちゃん見てないな。ヘルちゃんとお絵かきしたいな……）

　なので、少年が窓の外を眺めながら片手間風味に目上のシャーマンの言葉を聞いていたとしても、特に怒られたりはしない。

「光神バルドルというのは主神オーディン様と結婚の女神フリッグ様の子の一人で、九つの世界に存在するあらゆる生命あらゆる武具は彼を傷つける事はできないとされておる。悪神ロキの陰謀さえなければ殺される事も……」

前述の通り、この訪問教育の目的は『集落全体の学力レベルを及第点で維持する事』と『シャーマンの権威維持（つまり集落にとって必要とされ続ける事）』の二点だ。それが満たされていれば、他が形骸化しても誰も困らない。

と、そんな時だった。

窓の外を見ていた少年が、『それ』に気づいた。

「？」

最初、『それ』は風だと思った。見えざる何かが、窓の外にある木々をざわざわと揺らしていたからだ。

だが違う。

ドガッシャアアア!!　と甲高い音を立てて、全ての窓が粉々に砕け散り、蝶番が破断してドアが丸ごと屋内へと飛んできた。『それ』は、地を舐めるように広範を一方向へ突き進む、莫大な衝撃波のようなものだったのだ。

普通であれば、少年の小さな体は血まみれになっていたかもしれない。

彼が無事で済んだのは、とっさにシャーマンのじいさんが大仰なマントを振り回して少年の体を庇ったからだった。……前述の通り『シャーマンの権威維持』に適うため、じいさんは少年からは見えない位置でニヤリとしていた。

「おじーちゃん、あれなに？」

少年は割れた窓の向こうを指差していた。

はるか遠く。

……という当たり前の縮尺を忘れてしまいそうなほど巨大な『それ』が、シャーマンの眼球から視神経を伝って脳の奥にまで突き刺さった。

『それ』は、強いて挙げるなら、
漆黒の、天を貫く圧倒的な大樹。

北欧世界を形作る九つの世界は、世界樹ユグドラシルによって支えられている、と彼自身が講義していた。

では、あれは一体何なのか。

その世界樹にも匹敵するほどの、あまりにも壮大なスケールの『樹』は。

「……ありゃあ、ヘルさまかもしれん」

「ヘルちゃん？」

「黒いのは亡霊達の罪の塊か。あんなものを振り回せるのは、いいや、振り回されてなおバラバラに砕けず『核』として存在を維持できるのは、それらを直轄管理するヘルさまくらいのもんじゃろう」

明確に『それ』の正体を把握できたのは、天界アースガルドへ幽体離脱っぽく出張していた陣内忍くらいのものだったかもしれない。

彼はワルキュリエや軍神達が『よその世界』へ出撃する時などに使う、虹の滑走路ビフレストの端にいた。

雲をまたいで眼下に広がる地上の大陸……その一角を埋め尽くすようにして、漆黒の渦があった。それは大きい。あまりにも大き過ぎる。天気予報などで見る、台風やハリケーンにも似ていた。

どこか他人事っぽく見ているのは、自分が直接巻き込まれていないからかもしれない。対岸の火事というよりは、学校が台風で休みになった時のテンションで、忍は『それ』を見下ろしていた。

「やっぱどこにだって災害ってのはあるんだなあ……。台風、サイクロン、ハリケーン、ウィリーウィリー、こっちじゃなんて呼ばれているか知らねえけど。あれ？　でも、雨雲って上から見ても黒いんだっけ？？？」

吞気な忍と違って、神々はさっきからあちこち怒鳴り合って右往左往している。彼らにとっては大事らしい、と考えていると、ムキムキの管制官ヘイムダルが忍に向けて大声で注意を促す。

「お客人、下がって下がって！　一番から七番まで全滑走路、離陸カタパルトの励起を始めますんで!!　……え、ああ、はいはい、急ピッチでやってますよ！　そしてどんなに頑張ったって時間は必要なんです、臨界速度に達する前に飛び立ちたいならどうぞご自由にと勝負バカの九人姉妹にお伝えください。勝手に失速して大地に叩きつけられたいならな!!」

「えっ、これ何の準備？　レスキューっぽい匂いがしないんだけど？？？」

「フリッグ様、フレイヤ様ーっ!!　暇な説明役よろしくお願いしまーす!!」

上半身裸のスパルタンな男神にずるずると引きずられ、陣内忍は虹の滑走路ビフレストから放り出される。

いくつになっても大人げなく金髪ツインテールの女神フレイヤは片手をひらひら振りながら、

「アンタが見ている『それ』、別に気象現象じゃないわよ。そもそも天界の高度を考えれば分かるんだけど、ただの台風やハリケーンにしちゃデカ過ぎるでしょ。直径だけで八〇キロは超えているんだし」

「……何言ってんだ、ほんとにヤバい台風ならそれくらいあるだろ？」

「うげっ、マジでか！　アンタらの世界ってそこまで災害ヤバい訳⁉　気象を司る神がストライキでも起こしてんじゃないの」

　フレイヤは心底うんざりした顔で、

「ありゃ災害じゃなくて人災ね。より正確には、冥界ニフルヘイムに突き落とされた『罪人』達が背負わされた罪業、ってトコかしら。一人一人の力は小さくても、それが一ヵ所に結集すれば怒濤の力を発揮するのだ‼　的な？　必殺技っぽいっしょ」

「何だそりゃ……？　何だか良く分からんが、ようは人の恨みとか憎しみとか、そういうのが凝縮されています系って事なのか」

　陣内忍が鼻で笑わなかったのは、彼自身、日頃から妖怪というものと気軽に接しているからだろう。でもって、絵本や童話の中に出てくるデフォルメされた妖怪達だって、その出自を紐解いてみると洒落にならない殺した殺されたの血みどろストーリーが待っている事も珍しくない。

　が、美貌女神フレイヤはこれを否定した。

「いいや、人から吐き出されたものではあるけど、人が生み出したものじゃないでしょうね」

「うん？」

「だって、人の魂を裁くのは神様で、人の魂を上書きするのも神様の仕事だもの。神様が『罪人』と呼べばそいつは『罪人』なの、白を黒く黒を白くできちゃうから神様なの。だとすれば、あそこに渦巻いているのは、人の憎悪や怨嗟とは違ったものと考えるのが道理。……むしろ、手前勝手な神様が押し付けたエゴって言った方が近いのかもしれないわ」

「つまり、泥だらけの服を洗濯機に放り込んだら、染み込んでいた汚れが一斉に外へと吐き出されたって感じなのか、あれ」

「でしょうよ。ったく、ヘルのヤツもなーにここにきてマジになってんだかね」

またもや、レコードが針飛びするように思考が跳躍した。

彼女達神様連中はすでに十分な資料を揃えてあらゆる可能性の吟味を終えている段階なのだろうが、予備知識ゼロの忍にはついていけない。

「え？　え？　ちょっと待って、何でそこでいきなり薄幸の悪少女ヘルちゃんが出てきてんの？」

「第一に、暴走しているのは冥界ニフルヘイムに叩き込まれた『罪人』達の魂。第二に、その『罪人』を最も強固に支配しているのが冥界の女王ヘル。第三に、ヘル以外にあの渦の中心に立って無事でいられる者はそういない」

フレイヤは呆れたような口ぶりで、

「罪人罪人言ったって、冥界ニフルヘイムに落とされた人間の魂は別段人を騙したり殺したり盗んだりしたって訳じゃない。主神オーディンの役に立たないのが『罪』だって事で、魂に烙印を押される形で廃棄処分されたっていう方が正しい。……なら、逆にオーディンが勝手にスタンプした烙印を引き剝がす事ができたら？　『罪人』でなくなった魂は、天界アースガルドへ旅立てるかもしれない。そうでなくても、少なくとも冥界ニフルヘイムで永遠の責め苦を受け続けるいわれはなくなる。そんな風に思っちゃったんでしょうよ」

少女は何かに疑問を持った。

少女は何かを許せなくなった。

少女は理不尽に苦しめられる全ての人から偽りの『罪』を引き剝がそうとした。

少女は彼らの『罪』を一身に浴びる形で、彼らを助けようと思ってしまった。

「おいおいおい、マジかよおい!!　それじゃヘルちゃんマジで聖女じゃねえか!?　オーディン、ひげのおっさん？　知らねえわそんなの！　自分の都合で『罪人』作ってふんぞり返る神様よりヘルちゃん拝んだ方が道理が通っているだろうが!!」

「馬鹿、そんな簡単なら誰も苦労はしないのよ」

美貌女神のフレイヤはうんざりした口振りで、

「アンタ達の世界で『神様』ってのがどんだけ力を持った存在を指すのかは知らない。だけど、『私達の相場』じゃ神様ってのは意外と安いのよ。中にはどんな力を持っていて何をするのか分かんないヤツだって、なんとなーくアース神族に連なっているから神、なんて扱い受けているヤツもいるくらいなんだし」

美貌女神フレイヤは息を吐いて、

「光の神、正義の神なんて言われたバルドルだって悪神ロキの陰謀で殺されて、冥界ニフルヘイムに突き落とされてるくらいよ。他はともかく、ここでは神は絶対なんかじゃない。まして神様でもないヘルには安全も確実性もあったもんじゃないわ」

「……つまり？」

「冥界ニフルヘイムに落ちた魂は文字通り永遠の責め苦を受ける。つまり有史以来あらゆる死者の内、オーディンに選ばれなかった全てを収容している。それを一人残らず救うって、その罪を一身に背負うって、そんなもん単一個体で成し遂げられるレベルを完全に超えているわ。私達のてっぺん、オーディンにだってできないでしょうよ」

「ちょっと待て。でも、ヘルちゃんの思惑には『それ以上』はねえんだよな？　本音と建前を使い分けている訳じゃなくて、ほんとに『罪人』にされちまった人達の魂を助けたいってだけなんだよな？」

「だから厄介なのよ」

　フレイヤは腰に片手を当てて、

「きっと、ヘル自身も普通にやったら自分が破裂するって分かってる。だけど、どうしても苦しめられる『罪人』を見ていられなかった。だから実行に移した。成功の見込みなんてなかったのにね」

「破裂、ってのは何なんだ……？　失敗したら一回休みとか軽めのじゃねえのか⁉」

「品行方正な天界の神々が上を下への大騒ぎしているのはそういう事。冥界の女王ヘルが全人類の罪を背負って起爆した場合、何がどこまで被害を拡散させるかはもう予測がつかない。言っておくけど、ここは最終戦争ラグナロクの結末まで予言された世界なのよ？　その予言の巫女や運命の三女神さえ『分からない』ってサジをぶん投げやがった。……何が起こるかは誰にも分からないけど、そいつは単純に世界が破滅する戦争よりさらに斜め上にカッ飛んだものだ。ねっ、とんでもない事態になってんのは分かるでしょ？」

だから、そうなる前にケリをつけようとしている者達がいる。

冥界の女王ヘルが起爆する前に、彼女を始末する形で。

少女が何を思い、どれだけ苦悩したかを理解しておきながら。

自分の都合で数々の『罪人』を生み出して投棄した、その元凶である事には反省せず。

そもそもヘル自身が善人なのか悪人なのかも証明しないまま、ただ冥界の底へと封印してしまったのだって、ヒゲで眼帯で筋肉だらけのおっさんが一方的に裁いただけだったのに。

「……、」

それでも、ヘルは救われたいとは願わなかった。

救いたいと。

そこまで毟り取られてなお、分け与える側に立ちたいと、そう願った。

「どうにもならないわ。動機が純粋故に、搦め手の恫喝や交渉が通じる状況でもない。となるともう、武力を使って鎮圧するくらいしか手立てがない。神様が奇麗ごとを言わなくなったら世界はどうなっちゃうんだって感じでしょうけど、実際にはそうはならないから現実ってのはままならないものなのよね」

「なんだよ、それ……」

陣内忍は、ぽつりと呟いた。

世の理不尽に憤り、秩序を司る神の不完全さを呪っている。美貌女神フレイヤはそんな風に考えていた。

だが違った。

「つーか、メチャクチャ滾るわ!!　そういう話なら一人で抱えてねえでさっさと全部話しちまえよっつーか!?　良いじゃん、それ。勝手に『罪人』扱いされてる人達を助けたい、そう願っている女王様自身も神様のせいで奈落送りにされた薄幸のヒロイン、でもって全部まとめて奇麗に助けりゃハッピーエンドだ!!　ははあ、やっとファンタジーっぽくなってきたじゃねえか。こんなに滾るのは整備された田舎に籠っているだけじゃなかなかお目にはかかれねえぜ!!」

「ちょっとちょっと！　ヘルに同情すんのは分かるけど、あの黒い渦に近づこうなんて考えるのは自殺行為よ。そもそも神様にもできない事を人間に解決できるなんて思うのがもう間違い。人の魂なんて触れた途端にバラバラにされるのがオチじゃない」

「ほんとにそうかな？」

陣内忍はニヤリと笑って、

「神様だけじゃどうにもならねえ、人間だけじゃもっとどうにもならねえ。分かるよそれ、すごく分かる。……だけど忘れたのか？　俺はよその世界からやってきた、よその技術を知る人間なんだって事」

「？」

「『パッケージ』っつってな、妖怪の力や性質を部分的に抽出して犯罪装置に組み込む仕掛け、みたいなもんがある。人間と妖怪がぶつかったって人間が負けるだけだが、こいつを使えば部分的に抽出した妖怪の力や性質を、時にはオリジナルの妖怪以上に強く増幅させたり凝縮させたりしてくれる場合だってあるんだ。つまり、条件次第じゃケンカにも勝てる」

そして、と忍は一拍置いて、

「『パッケージ』が神様相手に使えるもんかは知らねえが、神様未満の妖怪だのバケモンだのなら組み込める。……聞いた話じゃヘルちゃんは神様に匹敵するほどの力を持ってはいるが、神様の一員って訳でもねえんだろ。だったら条件はクリアだ、ヘルちゃんを『パッケージ』に組み込んじまえば、彼女が一人じゃできない事にだって手が届くかもしれねえんだしよ!!」

とはいえ、忍自身は普通の高校生であって、『パッケージ』を自らの手で組み上げる技術はない。座敷童か雪女か、この辺りは数百年単位で生きている妖怪達の知識を借りた方が良いだろう。

美貌女神フレイヤは呆気に取られた調子で、

「マジでか……。いや、でも待ってそれなら、いやいや、何か見落としてはいないかしら、ここまで都合が良いと何かとんでもない落とし穴が待ち構えているような……」

「おいおいおい！　ここまで来て足踏みするこたねえだろうが！　もう全部揃ってんだ、出口のない迷宮の壁に小さな亀裂は走ったんだよ！　だったら何を躊躇う必要があるってんだ。確かに俺なんて大した事はできねえがよ、亀裂は亀裂だ、そいつを広げれば人だって神様だって引きずり出せるかもしれねえんだろ⁉」

「あっ、そうだ。そろそろアンタ達揃って元の世界に帰るって話になってたけど、あれどうなったの？　というか、アンタ一人でいつまでも天界アースガルドに留まっていると置いてきぼりにされるんじゃない？」

「オゥ、マジかよ‼　世界の中心陣内忍を置いてどこへ旅立とうってんだあの馬鹿ども‼」

　大空に色とりどりの光がたなびく。

　オーロラの尾を引いて地上へ飛来したのはワルキュリエ九人姉妹の四女ヴァルトラウテだった。彼女はどうにかこうにか神造艦スキーズブラズニルまで辿り着いた上条達の眼前へ、巨大な白馬を伴ったまま正確に着地していく。

もう、ここからでも黒い渦、漆黒の大樹、『罪人』達の全ての業を束ねた『それ』がそびえているのは見えていた。

馬上のヴァルトラウテは言う。

「目的アドレスの座標情報が急速に乱れつつある。悪神ロキをフルボッコにして解決策は見つけたが、『あれ』のせいでいつまで保つかは分からんのであるぞ！　帰還のチャンスは一回限りになるかもしれん。こっちはこっちで色々差し迫っているから見送りはできんが、何があってもそのまま神造艦スキーズブラズニルで待機していろ。それで帰れる‼」

揚陸用の可変式スロープを伝って船上へ上ってくる『ベイビーマグナム』を見ながら、ヘイヴィアはこう叫んでいた。

「つーか一体全体何なんだありゃ⁉　あの黒いの、こっちに向かってくんのか⁉」

「接近の兆しはない！　中心に立つ冥界の女王ヘル自体が動かなければの話ではあるがな。そういう点でも、ヘルに気づかれていない内にとっとと帰還してしまった方が良いのであるぞ。何か異論はあるのか」

「アンタは……これから、どうするつもりなの……？」

美琴が尋ねると、ヴァルトラウテは遠方にそびえる漆黒を見据えながら、

「『あれ』をどうにかするしかあるまい」

「ヘルに聞いたけど、アンタ達にとっては今ここにある世界は最終戦争ラグナロクの準備期間

っていうか、『その次』の世界への布石に過ぎないんじゃなかったのか……？」

上条が疑問を発する。

対する返答は一つだけだった。

「全ての者が、あのヒゲの思惑通りに動きたがるとでも思っているのか？」

ザザッ、とヴァルトラウテの耳の奥で、硬い紙を擦るような音が響いた。

続いて、ここにはいない女神の声が届く。

『はいはいその辺の不穏な宣言はノーカンにしておいてあげるわよ。美貌女神のフレイヤちゃんでっす！　つーかアンタもそろそろ戻ってこーい。ワルキュリエ九人姉妹は天界側の戦力の要なんだから、色々働いてもらわないと困るのよ』

「了解した」

『それともう一個だけ報告。アンタの旦那の「あの少年」ね、なーんか木板と植物染料のお絵かきセットを抱えたまんま、あの黒い渦目がけてお出かけしちゃったみたいよ』

ぶふっ!!　とクールビューティの戦乙女が思わずむせ返った。

怪訝な顔をする上条達に背を向けて、ヴァルトラウテはヒソヒソ話を再開させる。

「かの者は一体何をしようとしているのであるぞ!?　毎度毎度だっ!!」

『さぁーね。見たところヘルちゃんとお絵かきしようとしているのか、あるいは』

と、フレイヤはそこで一拍を置いて、

『冥界の女王ヘルを本気で助けようとしているか』

「……チッ」

『ヘルの周囲に渦巻いている「漆黒」に、天界の軍勢まで爆撃仕掛けようってタイミングでよ。それも含めて今後の作戦会議をしたいっつってんの。ああもちろん面倒臭いオーディンとかその辺は抜きにして、私とかフリッグ様とかの内輪だけでね。だからさっさと帰ってきて。今回ばかりは放っておくと「あの少年」でも危ないかもよ』

「かの者が無事に冒険を済ませられたためしの方が珍しいわ！　事情は分かった、とにかく私もすぐに合流する‼」

言うだけ言うと、一秒でも惜しいといった顔でヴァルトラウテは上条達の方へ振り返った。

「済まないが話は以上ぞ、とにかく、何があっても、汝らはここにいろ。それだけで汝らの理不尽な冒険譚は幕を下ろす。分かったな⁉」

カッ‼　と閃光が瞬いた。

ヴァルトラウテはオーロラの尾を大空にたなびかせ、白馬と共に天界アースガルドへと飛び立っていく。

残された上条達は、神造艦スキーズブラズニルの上にいた。

黙っていれば、彼らは元いた場所へ帰れるのだろう。

その後に、この世界がどうなろうがわずかな影響さえ及ぶ事はないのだろう。

「で」

　ヘイヴィアは適当に腕を組んだまま、相手を試すような口ぶりでこう言った。

「これからどうするよ？」

「そうだな」

　応じたのは上条だった。

　彼は一度だけ大きく息を吐くと、

「……いい加減、世の理不尽ってヤツに本気で頭に来ているぞ」

7

　その少年は、広い大地を歩いていた。

　世界のどこから見たって人の心を漏れなく圧迫させるほどの威容をさらけ出す漆黒の大樹だが、実際に歩いてみれば、いつまで経っても辿り着けない。まるで、月か太陽を徒歩で追い駆けているような有り様だった。つまり、冥界の女王ヘルを中心に据えた『それ』は、もはや月や太陽に匹敵するスケールの存在へと昇り詰めているという事なのだろう。

　それでも、少しずつ近づいていく。

二本の足で歩いていく。

呟く。

「ヘルちゃんを助けるぞ……」

背負った荷物の重さを確かめ、なお前を向く。

「ヘルちゃんと一緒にお絵かきするんだ。だからさよならなんて言わせないもん」

そうして、少年は辿り着いてしまった。

世界の果ての果て。黒い渦の巻く絶望の地へと。

少年は今までも九つの世界をいくつか渡った事がある。良くも悪くも地味に凄まじい健脚ではあるのだが、今回はそれが思いきり悪い方へと傾いてしまった。

だって、辿り着かなければ知る必要もなかった。

だって、途中で諦めてしまえばこんなものと遭遇する事もなかった。

「……、?」

眼前に、あまりにも大きくねじれる『黒』があった。『それ』は天界から地上を見下ろせば大きな渦のように見えたかもしれないが、もはや至近ではただの膨大な壁としか捉えられない。

だから、少年にはその黒い渦とも大樹とも取れない『それ』の全景を把握する事はできなかった。

『黒』の、その奥。彼の瞳が捉えていたのは、別のものだった。

それはただの着色された風とは違う。砂嵐の向こうからこちらをじっと見据えるように、いくつもの視線のようなものを感じる。ぎちぎちみちみちと、何かが耳に刺さる。まるで孵化寸前の昆虫の卵だ。こうしている今この瞬間にも破裂し、膨大な数の『何か』が溢れ出してしまいそうな……。

「なに、これ」

少年はポツリと呟いた。

シャーマンの老人の話では、あの中心にヘルが立っているとの事だった。

その中に佇む。

ただそれだけの事が、どれほどおぞましいのかを少年は理解していなかった。

いいや、それはシャーマンの老人だってそうだろう。ひょっとしたら、全てを理解した顔になっている天界の神々だってそうだったのかもしれない。

冥界に落とされた全ての『罪人』から抽出した罪業、その集合体。

ではない。

……いいや、確かにヘルを中心に渦を巻くそれの正体は、『罪人』達から溢れた罪を凝縮させたものだ。だがその奥から覗くものは、明らかにその範疇を超えている。

この世界のものではない。

何か別の所から飛来してきたような。

もっとおぞましい、どうしようもなく理解の及ばない、お互いの顔を見ても瞳を覗き込んでも何の感情の色も共有できないような、途方もない異形の群れだ。

「ヘルちゃん……」

少年は、改めて漆黒の大樹を見上げた。

この中心に、ヘルがいる。異形の群れに取り囲まれて、覆い尽くされて、飲み干される形で。

「ヘルちゃん!!」

矢も楯もたまらなかった。

少年は名を叫び、黒い渦の中へと飛び込もうとした。

しかし、その肩を背後から強く掴まれる。

勢い良く引っ張られた。触れただけで何が起こるか分からない『黒』から、少年の体が引き剝がされる。

そして上条当麻はゆっくりと息を吐いた。

「出鼻を挫くようで申し訳ないけどさ、やるんだったらしっかりやろうぜ。闇雲に突っ込んで失敗してもそれでいいや程度じゃ、駄目だ。今、お前の肩には、冥界の女王ヘルってヤツの人生がのしかかっているんだからな」

「え、あ……？」

　少年はぱちくりと瞬きしながら、

「ヴァルトラウテの道案内で、元の場所に帰ったんじゃなかったの？」

「それも考えたよ」

　答えたのはクウェンサーだ。

「だけど後味が悪いのはいただけない。こっちの問題はこっちで何とかするさ。それよりまずはヘルとかいう女の子の話だ。『あれ』に躊躇なく飛び込もうとしたトコ見せられたんだし、何を今さらって感じかもしれないけど、一応は確認させてもらうぞ。お前はヘルをどうしたい？」

　少年は、わずかに黙った。

　それから短くこう言った。

「ヘルちゃんを助けたい」

「良いんじゃないのか」

　大学生の東川守が笑う。

「ヘル当人の決意を台無しにしようが、天の神様の思惑を外れようが、そんなのは知った事じゃないもんな。俺達だってそうだ、だからここまでやってきた。それなら俺達は友達だ、どうぞよろしく」

「だけど、こいつは俺達だけじゃどうにもならない問題でもあったんだ」

と言ったのは七浄京一郎だ。

「この中には第三次世界大戦を終わらせたヤツもいる。核兵器にも耐える究極の兵器を破壊して回っているヤツもいる。世の不条理に振り回されながら残忍な事件に挑んだヤツも、生粋の殺人鬼との殺し合いを生き延びたヤツだって……。でも、あくまでも俺達は『異邦人』のお客さんだ、その場その場で事件を解決できたとしても、いつかは元の場所に帰らなくちゃならない。だから」

先を引き継いだのは、葉っぱ水着の座敷童だった。

「本当にこの世界の問題を解決したいなら、それはこの世界の住人の手で解決しなければならないの。私達は手伝う事はできても終わらせる事はできない。あなたにはその覚悟があるかしら」

ん、と少年は座敷童を見上げて頷いた。

「助けたい、じゃない。助けてほしい、でもない」

彼は即答した。

「僕がヘルちゃんを助ける」

よし、と上条は頷いた。

「それならアンタは最後の隠し球だ。前哨戦、露払い、地均し、道作り、何だって良い。とにかく、冥界の女王ヘルまで続くルートは俺達の手で用意してやるよ」

　ツンツン頭の上条当麻は右の拳を強く握り締めた。

　今回ばかりは素肌にマントの少女、インデックスは両目を見開いて敵の分析に移った。

　同様に、最低限だけ装甲を身に着けるビキニアーマーの御坂美琴は、紫電を散らしつつ親指で大きなコインを真上に弾いた。

　モラルの足りないクウェンサーとヘイヴィアの二人は軍用爆薬やアサルトライフルの準備を進めた。

　氷の人形めいたお姫様は超大型兵器を操縦するレバーを指先で軽く撫でた。

　南国風の葉っぱ水着を着る座敷童はあくまでもゆったりと笑っていた。

　氷漬けの陣内忍に寄り添う雪女は小悪魔風のボンテージビキニの格好で、恍惚の表情のままに周囲を凍らせ始めた。

　大学生の安西恭介は世の不条理と向き合う覚悟を決めた。

　東川守はどんなギャンブルにも勝てる特異体質を開花させた。

　バニーガールもまた殺人的なその才能を解放する事にした。

　七浄京一郎は何があっても絶対に致命傷を避ける体質にこの時ばかりは感謝していた。

　踊り子さん風のサツキは『圧殺死』の象徴たる特殊なゴムのロープを取り出した。

　総括して、上条当麻はこう告げた。

「それじゃあ一丁始めますか」

敵は冥界の女王ヘル、および理不尽に冥界へ突き落とされた全ての人間の魂、彼らが背負わされ続けた罪業の集合体。

全てを救いたいと願って壊れていった、一人の少女の心の話。

「覚悟しろ。その幻想、今から欠片も残さずぶっ壊させてもらうぜ、ヘル‼」

ここには端役などいない。

これだけの主役が揃えば、できない事など何もない。

【シリーズ紹介その5】
未踏召喚://ブラッドサイン
召喚儀礼を研究し尽くした結果、神々の奥に潜む者を見つけて『しまった』世界。城山恭介はたすけてという呪いの言葉を振り切れず、今日も召喚師達との死闘へ身を投じる。

第四章

第四章

1

第13990次戦略情報分析報告
悪神ロキが製造した生体兵器三種について
結論出ず、中間分析を送付
光神バルドル記す

（追記）
分類『凍結（とうけつ）』レベル４／開示要求を拒否する権限を添付し、厳重管理

ヘルとは一体何なのだろうか。

悪神ロキと女巨人アングルボザの間に生まれた三兄妹の一角。巨大狼（おおかみ）フェンリルは主神オ

ーディンを食い殺し、大蛇ヨルムンガンドはあまりに肥大化し過ぎていずれ大陸を圧迫すると予言されたが、ヘルは何をどうするのか、ついには誰にも分からなかった。

分からないまま、彼女は危険とみなされた。

主神オーディンの手で冥界ニフルヘイムの底へ封印されたヘルは、そこで冥界の女王という地位を後天的に植えつけられる事になる。

だがこの話は、冷静になってみると不思議な点がいくつもある。

第一に、北欧神話は軍神の支配する闘争の社会だ。

気に入らない者、危険な者、成長と躍進を阻害する者は等しく殺す。敵を許す理由は特にない。そういう文化のそういう宗教のはずだった。例えば裁判一つ取ってみても、最も有名な解決方法は『決闘』だ。真に正しい行いをした者は軍神が協力してくれるから必ず勝つ、つまり勝った方が正しいと名乗れるのだ。そういう腕力にものを言わせた社会が築かれている。その土壌にあるものこそ『宗教』であり『神様』のはずだった。

であれば。

普通なら、ヘルを見逃す必要はどこにあるだろう？

主神オーディンがそんなに恐れたのなら、冥界に幽閉などという半端な事はしないで、生まれた直後にヘルを殺してしまうのが『普通のやり方』ではないか。

この疑問に対する答えはない。

だが推測はできる。

主神オーディンには幼き敵対者を憐れんで手心を加えるような『粋な』心はない。であれば、ヘルは見逃されたのではなかったのではないか。

つまり、殺さなかったのではなく、殺せなかったのではないだろうか。

そしてこう考えると、非常に面白い仮説の補強材料になる。

さて、ヘルとは何だろう。

冥界ニフルヘイムの全権を治める女王。あらゆる亡霊の魂を直轄管理する死神。暗黒竜ニーズヘッグに命じて世界樹ユグドラシルの根をかじらせ、その木を枯らせる事で九つの世界を破滅に導こうとする、『最終戦争ラグナロクの引き金を持つ一人』。

……実は、こうした恐ろしい側面の他に、ヘルにはある際立った特徴が一つある。

ヘルは九つの世界全てを支配する権利が与えられている。

言ってしまえば、主神オーディンと同じ権限である。どうしてこうなったのかは誰にも分からない。一説では理不尽に冥界へ放り込まれたヘルを憐れんだオーディンが権限を委譲したとの話もあるが、前述の通り、かの軍神にそこまでの『粋な』心があったかどうかはかなり怪しいところだ。

では大胆な仮説を開陳していこう。

亡霊の魂を握る死神……というとさぞかし恐ろしく聞こえるかもしれないが、実は主神オーディンも全く同じ力を持っている。彼は天界アースガルドへやってきた人間の魂を収め、神々の軍勢エインヘルヤルとして再編成する。

冥界を治め、亡霊達の魂を兵団化させるヘルと何が違うというのだろう？

そして、前述の通りヘルには『何故か』九つの世界全てを束ねる権利が与えられている、という文献がある。

つまり、つまりだ。

ヘルはオーディンと全く同種の、『二人目の主神』なのではないか？

だとすれば、巨大狼フェンリル、大蛇ヨルムンガンドと並ぶ『オーディンを脅かす存在』として、ヘルには相応しい力と役割がある事になる。それでいて、ヘルそのものは悪人でなくても構わない。むしろ、ヘルが善人であれば善人であるほど、主神オーディンの立場はなくなっていく事だろう。

主神は一人いれば良い。

そして人は、より正しくてより優しくてより強い神を拝みたいはずだ。

もしも『主神になれる者』が二人いたら、後は九つの世界を挙げてのお祭り騒ぎ、総選挙になる。『同じ力を持つ者』であれば、より人気の高い者がたった一つの座を得る事になるだろう。

さて、ここで根本的な質問をしよう。

オーディンは、そこまで魅力的な神か？

予言の結果に怯え、最終戦争ラグナロクの準備に奔走し、その戦いに『使えない者』を罪人扱いして冥界ニフルヘイムへ投棄してしまう『狡猾』な神。

一方で、そんな神の不安と脅えによって冥界へ封じられたまま、まっさらな雪のような純度を保ち続け、善人にも悪人にも開花できる『純真』なる乙女。

今まであれが主神でいられたのは、『主神の仕事ができる者』があれしかいないからだ。

もしも、同じ力を持ち、同じ条件でそれを振るえるなら、さて人々はどちらを主神と認めるだろう。

……オーディンにはヘルを殺せなかった訳だ。全く同じ力を持つ者同士で戦えば相打ちになってしまう。そんな愚は冒せないし、そもそもだ。本気で殺されそうになったヘルが闘争心と生存本能の中で『自分の力』を自覚し、それを覚醒させてしまえば、その時こそオーディンにとっては終わりの始まりだ。『主神が二人いる』『同じ力を持った者が二人いる』という事実は、絶対に周囲に知られてはならないのだから。

だから、オーディンはヘルを冥界ニフルヘイムに封じた。

冥界の女王、という失笑ものの『役』を上書きし、彼女自身に『主神の力』を忘れさせるために、だ。

しかし、それはいつまで保つだろう。

問題を自覚しておきながら、自己を顧みず他者を制圧する事でしか安全安心の確保ができない主神オーディン。彼はきっと、いつまでも永遠に破滅の種を呑み込んだまま歩み続けるに違いない。

（追記）

※当資料はあまりにも北欧神話の正伝から外れ、文化伝承に多大な悪影響を及ぼすとの理由により、主神オーディン様自らの手で『凍結』処理が施されております。『解凍』や閲覧に際してはレベル4以上の高級アクセス権が要求され、また閲覧者ならびに開示要求者の氏名は全てオーディン様へ自動送信される仕組みになっている事をご了承ください。

2

もはや迷う必要はない。

上条達はあまりにも巨大な漆黒の渦目がけて、勢い良く走る。飛び込む。

『それ』に、どんな効果があるかなんて知らない。

だが、北欧神話をベースにしていて、異能の力によって構成されるものだとすれば、

「……打ち消せる」

上条は右腕を振り回しながら言った。

流石に大樹そのものが吹き飛ばされる事はない。破壊されても破壊されてもすぐさま勢いを取り戻す。それでも、上条達の周囲にある分は瞬時に吹き散らす事ができる。

「これならやれる！　ヘルの力はどうしようもないほど絶望的なもんでもない!!」

「ハッ、そもそもこっちにゃお姫様がついてんだぜ。いっぺんヘルの戦力とはかち合ったが、『ベイビーマグナム』の砲がありゃロボットくらいは訳がねえんだ。今さら俺らを止められるかよ!!」

そう、彼らの中でも『ベイビーマグナム』の火力は突出している。

今の所、その猛攻に耐えられたのは暗黒竜ニーズヘッグくらいのものだ。ヘルの保有する大半の戦力は第一世代オブジェクトの手で葬れるし、あのニーズヘッグ戦にしても、いきなり北欧文化へ飛ばされた混乱も手伝っていた。万全の状態であれば、こちらが有利となるだろう。

彼らが迷わず突っ込んだのには、そうした安心感も手伝っていたかもしれない。

ところが、

「ちょっと……待ってよ、何これ？」

美琴が走りながらも眉をひそめた。

彼女は電気を操る超能力者だ。単純に攻撃的な使い方の他、磁力や電磁波を利用した周辺走査なども行える。

だから、真っ先に気づいたのだろう。

ずず、と漆黒のスクリーンの向こうから真っ直ぐこちらへ接近してくる、あまりにも巨大な影に。

「おい、嘘だろ」

クウェンサーが呻きと共に立ち止まった。

他の皆も、思わず足を止めてしまっていた。感覚的には、それは『敵』というよりも巨大な山のようだった。『道を塞ぐ』という言葉がこれほど似合う相手もなかなかいないだろう。

全長は五〇メートル以上。

核攻撃の直撃さえ耐える球体状本体と、その表面にびっしりと取り付けられた下位安定式プラズマ砲、レーザービーム砲、レールガン、コイルガン、連速ビーム砲など一〇〇門以上の大砲。

十字状に展開されるエアクッション式推進装置に、補助動力としてのチェーンソーじみた履帯。

その十字の足回りの左右の端に取り付けられた、鉄橋じみた主砲。

五つの砲身を束ねた連速ビーム式ガトリング砲。近中距離戦であれば対オブジェクト戦において一方的に敵機を削り殺す、圧倒的な連打を見舞う戦場の死神。

その名を、上条当麻は知らなかった。

その名を、インデックスは知らなかった。

だから、その名を知るクウェンサーが息を詰まらせるようにして、それでも言葉を絞り出していた。

「『情報同盟』軍の第二世代……おほほが操る『ラッシュ』じゃないか⁉」

漆黒の渦、黒い大樹の中心に、『ヘル』は佇んでいた。

すでに冥界の女王という与えられた異名を捨て、ただ無垢なる『ヘル』へと帰還した彼女は、上条達の接近と、その言葉を知覚していた。

彼女の周りで吹き荒れる漆黒の『それ』は、彼女を蝕む病魔であると同時に、すでに彼女の一部分と化していた。

『それ』は彼女の指先であり、『それ』は彼女の耳目であった。

だから。

『ヘル』は、自分を助けようとする者の存在に気づいていた。

だから。

『ヘル』は、そんな世界に絶望していた。

(どうして……)

彼らは『ヘル』を助けるという。彼らは黒く渦巻く『それ』を悪とみなし、引き剝がそうとする。

でも、『それ』を彼女から引き剝がすという事は。

罪人とみなされた彼らを助けない、という結論に過ぎない。『ヘル』だけを救い、元の罪を元の罪人に押し返し、彼らを再び冥界ニフルヘイムへ突き落とし、いわれのない永遠の責め苦を再開させると言っているのと同じである。

(どうして、その優しさはみんなに配られない……？)

上条当麻達は、仕組みに気づいていないのかもしれない。

『ヘル』を助けるという事が、その他大勢を苦しめる事を。『永遠の責め苦』なんていう素っ気ない言葉が、実際にはどれほど生々しくおぞましい拷問技術の結晶であるかを。

だけど、もう関係ない。

彼らを――そう、人間を――救うと、『ヘル』は心に決めた。

そのために全てを背負うと、『もう一人の大神』は覚悟を決めた。

ならば。

「ああ!!」

絶望のままに、『ヘル』が叫ぶ。

彼女の周囲に渦巻き、そして彼女の一部分となった『それ』が呼応する。

……北欧文化を形作る九つの世界は、世界樹ユグドラシルの枝や根によって支えられている。そして悪神ロキは、その枝を『ありえない方向』へねじる事で、上条やクウェンサー達を『全くよその場所』から引っ張り出してきた。

『ヘル』が行っているのも、近いかもしれない。

ただし、彼女は世界樹ユグドラシルを活用しなかった。

見る者は、『それ』をこう捉えただろう。まるで巨大なハリケーンだと。一方で、こう捉えた者もいただろう。まるで漆黒の大樹のようだと。

つまり、『もう一人の大神』は、新たなる系、新たなる大樹を作れた。

だからこそ、『ヘル』は主神オーディンに並び、隻眼の神から真なる恐怖と共に封じられたのであった。

SUMMON://call.another_world.address_point@ ヘヴィーオブジェクト．〝ラッシュ〟．

あまりにも巨大な質量が、世界のどこかで霧のように浮かび上がる。

それは、核の時代を平和的手段でなくより大きな火力でもって駆逐した、戦争の凶器たる超大型兵器。国連の崩壊後、いくつか生じた世界的勢力の一角『情報同盟』の軍事技術の結晶である第二世代のオブジェクト。

SUMMON://call.another_world.address_point@ インテリビレッジの座敷童．〝菱神舞〟．

ずっ……!! と、漆黒の大樹に導かれ、新たなる影がどこかに生じた。

それは、物理攻撃の効かない妖怪を人の手で葬るために、人工的に作り上げた妖怪『式神』を仮想敵に設定し、自身の肉体を徹底的に改造し尽くした、フリーランスのエージェント。

SUMMON://call.another_world.address_point@ 殺人妃とディープエンド．〝感電死の静菜〟．

また別の場所で、泡立つ沼の気泡のように、誰かが引っ張り出された。

それは、禁令殺人鬼指定を受け、なお自由気ままに殺戮を繰り返した災厄じみた凶悪犯罪者。

死体の保存に執着(しゅうちゃく)を持ち、改造スタンガンでもって血の一滴も流さない死体の蒐集(しゅうしゅう)を追い求めた、狂気の果てたる女性。

SUMMON://call.another_world.address_point@簡単なアンケートです.〝白い少女〟.

あるいは、黒い大樹を破壊(はかい)しかねないほどの白い奔流(ほんりゅう)が生じた。
それは、あらゆる『不条理(Absurd)』を束(たば)ねる管理人。人に火をもたらしたプロメテウス、人の死を予言するバンシーなどとも関連付けられており、ある非人道組織が『賢者の石』と同一視してしまったほどの、圧倒的(あっとうてき)な存在。

SUMMON://call.another_world.address_point@とある魔術(まじゅつ)の禁書目録(インデックス).〝一方通行(アクセラレータ)〟.

そして、極(きわ)めつけが解き放たれた。
それは、名実ともに学園都市第一位の超能力者(レベル5)。運動量、熱量、電気量、その他ありとあらゆる『向き』を自在に変じるその力は、一部、科学の領域を超えて魔術の領域にすら片足を突っ込んでいる素振(そぶ)りさえ見せる。

「があああああああああああ!!　ああ!!」

『九つの世界』……すなわち『全世界』を支配する権限を持つ『ヘル』は、自身の手で新たなる黒い大樹を作り、その枝や根を無節操に伸ばし続け、世界の外にある暴虐すら自在に呼び出しておいて、まだ叫ぶ。まだまだ足りないと、まだまだまだこんなものでは済まさないと、延々と咆哮を続ける。

産み落とされた暴虐は、産声の代わりに壊滅的な破壊をもたらす。

怪物達は、迷わず上条達へと突き進む。

きっと。

彼女が『本当に』救われるまで、災禍は続く。

だけど、みんなは気づいていた。

それが『ヘル』と呼ばれた一人の少女の、真なる悲鳴であると。

3

長女ブリュンヒルデ。

次女ゲルヒルデ。

三女オルトリンデ。

五女シュヴェルトラウテ。

六女ヘルムヴィルゲ。

七女ジークルーネ。

八女グリムゲルデ。

九女ロスヴァイセ。

……これに四女ヴァルトラウテを加えた九人が、いわゆる『ワーグナー式』ワルキュリエ九人姉妹となる。

彼女達は人間界ミズガルズに下りては強靭(きようじん)な戦士や聡明(そうめい)な魔法(まほう)使いの魂(たましい)を拾い集め、神々の軍勢エインヘルヤルに加えるために天界アースガルドへと連れて行く。そこで（ほぼリアル殺し合いの）戦術指南や酒や食事を振る舞う接待役を兼ねて、最終戦争ラグナロクの準備を進めていく。

では彼女達の戦いが戦士の魂頼みなのかと問われれば、答えは違う。

ワルキュリエは、すでに『個』の戦力だけで神々の敵対者を砕くだけの十分な力を持つ。

言ってしまえば、馬鹿デカい軍艦や空母とそれらを守る護衛艦や艦載機のような関係なのかもしれない。

彼女達の耳に、虹の滑走路ビフレストを管理するヘイムダルの声が伝わる。

『一番から七番、離陸用カタパルトの励起完了。いつでも臨界速度で行けます！』

「了解した。これより順次発進し、編隊を組んで狂乱の源たる冥界の女王ヘルを殲滅する」

長女ブリュンヒルデが事務的に答える横では、やたら分厚くてゴツい鎧を纏う九女ロスヴァイセが呆れたように呟いていた。

「つか、なーんでビフレストって七色七本なんでしょうね。最初っから九人姉妹の九本にしてくれれば時間差離陸なんてしなくても一発で出発進行できたっていうのに」

「我々をもたつかせる事も含めて、力のバランスを取るためだろう。上は軍神オーディンだ、武力の面で他に負けるようならルールを変えてしまえ。それもまた世の理だ」

吐き捨てるように言う長女ブリュンヒルデの言葉を受け流し、他方では次女ゲルヒルデが怪訝な声でこう言っていた。

「それにしても、今回もまた四女ヴァルトラウテは合流しませんでしたね」

「……あの『人間の少年』と接してから、四女ヴァルトラウテは歯車が完全にぶっ壊れている状態ですから……いえ別に妹にさっさと結婚されて姉として立場がないとかそういう嫉妬ではなく……」

三女オルトリンデがぼそぼそと言っていたが誰も聞いていなかった。

管制官ヘイムダルが通信で告げる。

『八女グリムゲルデ様、三女オルトリンデ様、次女ゲルヒルデ様、五女シュヴェルトラウテ様、以上四名とカタパルトのジョイントを確認しました。残る三本はエネルギーを分解して全七本に再分配し、再充塡の時間短縮に回します。よろしいですね⁉』

九女ロスヴァイセが笑いながら応じた。

「おっけーおっけー、後が詰まってるしさっさとかっ飛ばしちゃってー‼」

彼女達の体が、色とりどりの粒子へ分解された。そのまま滑走路をなぞる形で、凄まじい粒子の奔流が突き抜けていく。後から軌道をなぞるようにオーロラがたなびく。それはもう飛行物体の離陸というよりは、得体のしれない極太ビーム兵器か何かに見えた。

実に光速の八七％にまで超加速する、それをシュレディンガーの量子論ではなくニュートンの物理学の縮尺で実行してしまう破格の移動方法。

九つの世界のどこであっても一瞬で渡り、神々の敵対者を瞬時に葬る大戦力を投下する戦争インフラ。

だが、今回は奇妙な事が起きた。

離陸時にトラブルがあったのだ。

突如乱入した四女ヴァルトラウテが離陸準備中だった姉妹達へ凄まじい攻撃を浴びせたのだ。

ゴッ!! と。

『滅雷の槍』と呼ばれるそれは、莫大なエネルギーを凝縮させる事で作られた閃光の武具だ。それで薙げばあらゆる金属を融解させ、そのエネルギーを解き放てば地平線の向こうまで焼き尽くす必殺の飛び道具にもなる。

今回は虹の滑走路ごと抉り取る形で、真上から飛び道具が突き落とされた。

体を粒子化させてカタパルトの上を滑走していたワルキュリエ達は突如として入ってきた横槍を受け、そのバランスを崩していく。不良品のロケット花火のように複雑に回転しながら、体勢を立て直す事もできずに地上の各所へランダムに落下していってしまう。

第二陣として離陸準備を進めようとしていた長女ブリュンヒルデが即座に吼えた。

「四女ヴァルトラウテ!!」

「汝らにとっては全く不合理な災難とは思うが、生憎と私の夫がヘルを助けるなどと言い出してな。となると少年対ヘルの他に、少年対神々のラインができてしまう。そいつは流石に好ましいとも思えんのであるぞ」

「……ここで一戦やり合うと？」

滑走路への被害を受けて悲鳴じみた叫びをあげる管制官へイムダルの声を無視して、長女ブリュンヒルデは低い声で尋ねる。

しかし面白くないのはブリュンヒルデの側だ。

言うまでもないが、離陸準備中は万全の力を発揮できない。そして九人姉妹の最優先目標は姉妹ゲンカではなく冥界の女王ヘルと彼女が撒き散らす『騒乱』の早期解決だ。

ここで時間を稼がれるなど本末転倒だが、かと言って四女ヴァルトラウテをかわして離陸する安全な方法にも心当たりはない。

わずかに思案し、そして長女ブリュンヒルデはこう決断した。

「管制官へイムダル。予定通り第二陣の離陸準備を」

『マジですか!? 無理に加速してもまず撃ち落とされると思いますけど!!』

「それで構わん。四女ヴァルトラウテの精度は先ほど確認した。あいつは全てのワルキュリエを完璧に落とせる訳ではない」

味方の、それも姉妹の犠牲をも是として、冷酷に彼女は決断する。

「であれば二人でも三人でも良い、とにかく冥界の女王ヘルの元へワルキュリエを突っ込ませるのが最重要だ。あの程度を潰すのに九人もいらないし、姉妹ゲンカなどやってられるか。それで早急にケリをつける」

対して、四女ヴァルトラウテは滑走路の一本へとゆっくりと足を着けた。

その手にした『滅雷の槍』を軽く振るい、

「仕損じたのは八女グリムゲルデと三女オルトリンデ。ヤツらは目立たないから大丈夫ぞ。行かせてしまっても大した事はできまい」

『あのなー四女ヴァルトラウテ！　距離離れていても通信は開いているんだからなーなのだぜー!?』

八女グリムゲルデの魂の叫びが炸裂したが、泣き言は無視して四女ヴァルトラウテと長女ブリュンヒルデが真正面から激突した。

4

「うおおおおおおおおおおおおおおおおおおおおおおおおおおおおっ!?」

御坂美琴は柄にもない叫び声を発していた。

七人しかいない超能力者の一角、学園都市の第三位『超電磁砲』。

そんな肩書きを持つ彼女だが、それでも核の時代を終わらせた超大型兵器オブジェクトの猛攻を受ければ、流石に命の危機を覚えてしまう。

『情報同盟』の第二世代、『ラッシュ』。

主砲は五つの砲身を束ねた連速ビーム式ガトリング砲だった。たった一発で軍艦がオレンジ色に溶けた水たまりになりかねないほどの火力が、毎分数千発の勢いで正確に襲いかかってくるのだ。

ビーム兵器は電子線を利用した軍事技術だ。

それが『電気を操る』美琴にとっては功を奏した。回避不能な連打は、しかし彼女に直撃

する寸前で『不自然に』折れ曲がり、あらぬ方向へと弾かれていく。

だからといって、万全であるはずがない。

「ま、ずい!! こいつ、どこぞの第四位以上じゃない!? このままじゃ押し切られる!!」

カチカチとビキニアーマーの金具が不気味な音を立て始める。

危機に応じたのは『ベイビーマグナム』を操るお姫様だった。

核にも耐えるオブジェクトは、同じオブジェクトの大火力によって葬る。

主砲のアーム基部が回転し、下位安定式プラズマ砲に設定。七本のアームを動かし、『ラッシュ』とその予想回避地点全てを埋める形で、『一撃で戦争を終わらせる兵器』は溜め込んだ力の全てを一挙に解き放つ。

カッッッ!!!!!! と、青白い色の凄まじい閃光が、黒いスクリーンさえまとめて引き裂いた。

だが『ラッシュ』に直撃する寸前、その軌道に割って入る別の影があった。

それを見た上条が目を剝く。

叫ぶ。

「まずい、避けろ！　あいつは⁉」

届かない。間に合わない。

その影。

一方通行は、自身に直撃した数万度クラスのプラズマの『向き』を簡単に操ってしまう。『ベイビーマグナム』へと、真っ直ぐに反射させる。お姫様は慌てて真横へ機体を振ったが、それでも鉄橋じみた主砲の一本がオレンジ色に解け、巨体から毟り取られる。

あの第一位は、おそらく上条の右拳でなければ倒せない。

しかし、そちらにかかりきりになれるほどの余裕もない。

「ぐっ⁉」

ぐんっ‼　とクレーンのような凄まじい力で襟首を摑まれた。

タンクトップにホットパンツの女……菱神舞の顔が目の前にあった。こちらの重心を的確に崩し、束の間だが確実に身動きを封じた彼女の別の手には、刺身包丁をミリタリー色で染めたような、薄く長い片刃のナイフが握られていた。

首を持っていかれる。

そんな悪寒が駆け巡った直後、横合いからパパパン‼　という乾いた銃声が炸裂する。

アサルトライフルを構えたヘイヴィアだ。だが菱神舞は上条の襟首を片手で摑んだまま、上半身を振るだけで五・五六ミリのライフル弾をまとめて回避してしまう。

「嘘だろおい!!」

叫ぶ時間を別の何かに割り当てたとして、結果は変えられただろうか。

ブォン!! というバットを振り回すような音と共に上条当麻の体が冗談のように投げ放たれる。宙を舞う高校生の体が、ライフルを構えたヘイヴィアを押し潰し、押し倒す。

もがくヘイヴィアは、菱神舞がサプレッサーのついた小型拳銃に持ち替えたのを見た。

ヘイヴィアは一瞬で決断した。

「よおナイト様!! 爆薬を投げろ!!」

粘土の塊のようなものが宙を舞った。

クウェンサーが投げた軍用爆薬『ハンドアックス』は地面に落ちる事なく、菱神舞の鼻先で勢い良く爆発する。

耳をつんざくというよりも腹を殴られるような炸裂音と共に、危険域にいた上条やヘイヴィアの肌までビリビリとした痛みが走った。インデックスが自分のマントを片手で押さえつける。

「あの野郎は……」

「まだよ」

告げたのは、南国式葉っぱ水着の座敷童だった。

「あの百鬼夜行に与する者が、こんな当たり前の方法で倒れるはずもない!」

轟‼　という風が粉塵を薙いだ。

その先に、菱神舞はいた。傍らには、裾の短い着物を纏う別の少女が立っていた。『死出の竜姫』。彼女が仮想敵として作り上げた人工的な妖怪、式神。一般的な物理攻撃の効かない式神を利用して、舞は爆風から身を守ったのだ。

「バケモンが……！　タイムマシンで飛ばされてきたグラサンかテメェは⁉」

だが絶望では終わらせない。

マントで体を隠していたインデックスは、その両目を見開き、式神の組成を即座に暴いていく。

「イメージの源泉は浦島太郎に登場する乙姫。人間を誘い水底へ沈めるその特性だけを曲解、拡大解釈させる事で戦闘用とした組み立て型の式神。うん、大丈夫。あれは弱点のない怪物なんかじゃないんだよ‼」

別の場所では、ゴギン‼　という鈍い音が炸裂していた。

『白い少女』。そして、その首に巻きつく特殊ゴムでできたロープ。

踊り子のようにくるくると回る殺人妃の操る凶器は、圧殺死の本領を存分に発揮していた。すなわち、華奢な『白い少女』の首の骨をあまりの圧搾によってへし折っていたのだ。

ぐらり、とその頭が揺らぐ。

だが『白い少女』の瞳には、苦痛や恐怖の色はない。ほぼ真横に近い、不自然なほど首を傾けたまま、彼女はそのほっそりとした指先をサツキへ突き付ける。

ばらら!! と『白い少女』の纏う純白のワンピースのスカートの端がほどけた。それは大量の映画のフィルムとなって景色の全てを埋め尽くしていく。

「この人……命がない?」

殺人妃は凶器を伝わる異様な感触に怖気を感じながら、しかし自分の言葉を否定する。

「いいや違う、何ですか、これは!? もっと恐ろしい、触れただけでもう終わっているような……!!」

「パラメータ変更、対安西恭介用人体構造を放棄、ストーリーライン『ホラー』パッチを適用。以降は命の喪失程度で『物語』が終わる事なし」

ぶぶわ!! と、永遠に伸びる無数のフィルムが、まるでカミソリのような鋭さでサツキ目がけて襲いかかる。

東川守とバニーガールは、もう一人の殺人鬼と向き合っていた。

感電死の静菜。

その手に握られたスタンガンが、本来ならあり得ないほどの爆音を発する。

「どう思うよ、宿敵?」

「いやあ、とんでもない『不条理』だと思いますよ。でも、私達と違って当人そのものを引っ張り出してきているって感じでもなさそうです。平たく言えば、別世界の『影』だけを持ち込んでいるっていうか」

「なら、あれをぶっ飛ばしても元の世界の人には関係なし、か」

「相手殺人鬼っしょ？　ぶっ殺した方が世のためなんじゃないですか？」

言い合いながら二人が無造作に静菜の方へ踏み出すと、彼女は逆の手で握り込んでいた何かを宙へ放った。

それは大量の細かいネジ釘だった。

そしてネジ釘が地面に落ちる前に、『感電死』を司る殺人鬼は改造スタンガンを振るう。

ズバヂィ!!　と閃光が全てを覆い尽くした。

複雑な蜘蛛の巣のように、致命的な雷光が縦横無尽に駆け巡る。

だが、

「その程度で何とかなるとでも思ってんのか？」

「私達はこれでも『不敗の帝王』に『常勝の挑戦者』。……運任せのギャンブルであれば誰にも負けない『不条理』を持っていますからねぇ☆」

一万分の一だろうが、一億分の一だろうが関係ない。

彼らは蜘蛛の巣にわずかな網の目があれば、そこを自然と潜り抜けていく。

「でも」

と、そこで静菜は笑った。

「そちらこそ忘れていない？　私はこう見えても『感電死』を司る殺人鬼。妖怪だの神様だのはともかくとして、同じ人間相手に殺し合いで負けるとでも思っているのかしら？」

　さらに別の場所では、大学生の安西恭介と絶対に死なない少年、七浄京一郎があっちこっちで響く爆音や銃声に身を竦めていた。

……というか、これが本来の正しいリアクションではある。

「よお！　俺達はどうすれば良いんだ⁉」

「化け物達のオンパレードに無理に付き合ったって殺されるだけだ。死なない死なない言ったって、手足ぶち切られればリタイア確定なんだしな！　だから使えるヤツのサポートに回ろう。そうだな、手っ取り早いトコでは……」

　彼らはぐるりと辺りを見回し、そこでピタリと視線を固定させた。

　氷漬けの陣内忍と、それに寄り添うぺったんこで小悪魔ボンデージな雪女がいた。

「うふふ……」

「あれなんかどうよ？」

「……ああ、悪くない。雪女なんて、子供でも知ってる妖怪だろ。今じゃすっかりデフォルメされているけど、大昔から今日までみんなの口で伝えるほどの存在だったんだ。本来通りならとんでもない『不条理』のはずだ。あの子をどうにかしてやる気にさせよう」

「でも具体的にはどうする？　あの氷漬けを取り上げたりしたら、こっちが液体窒素でバラバラ状態にされかねないぞ」

　と、その時だった。

『ベイビーマグナム』と交戦していた『ラッシュ』の主砲、連速ビーム式ガトリング砲の流れ弾が、雪女が頰ずりする辺りへまともに落ちた。曲がりなりにも妖怪が作った超常の氷だからか、それでも氷の棺の中にいた陣内忍は蒸発しなかった。

　しかし、無傷という訳にもいかなかったらしい。

どろり……と。どんな時も正確な直方体を保っていた氷の棺が、真夏のアスファルトに落としたアイスキャンディーのように形を失っていく。

「な──」

　それを見て。

　ヤンデレ雪女が、自分のキャラを崩壊させてまで咆哮した。

　小悪魔が本気の大悪魔へ豹変する。

「──ァにをしてくれてやがんだ、このアバズレがァァァああ!!!!!!」

ビュゴウ‼ と小柄な妖怪を中心に、新たな白い渦が猛威を振るう。周囲一帯の小石や砂がぶわりと浮かび始めたのは、あまりの極低温環境を受けて、冗談抜きに周辺の鉱物が超伝導物質化したからかもしれない。

液体窒素どころの騒ぎではなさそうだ。

まいなす273ど、というド級の数字が大学生の脳裏に浮かぶ。

あぶそりゅーとぜろ、と七浄京一郎はちょっと厨二マインド溢れる単語に変換していた。

ああ、うん、と二人は納得した。

「やっぱり、あそこには触れないでおこう」

「そだな。……流石にあの嵐の中で致命傷を避けるってビジョンに心当たりがないし」

5

少年はその戦いを目撃していた。

道は開く。

そう告げた上条達だが、必ずしも順風満帆という訳ではない。むしろ冥界の女王ヘルが吼えるたびに漆黒の渦の中からあらゆる系統のあらゆる強敵が無尽蔵に顔を覗かせるため、その混乱の度合は高まりつつあると言っても良い。

　そして、少年の頭上を巨大な影が覆った。

　暗黒竜ニーズヘッグ。全長二〇〇メートルに達する漆黒のドラゴンにして、冥界の女王ヘルの忠実な部下。かつては神造艦スキーズブラズニルの船上において、核にも耐える『ベイビーマグナム』と互角以上の撃ち合いを果たした大火力である。

「あ」

　その一撃を受ければ、少年の肉体など灰も残らないだろう。

　それどころか、ただ急降下してその巨体で押し潰すだけでも、原形を留めないだろう。

　しかし。

　ずざざざざざざざざー!!　と海面に不時着する旅客機のような格好で強引に地面を割りながら迫ってきた暗黒竜ニーズヘッグは、まるでレーザーか超音波でミクロン単位の計測をしていたかと思うほど鮮やかに、少年の手前で奇麗に着地していた。

　そのまま頭を地面に押し付けて、まるでワイバーンの肉体全体を大きな滑り台のような格好にする。

　その背に、人間を乗せる準備を整える。

「……ヘルちゃんを助けるために、力を貸してくれるの？」

　返事はなかった。

暗黒竜ニーズヘッグに、人の言葉を発声する器官は備わっていなかった。

だがそれは、人の情が理解できない事にはならない。

そもそも、その竜は冥界の女王ヘルのためになると思った事を実行し続けてきた。そのために、普段は彼女の命を忠実に守ってきた。

そして今。

『そうしない』方が彼女のためになると、決断したのだ。

「ヘルちゃんの所に連れて行って。ヘルちゃんをあそこから連れ出すために！」

少年は告げる。

ぐる、という唸りは肯定の色を含んでいた。

竜の頭をよじ登り、長い首を渡って、大きな胴体の上へと乗っかる。少年が定位置を確保したのを確認し、暗黒竜ニーズヘッグはちょっとした広場ほどもある広大な翼をはためかせる。

その離陸を阻害するように、新たな光が天に生じた。

それは二頭の山羊に引かせた巨大な戦車だった。譬えて言うなら『サンタクロース的飛行』。

ただし、そこには子供達の夢も山盛りのプレゼントも搭載されていない。

雷光、雷撃、神罰、天罰を象徴する破壊の神。

雷神トールの戦車だ。

「我が父上オーディンの命により馳せ参じた‼　不浄なる者よ、その邪なる希望を捨て神の鉄槌に身を任せるが良い!!」

その手にあるのはミョルニル。

単純な破壊力だけならオーディンの持つ神槍グングニルを上回るハンマーとされ、また、あまりの重さから九つの世界全域を見回しても、使える者はたったの二人しかいないとされる伝説の武具だ。

振り下ろせば、山を超える巨人さえも一撃で粉々に打ち砕く。

いかに暗黒竜ニーズヘッグであっても、まともにもらえば耐えきる事もできずにそのまま撃墜されてしまう。

のだが。

ドゴォ!! と。

そんな雷神トールの横っ腹に突き刺さるように、さらに第三者からの襲撃があった。

それは竜に似ていた。西洋のワイバーンでなく、東洋の龍を思い浮かべる者も珍しくないだろう。

生まれた瞬間から際限なく成長を続け、永遠に肥大するその体はついに九つの世界全体をぐるりと囲むほどになってしまった存在。

そして、最終戦争ラグナロクにおいて、雷神トールと相打ちになると予言されている大蛇。

「貴公はヨルムンガンドか⁉」

『俺が来ねえとでも思ったのかい、お坊ちゃん』

噴射煙の尾を引くミサイルにも似た……と呼ぶには、あまりにも巨大過ぎる。

あくまでも爬虫類らしい、感情の読めない瞳をずいと近づけて、その蛇は思念で語った。

『可愛い妹が人を助けたいって息巻いてやがるんだぜ。その妹を助けたいっつって多くの人が集まったんだ。なのに、当の兄貴が指を咥えて見ているだけだとでも思ってやがるのか？』

「……待てよ、そういう事か」

鋭い舌打ちがあった。

その時、雷神トールが睨みつけたのは眼前に迫る大蛇ヨルムンガンドではなく、はるか頭上だった。

天界アースガルドそのものを睨みつけて、雷神トールは吼える。

「冥界の女王ヘルは前哨戦、本命を呼び出すための囮だった。そういう事なのだな、悪神ロキ‼」

6

ちなみにヴァルトラウテにフルボッコされて豚語を話していた悪神ロキは、実は（相手に伝わらないのを逆手に取って）こんな風におちょくっていた。

『ぶ、ぶぶう、ぶごぶう……』

（※分かった分かった、俺の負けだよ）

『ぶふふう』

（※というより今回は痛み分けかな。俺は負けたが、すでに種は蒔いてある。後は土から邪悪の芽が吹けば、世界の秩序は一新されるだろうさ、勝手にね）

『ああ、汝が神造艦スキーズブラズニルと世界樹ユグドラシルを利用して、「真なる外」から「異邦人」を多数呼び出した事はもう分かっている。世界樹が「知恵の泉」の水を吸って生長する特徴を逆手に取り、九つの世界いずれにも繋がらない別の方向へ枝を伸ばす事で橋渡しした事もな。……で、具体的にどうすれば「異邦人」を元の場所へ帰せる？　事と次第によってはこのまま手を放して真っ逆さまであるぞ』

『ぶごっ、ぶごごう』

（※まあ、俺としては『異邦人』を呼んだ時点で目的の半分は叶ったのだから、彼らが元の場所に帰ろうが知った事ではないんだけどね。方法が知りたいなら教えよう）

『うん？　元の場所への橋渡し、世界樹の枝はまだ各世界に連結したまま？』

『ぶう』

（※そうさ、異なる道徳、異なる倫理に触れさせて、冥界の女王ヘルを狂わせられればそれで良かった）

『世界樹は「知恵の泉」の水で育つが、逆に木の中にある水を吸い出せば枯らせる事もできる。暗黒竜ニーズヘッグが世界樹の根に噛み付くように。だからイレギュラーな橋渡しの枝の根元を傷つけて、わざと枝を枯らしている状態だと？』

『ぶふう、ぶぶっ』

（※そしてオーディン色に染まった北欧文化でだって、身内を殺されそうになれば憤るくらいの正義感はある。さて、冥界の女王ヘルの兄弟とは？　大蛇ヨルムンガンド、そして巨大狼フェンリル。……いい加減に、あの狼も鎖を千切ってオーディンを食い殺したくなる頃なんじやないのかな？）

『つまり世界樹につけた傷に詰め物をして「漏水」を抑えれば、枯れて萎縮した枝が再び元の場所との橋渡しとして機能する、という訳か。後は「異邦人」を神造艦スキーズブラズニルに乗せれば、彼らは自動的に元の場所へと散らばっていく、という寸法であるな』

7

天界アースガルドには、一本の川がある。

川を遡って源流を辿ると、その監獄は静かに来る者を威圧する。

川の正体は、巨大狼フェンリルの口から溢れる涎だった。主神オーディンを喰う事を予言されたその獣は、下顎から突き上げるように一本の剣を突き刺され、永遠に顎を閉じる事を禁じられていたのだ。

その全身を戒めるのは不断縄グレイプニル。数々の『入手不可能な材料』を使って作り上げられた、どんな獣にも絶対に引き千切る事のできない縄である。……しかし、その『絶対にできない事』が成し遂げられてしまった時、巨大狼フェンリルは自由の世界へ解き放たれ、そして怒りと憎悪のままに主神オーディンを食い殺すのだという。

力の源たる憤怒と怨嗟は、すでに臨界点を超えていた。

最終戦争ラグナロクまでは保つとされた上限など、とっくの昔に。

あるいは。

今日この日が、世界の終わりなのかもしれなかった。

そのために巨大狼フェンリルと同じ『三兄妹』の冥界の女王ヘルを狂わせたのが、悪神ロキの狙いだったのだ。

「分かっているだろう、フェンリル」

牢獄には、一人の神がいた。

闘争神テュール。フェンリルがまだ不断縄グレイプニルに戒められる前、暴れ回って手におえないフェンリルの唯一の理解者とされた神だった。不断縄グレイプニルに縛り付けられるその直前にも、罠の可能性を怪しんだフェンリルはこう約束させた。『その縄で私を縛るのなら、神々の誰かが私の顎の中に腕を入れろ。もしも罠だったらその腕を嚙み千切る』と。

だから、闘争神テュールには片腕がない。

主神オーディンに従う事しかできなかった、かつての友。結局は『上』に言われるがまま友を裏切ってしまった、闘争神という名とは裏腹の神。

「それが、その怒りこそが、悪神ロキが最も欲しかったものだ。何者にも命じられず、何物にも縛られない自由な暮らしを求めた君にとっての最大の屈辱だ。だから、呑み込まれてはいけない。悪神ロキは、早々に主神オーディンを喰わせる事で最終戦争ラグナロクのシナリオを変えるために、ヘルを利用したに過ぎないんだ」

『ならば』

四肢を動かす事も叶わず、口を閉ざす事さえ禁じられた獣は、しかしありとあらゆる神を等しく恐怖に突き落とす眼光でもって、思念を使ってかつての友にこう質問した。

『ならば、誰がヘルを助けるというのだ。お前か？』

「それは……」

『世界にどれだけ嫌悪されていようが、私達は同じ家族だ。血を分けた三兄妹なのだ。……誰かが助けてくれれば、こんな事にはならなかったかもしれない。だが、誰もヘルを助けない。助けようともしない。恥ずかしげもなく自らを神などと名乗っておきながらだ！』

　ぎちぎちみしみし!!　と牢獄が軋む。

　破れないはずの不断縄グレイプニルが、これ以上ないほど頼りない不協和音を鳴らす。

『誰も救ってやらんのならば、血を分けた私が動く事の何が悪い。ヘルを助けたいと、ただそう思う事のどこが悪い!?　悪神ロキの企みなど知らん。私は私の意思でヘルを救う。その障壁となる者は、悪神だろうが主神だろうが等しく噛み砕いてだ!!』

　……人が人を殺す最大の理由は何だろう、と闘争神テュールは思いを馳せる。

　金のため？　恨みのため？　名誉のため？　家族のため？　恋人のため？　快楽のため？

いずれも違う。

きっと、答えは『正義のため』だ。これほど多くの命を奪った動機は、きっと他には存在しまい。

巨大狼フェンリルは、家族を守るという誰でも分かる（いっそ『陳腐』とまで評価しても良いほどの）正義の怒りに身を焦がしている。だからこそ、彼には生半可な説得など通用しない。正義に勝る理論はないからだ。正義を論破できる理論などないからだ。それがどれほどの流血を伴うものであっても、心を正義に埋め尽くされた者は、もう止まれない。止まってしまう事は、その魂を砕くのと同じだと、そういう覚悟を決めているからだ。

正義と悪は違う。

正義は勝つ。

……だから、正義とは決して扱いを間違えてはならない危険物質だ。一度暴走してしまえば、それは悪の謳歌をはるかに超える惨劇を生み出してしまうのだから。

『今一度、チャンスをくれてやろう、テュール』

フェンリルは、今すぐにでも不断縄グレイプニルを引き千切りそうな格好のまま、静かに語りかけた。

『残ったもう片方の腕を、私の顎に差し入れる覚悟はあるか？　神々は、いいや、世界の誰かがあの子の、ヘルの友人となってくれるのだと、誓えるのか？　できるのなら、私は留まる。

誰かがヘルを助けてくれるのならば、私は留まる。彼女のために怒り、彼女のために泣いてくれる者がいるのだというのなら。口先だけの奇麗ごとは良い、現実問題として、お前は大切なものをその奇麗ごとに預けられるのか』

「……っ」

精緻な歯車に細かい砂利が混じったように、ほんのわずかな停滞、沈黙が生じる。

それだけで、巨大狼フェンリルには十分だった。

やはり、ヘルを助けてくれる者などいない。

やはり、ヘルの友人になってくれる者などいない。

やはり、誰にも頼る事はできない。

その結論が、さらなる憎悪と怒りを醸成させる。不断縄グレイプニルを引き千切るための力が、より一層高まっていく。

もう、この世界は駄目なのかもしれないと、闘争神テュールは思った。

血を吐くようなこの願いに答えてやれる者がいない世界など、とっくの昔に駄目になっていたのかもしれない、と。

だが。

「待ちなよ『でかいの』。そんなに約束してほしいなら、俺が挑戦してやるよ、その試練」

突然の声があった。

巨大狼フェンリルは眼球を動かし、闘争神テュールは牢獄の出入口を振り返る。

『異邦人』の一人がいた。

金色に髪の色を染め、だらしなく学校の制服を着崩した高校生であった。

陣内忍。

厳密には肉体から抜け出した幽体の少年は、己の肩の調子を試すように右腕をぐるんぐるん回しながら、

「ようは、その顎に手を突っ込んで誓えば良いんだろ？　冥界の女王ヘルちゃんを助けてくれるヤツはいるか。いるさ。そんなもん、いるに決まってんだろ。あんまり世界ってヤツを見下すもんじゃやねえよ、『でかいの』。仕方がねえから、ここは俺が何とかしてやるぜ」

『何を言っている』

「だからっ‼」

忍はズカズカと踏み出すと、闘争神テュールを横に押しのけ、巨大狼フェンリルの前へと立った。ちょっとしたバスやトレーラーに匹敵する巨体。顎を開けば高校生など丸呑みできそうなサイズ。

だが躊躇はしない。

陣内忍は、まるで殴りつけるようにその右腕を獣の口の中へと投じてしまう。

「ごちゃごちゃごちゃごちゃ面倒臭せえ野郎どもだな‼　今から俺がヘルちゃんを助けに行くっつってんだ！　文句があるってのか⁉」

『……っ⁉』

「どこまでできるかは分からねえ。やれる事は全部試すが、それでもヘルちゃんを一〇〇％救える保証なんか何もねえ。こちとらただの高校生だからな。でも、だけど全力は尽くすぜ。ヘルちゃんを助けるために掛け値なしに命を張る。それで良いか？」

『何故だ。お前はヘルの何だと言うのだ』

「さあーな。そいつも含めてこれから次第ってか？　事と次第によっちゃアンタに嫉妬されちまうかもしれねえが、別にそうならなくたって構やしねえよ。俺が、助けたいから、助ける。それ以上の考えなんてあんのか？　なあ、お前はどうだったんだよ？」

『……』

「どういう訳か、俺は昔っから妖怪だの何だの、そういうのから滅法好かれる体質でな。実を言うとこうしている今もお前に喰われるなんて思っちゃいねえ。でも、そういう事なんだろ。姿形だの、力や属性だの、そんなのじゃねえんだ。心を動かす『何か』ってのは、力の源である『何か』ってのは、もっと違ったものなんだ」

忍は言う。

その右腕が、巨大過ぎる牙にちくちくと触れる。

「楽しい事があれば笑うし、哀しい事があれば泣くんだ。それだけなんだよ。だったら、『そいつ』を踏みにじられれば誰だって怒るさ。ああ、俺だってブチ切れてる。だが今回は譲ってくれよ。俺の花道のために、アンタの怒りを譲ってくれって言っているんだ。約束できるか？俺は、お前が約束のできるヤツなんだって考えているから、こうしてこの腕を突っ込んでいるんだぜ。お前は俺の期待に応えてくれんのか？」

『……良いだろう』

巨大狼フェンリルは、そう首肯した。

『だが私は見ているぞ、人間。命を張ると言った以上はできる事を尽くせ。何か一つでも出し惜しみをしたら、それでヘルを救えずに終わったら、その時はお前の腕を約束通りに噛み千切る。たとえ肉体がここになくても、幽体を千切られれば二度とその腕は動かなくなるが、構わぬな。これはそういう契約だ』

「それで良いさ」

忍は笑った。

その腕が、静かに抜かれた。

だが陣内忍が腕を引いたのではない。彼の体全体が、ふわりと浮かんでいた。今さらになって、忍は今の自分には肉体がなく、幽体離脱のような状態だと思い知らされる。

「やっと、お迎えが来たようだ」

『？』

「くたばり損ねていた俺の体が、どうにかこうにか息を吹き返そうとしている。だから俺の魂もこうして引っ張られている。そういう事なんだろ」

不安定に浮かびながら、忍はフェンリルから目を離さなかった。

神々さえ目を合わせる事のできない獣と、正面から。

「だから帰るよ。俺は地上に帰って、みんなと一緒にヘルちゃんを助けに行く。そのためにできる事を、全部やる。そこで見ていてくれよ。アンタの身内と、アンタとの約束。どっちも守ってやるからさ」

『……、ふん』

巨大狼フェンリルは、静かに目を瞑った。

陣内忍の体もまた、急速に牢獄を離れていこうとする。

その直前だった。

闘争神テュールが、片方しかない腕を使って、陣内忍の手を掴んでいた。

「あ」

何故、そうしたのか。それは神にも分からなかった。

だから尋ねた。

「私は……私は、どうしたら良い。それはきっと、君がそうしたその理由は、本来、私がやるべき事のはずだった。私が解かなくてはならないわだかまりだった。それなら……!!」

忍は逆さに浮かんだまま。

言い切った。

「自分で考えろ、悔いのない生き方を。自分で腐って他人のせいになんかしてんじゃねえよ、神様がみっともねえ」

「……ふ」

それで、何かが決まった。

目を瞑り、世界を拒む獣に向けて、闘争神テュールは改めて振り返った。

「いつの日か……」

失った腕の延長線上に、かつての友の顎を思い浮かべる。

「必ず、もう一度、君の顎に腕を差し入れて約束をしよう。すでに絆は失われ、情も途切れたとしても。闘争と勝利の神は友の窮地のため、今一度立ち上がろうぞ!!」

闘争神テュールは自らの足で地を蹴った。

支えを失った陣内忍と闘争神テュールは、まるで風船を掴んで大空を舞う小人のように天界アースガルドを飛び出していく。

忍の体のある、最前線目がけて一直線に突き進んでいく。

巨大狼フェンリルは、最後の最後まで目を開けなかった。

まるでふて寝のような格好のまま、しかしもう一度だけ吐き捨てるように思念で呟いた。

『……、ふん』

8

そして第二世代のオブジェクト『ラッシュ』からの砲撃によって氷の棺が融解し、中に閉じ込められていた陣内忍は息を吹き返す。

彼は両手を頭の後ろに回し、無意味にその肉体を見せつけながら叫んだ。

「陣内忍☆超復活!!　やあやあ皆様お待たせいたしました。真の主役は遅れて登場するものだって怖ァあ!?　な、何だって雪女のヤツがあんな般若みたいな顔で辺り一面見境なしに襲いかかってんの!?」

ちなみにそのぺったんこな雪女は鬼の形相でもって真正面から『ラッシュ』へ突撃していた。

「あと何でお前らそんなに肌色だらけな訳!?　だったらもっと早く呼び戻しなさいよー!!」

全長五〇メートル超、核の時代を終わらせた超大型兵器だが、雪女を中心に発せられる絶対零度（恥ずかしがるな、化学の用語だ――）の白い嵐を受けて、挙動に明らかな異変が生じているらしい。

そして一角が崩れると、連鎖的に戦局が傾いていく。

まず『ラッシュ』を足止めしなくてはならなかった『ベイビーマグナム』が自由を得た。さらに一本、一方通行の手で主砲を毟り取られた訳だが、そこで速やかにお姫様は後退する。着地のタイミングを狙って第一位の超能力者へ飛びかかったのは、言うまでもなく上条当麻だった。

『ラッシュ』の猛攻から解き放たれたのは、御坂美琴も同じだった。彼女はその代名詞たる超電磁砲を使い、音速の三倍に加速させたコインを使って菱神舞を狙撃していく。その対応に式神『死出の竜姫』がかかりきりになったところで、クウェンサーとヘイヴィアが菱神舞本体へ別の方向から銃撃を加えていく。

大量のフィルムを撒き散らす『白い少女』は、倒しようがなかった。しかし一方で、彼女はあらゆる攻撃に対して自身のパラメータを変更させる事で『弱点を潰す』防御方法を取るらしい。様々な殺人方法を切り替えて使えば、殺す事はできなくてもほぼ半永久的に時間を稼ぐ事ができる。殺人妃が『白い少女』にもたらしたのは、つまり『死んだも同然』という一つの結果だった。

……それらを見渡し、忍と一緒に地上へ落ちてきた闘争神テュールが尋ねる。

「私達はどうするのだ⁉」

「できる事をやるってフェンリルの野郎と約束した！　俺は俺のできる事を全部やる、役に立とうが立つまいがな!!　つーかアンタは何ができる神様なんだ!?」

「私は闘争と勝利の神だが」

「ならそいつを使いな。勝つために必要な事を全部試せ!!」

叫びながら、氷の棺を抜け出した陣内忍は葉っぱ水着の座敷童の方へと走り、合流していく。

闘争神テュールは、片方しかない己の手の掌へ目を落とした。

「……正しき闘争と真なる勝利を確約する神の名において告げる」

その拳を握る。

天へと突き上げる。


「この者達に!　確実な勝利を!!」


見た目に派手な爆音や閃光があった訳ではない。

だがその効果は絶大だった。

勝利の女神として知られるギリシャ神話のニケーや日本神話の一言主神など、時として神話には『暴力』『破壊力』という手段とは別に、漠然とした『勝つ事』『成功する事』という目的それ自体を司る神格が登場する。その者が味方した軍勢は確実な勝利と成功を手に入れられるので、その者を獲得するために『戦争のための戦争』『成功のための試練』を行うという回りくどい伝説を作る存在だ。

闘争神テュールもまた同義だった。

彼は自分で勝つ事はできないが、自分が属する勢力を勝たせる事ができる。

だから。

「おっ？　おおおおおおお!!」

『感電死』の静菜と戦っていた東川守が奇妙な声を上げた。

隣にいるバニーガールも、怪訝な顔をする。

「私達の持っている『不条理』が、増幅、いいえ上書きされている……？　ああ、まずい、まずいですよこれは、ただでさえイカサマの確変状態使っているのに、さらになんか倍率が跳ね上がっちゃってますよお!!」

戦況が一気に押し流される。

山が動く。

……唯一その恩恵を受けられないのは、毎度お馴染み上条当麻くらいのものか。

そのツンツン頭は、ぶわさ!!　という大きな翼のはためく音を耳にしていた。

頭上を見上げれば、漆黒のワイバーンが飛び立とうとしていた。どういう経緯かは知らないが、背中には小さな少年が収まっていた。

感情のままに、上条は叫ぶ。

「行け!!　今なら道は開いている！　ヘルんトコまで飛んであの子を助けて来い!!」

応じるように、暗黒竜ニーズヘッグがさらに羽ばたこうとした。

宙に浮かぶための挙動ではない。ロケットやミサイルのように、目的地に向けて一直線に突っ込むための力を蓄える。


その。

直前の出来事だった。


ばぢっ、という紫電の散るような音に似ていた。

だが御坂美琴や感電死の静菜とは違う。そもそも、厳密には電気的な火花ではない。漆黒の大樹、その内部に渦巻く力。

それが暴走しているのだ。

超大型兵器オブジェクトの『ラッシュ』や、学園都市第一位の超能力者『一方通行』が出現した時とは、明らかに違う。管理の手を離れたその力の奔流は、耳に障る壮絶な雑音を伴っていた。破滅的に空間を引き裂き、その指先が現世に這い出てくる。

「なん、だ……あいつは……？」

上条当麻は呻いた。

見た事もない誰か、遭遇するはずのない誰か。

『そいつ』がゆっくりと、黒いスクリーンを割り裂いて躍り出る。

「あいつは一体何なんだ!?」

9

天界アースガルドの一角でボロクズのように投げ捨てられていた悪神ロキは、しかし『やるべき事』を全て終えていた。後は結果を待つばかりのその神が、生じた結果を受けてニヤリと笑う。

「やっと、来たか……」

この北欧文化の外にいくつも浮かぶ、『まったく異なる世界』。

とある魔術の禁書目録、ヘヴィーオブジェクト、インテリビレッジの座敷童、殺人妃とディープエンド、簡単なアンケートです。

その、どれとも違う秘奥の領域。

「……決して語られる事のなかった原初の世界、『――――の―』」

　それは、訪れた者の望みを歪んだ形で叶えてしまう一つの街。一人の少年と一人の少女の遭遇から脱出までを描いた、ほんの短い時間の話。

　だが。

「ちょっと待て。アドレスが違う……？」

　初めて、そこで悪神ロキが疑問の声を発した。

　状況は、トリックスターにも管理できないレベルに達しつつあった。

「黒い枝はどこへ伸びている？　俺はそんな世界を知らないぞ!?」

　そして、『ヘル』の叫びに応じて前人未到の怪物が顔を覗かせた。

SUMMON://call.another_world.address_point@ 未踏召喚://ブラッドサイン．〝城山恭介〟．

　それは、全く異なる場所から異世界の住人『被召物』を呼び出し、自在に戦う召喚師の名。

　規定級、神格級、未踏級と分類し、時に神様のさらに奥に潜む『何か』さえ戦力として組み込んでしまう、極限の力と極大の冒瀆を司る少年の名前だった。

10

カッ!! と真っ赤な光球が辺り一面へ無数に散らばっていく。

無数の光球を従えるその少年自体は平凡な顔つきだった。服装もスポーツブランドのジャージにフード付きのパーカー。唯一の異形と言えば、その手にある一八〇センチほどの長大な棒切れくらいのものか。

そして、最初、カタストロフは巫女装束を着た金髪の少女でしかなかった。

だが、

「なん、だ」

直後に、少女の形がどろりと崩れた。それは緑色をした半透明の粘液に近かった。容量にして七〇〇リットルほどの怪物が、少年の周囲をぐるりと取り囲む。

「何だよ、ありゃあ」

それを認識した時にはすでに別の形を持っていた。

あるいは殺人ギミック満載のアイアンメイデンのような柱時計に、あるいは触腕の代わりに太い鎖を振り回す巨大なイカに、あるいは無数の獣や竜の頭を一ヵ所に束ねた巨大なボールに、あるいは人の養分を吸って咲き誇る不気味な桜の木に。

「ちょっと待て、どこまで形を変えるんだ、それ!?」

怪物は、一つの形に留まらない。

速ければ数秒単位で別の肉体を手に入れていく。

あまりの威容に、あまりの速度に、思わず上条達は見送ってしまった。

その人間的な挙措さえも、致命的な結果に繋がりかねないと気づいたのは、両手でマントを押さえるインデックスの呟きを耳にしてからだった。

「何これ……成長……いいや、錬成されていくの……!?」

「まずいっ、どんどん強くなるタイプか!?　今の内に一斉に叩くんだ、あれがどうしようもなく肥大化してしまう前に!!」

上条は叫び、拳を握り、突撃していく。他の皆もそれに呼応する。

だが遅かった。

グワッ!!!!!!　という凄まじい閃光が迸った。

とっさに『ベイビーマグナム』が飛び出し、核にも耐えるその装甲表面をオレンジ色に溶かさなければ、残る全員は消し炭にされていたかもしれない。

そして、全長五〇メートルを超えるオブジェクトに庇われておきながら、クウェンサーはその威容を見上げて震えていた。

『ベイビーマグナム』の巨体より、さらに相手は頭一つ分以上突き出ていた。

葉っぱ水着の座敷童が告げる。

「ヤマタノオロチ……。川と鋼と炎の蛇。独自に組み上げられた怪物だけじゃない。世界中にある伝承の中から、自在に怪物や神様を選んで召喚できるとでも言うの!?」

「段階が一つ進んだんだよ。今までのは、ここに届くための踏み台だったんだ！」

インデックスの声に、しかし挑むように蛇の怪物を睨むのは闘争神テュールだ。

「だが勝利の神はこちらにある。構わず進め、後は私が肩を持つ！　必ず君達が『勝てる』ように因果と運命をねじ曲げてでもだ!!」

彼がいれば、何とかなるかもしれない。

たとえ神様と神様の戦いでだって、闘争神……漠然とした『勝利』をもたらす神の力は有用に働くかもしれない。

だが、直後に。

ゴッッ!!!!!! と。

今度こそ、まるでオモチャのように。『ベイビーマグナム』がひっくり返される。

何故、何で、どうして、どんな理由で。

「……っ⁉」

「うわああああああああああああああああああああ⁉」

そんな事を考えている暇などなかった。上条達はとにかく押し潰されないように、思い思いの方角へと散らばって逃げていく。

『ベイビーマグナム』は優に三回転はした。

何とかして逆Y字の静電気式推進装置を地面に押し付けるが、一〇〇門近くあった砲身はそのほとんどがぐしゃぐしゃにひしゃげていた。言うまでもなく、二〇万トン以上を誇る自らの巨体でもって押し潰してしまったからだ。

だが、それほどの巨重をひっくり返したものとは何だ？

まして闘争神テュールの力で、何をしたって必ず勝てるフィールドにいるにも拘らず、それを覆すほどの存在とは？

「ふっふっふっふう☆」

『ベイビーマグナム』という巨大な壁が取り払われたその先には、召喚師の少年がいた。そしてその少年の隣には、新たに呼び出された、いいや最後の最後まで錬成を極めた『果て』たる怪物がいた。

それは、可憐な少女だった。

腰まである銀色のツインテールに、ウェディングドレスを改造して銀の装飾を足したような衣装。全身を白一色で埋め尽くしたその少女は、召喚師の少年に寄り添いながら、両腕を組んで皆を睥睨していた。

あの細腕で、何をどうやった？

考えたところで、上条には答えなんて出なかった。

ただ、その女は絶対の自信と共に告げる。

「神様？　勝利の力？　んなもん知った事ではございません。所詮は数ある神話の一角、神格級の一匹に過ぎないのでしょう。規定級、神格級、さらにその先にある未踏級の、さらにさらに頂点に立つこのわたくしの……髪の毛一本止められるとでも？」

ざわりと彼女の装束が揺らめいた。

布地はすぐにでも巨大な槍に、斧に、剣に変じ、全方位へと恐るべき速度で解き放たれる。

あらゆる組成を破壊し、景色さえ白く抉りながら。

ドガガッ!!　と。

二〇万トンを誇るオブジェクトの装甲奥深くまで、まるで串焼きのように呆気なく突き刺さる。さらに布地がはためく。振り上げられる。

ゴォ!!　と風が唸る。地下鉄を抜ける列車のように。

「な」

上条達の前にあるのは、もはや最も頼りになる戦争兵器ではない。

もっと原始的な。

もっと圧倒的な。

あらゆる障害物を片っ端から叩き潰して破壊する、極大の鎖付き鉄球だ。

縦に。

横に。

ドンバンガンゴンガンバンドンズンゴンバンバンドンズンゴンガンヅンガンガンゴンボンドンガンズンガンドンドンズンゴンガンゴンゴンドンバンズンガンドンバンゴンガン!!　と。

一発一発で冗談抜きにクレーターを発生させるほどの大質量攻撃が、まるで駄々っ子の振り回す手足のように無造作に暴れ回る。

一瞬で全てがひっくり返る。

　あれはまさしく盤上の女王だ。

「ふはーははは‼」

「じっ、冗談じゃねえぞ‼」

　転げ回って逃げ続けるヘイヴィアに、もはやライフルを構えて狙いを定めるほどの余裕はない。一瞬でも立ち止まれば挽肉どころでは済まない。

　悲鳴のような声を上げたのはクウェンサーだ。

「待ってくれよ！　あんなもん、いつまでも続けられたら中のお姫様がグチャグチャになってしまうぞ！」

「おい座敷童、さりげなくか弱いふりしてんじゃねえ。妖怪のお前なら物理攻撃無効なんだから両手で押さえつけられるだろうが！」

　陣内忍は至近距離から叫ぶようにツッコミを入れたが、当の座敷童はうんざりした顔をしただけだった。

「体は頑丈でも運動神経は人並みなのよ。勝手にまっすぐ向かってくるならまだしも、速度はもちろんうねうね不規則に動く、あんなものに対応できる力があるとでも思うの？」

　それに、あの女王にとって二〇万トンの鈍器が全てではない。

あの程度は片手間の遊び心に過ぎない。

ヤツはこの程度では終わらない。逃げ惑う上条達を見飽きれば、即座に別の手を使ってくる。もっと凶悪で、迅速に戦闘を終わらせるために研がれた、本領とも言うべき攻撃手段を。

サツキは特殊ゴムのロープを両手で握りながら、

「ではどうしますか？　召喚師の少年の方を叩くという手もありますが」

「駄目。防護円で弾かれる。まずはとうまの右手か何かで、召喚師を覆っている理不尽なフィールドを破壊しない限りは何も通らないんだよ」

「……あらあ？」

と。

これまでにない、どろりとした瞳で盤上の女王は嗤った。

「まさかまさか、このわたくしの前で愛しのあにうえに手を掛ける算段をしていらっしゃる？　それはもう、たとえエイプリルフールの冗談であったとしたって軽く万死に値すると分かっているのでございますよねえ……？」

ジャガガッ!!　と、さらに女王の装束が揺らめき、無数の武具へと形を変えていく。

翼、剣山、いいやまだ甘い。背中から円形全域に飛び出すそれらは、宗教画において神々の周りに描かれる後光のように伸びていく。

その一本一本が、オブジェクトを軽々と貫くほどの威力を持つに違いない。

舌打ちし、上条は叫んだ。

女王の襲来により、同じく身動きが取れなくなった少年と暗黒竜ニーズヘッグに向けて。

「行け‼ こいつは俺達で必ず何とかする。お前達はヘルを助ける事だけ考えれば良い‼」

11

「ヘルちゃん……」

巨大な竜の背にいる少年が、そっと呟いた。

暗黒竜ニーズヘッグが、今度こそ力強く羽ばたく。ぐんっ‼ と凄まじい加速の衝撃が少年の体を包み、直後に世界全体を蹴飛ばすような格好で巨体が空を裂く。あらゆる景色が流線化し、漆黒のスクリーンを割り裂いて、竜と少年は騒乱の中心核で待つヘルの元へと突き進む。

「ヘルちゃん‼」

背後から追いすがるような格好で、純白の布地が大量に蠢く。質量保存の法則など軽々と超え、布の海を作る。それらは巨大な斧や剣へと形を変えて次々と振り下ろされる。が、暗黒竜ニーズヘッグの速度にはギリギリの所で届かない。喰いそびれた凶器達が地面を抉り世界の組成を削るが、少年はもはや後ろを振り返らない。

視線は前へ。

冥界（めいかい）の女王を捨て、全（すべ）てを救うと宣言し、一人その痛みに泣く少女の元へ。

（助けるんだ……）

迷いはない。

恐怖はない。

（必ずヘルちゃんの所に行くんだ。絶対にヘルちゃんをここから連れ出すんだ!!）

この時。

あるいは、一人の少年は上条当麻（とうま）やクウェンサー＝バーボタージュに劣（おと）る事のない強い光を携（たずさ）えていたのかもしれない。

しかし。

だからこそ。


敵対者たるヘルは、今度こそ少年の存在を徹底的（てっていてき）に排除すべく行動してしまった。


今一度の確認をしよう。

冥界の女王という与えられた異名を捨て、ただ生まれたままの『ヘル』の周囲で渦（うず）を巻く黒いもの。これは一体何なのだろうか。

ある者は言う。これは黒いハリケーンだと。

ある者は言う。これは黒い大樹だと。

その認識は間違っていない。『それ』は『もう一人の主神』たる『ヘル』が築き上げた、もう一本の世界樹だ。あちらこちらに無尽蔵に枝や根を伸ばす事で、九つの世界で構成される北欧文化の外からでも、数多の軍勢を自在に呼びつける事のできる最強の武具だ。

しかし、同時に。

『それ』は根本的に、冥界ニフルヘイムに落とされた全ての人々の『罪』だった。

主神オーディンが『使えない者』という事で一方的に押し付けた烙印そのもの。『それ』を押された者は生まれや行いを無視して、ただ冥界ニフルヘイムへ突き落とされ、ただ永遠に救いのない責め苦を受ける運命を背負わされる事になってしまう。

人を冥界へ送るもの。

人から全ての尊厳を奪うもの。

『ヘル』は、『それ』を一身に浴びる事によって、その他全ての魂を清めようとした。

『ヘル』の周囲には『それ』が無尽蔵に溢れ返っていた。

そして最悪な事に、『ヘル』を助けるために、ある少年は『それ』の渦の中に身を投じていた。

『それ』が人間の罪である以上、人間でない妖怪、ドラゴン、神様などなら、まだしも耐えられたかもしれない。

だが人間は駄目(だめ)だ、絶対に。

つまり。

『それ』は、神が人に与える『死』そのものだった。

中心点『ヘル』への到達を迎撃(げいげき)するため、『それ』は一斉に少年へと殺到した。

「あ」

少年には、叫び声をあげる暇(ひま)もなかった。

そして、はるか彼方(かなた)から迫(せま)りくる白き女王の攻撃さえ逃げ延びた暗黒竜ニーズヘッグをもってしても、主たる『ヘル』の攻撃だけは避(さ)けきれなかった。

刹那(せつな)の出来事だった。

少年は、その体は。

漆黒(しっこく)の『罪』のるつぼへと、『死』の災禍(さいか)の中へと、迷わず放(ほう)り投げられた。

奇跡など起こらない。

生じる結果は、誰(だれ)の目にも明らかだ。

12

「…………………………………………う、そ」


　『ヘル』の中で、何か細いものが切れた。

　その漆黒は彼女を蝕む病魔であり、同時に彼女の肉体の一部として、指先や耳目の役割を司る。

　だから、彼女は知ってしまった。

　自身の『黒』でもって、一人の少年をすり潰してしまった事を。

　みんなを助けたい。そのためならあらゆる罪を背負っても構わない。

　そんな風に考えていた自分自身が、他ならぬ人間の魂に『罪』をなすりつけ、冥界ニフルヘイムへと突き落としてしまった瞬間を。

　こんなはずじゃなかった。

　『罪』は黒い大樹を作るもので、彼女の道具で、『それ』そのものが意思を持ってひとりでに少年を呑み干すだなんて知らなかった。

そんな言葉に、何の意味があるだろう。

重要なのは結果だけだ。

「あ」

ここまで。

歪んだなりに、『ヘル』には『ヘル』の矜持があった。

「う、あ」

だけど、それも完全に砕かれる。

『もう一人の主神』として、手前勝手に『罪』を押しつけて人を奈落に落とすオーディンを嫌悪した自分。ああはなるまいと、より良い何かを生み出してみせると、そう誓った自分。

それが、崩れる。

結局は『同じもの』に成り果てる。

「ああ!?」

だから、今度の今度こそ。

『ヘル』と呼ばれた何かは、破綻してしまった。

天界アースガルドでは、他の姉妹達の出撃を妨害していた四女ヴァルトラウテが、呆然とした顔で地上を見下ろしていた。

その様子はあまりにも無防備で、こうしている今この瞬間にも串刺しにしてしまえそうなものだったが、長女ブリュンヒルデは『滅雷の槍』を引いていた。

「ははっ」

どこかで、笑い声があった。

男神のものだった。

ヴァルトラウテは、ぐるりと機械的に首を巡らせる。七つの滑走路ビフレストの端に立っていたその神を、不気味なほど静かに捉える。

悪神ロキ。

「はははははははははは!! これで、これでやっと確定した! ヘルは確実に破綻し滅びの道を行く。それを見て巨大狼フェンリルは不断縄グレイプニルを引き千切り、迷わず主神オーディンを食い殺す!! 全て、全てはこのためだ。予言通りに皆が滅ぶ最終戦争ラグナロクのシナリオを覆すためだ!! それが、今、成就したんだよ皆の者!! もっと喜んだらどうかね!?」

「どうする?」

長女ブリュンヒルデは尋ねた。

悪神ロキにではなく、己の妹に向けて。

「そいつを殺すのであれば、手伝おう。できる事を言ってくれ」

「構わんさ」

悪神ロキは笑いが止まらないといった調子で、

「どのみち、フェンリルが解き放たれれば無尽蔵の災禍が襲う。オーディンがくたばるのは確定だが、引き金を引いた俺も無事では済むまい。その程度の覚悟もなくして『世界の終わり』を変えられるとでも思ったのか？」

眼下に広がる地上では、新たな動きがあった。

少年の体を包んでいた、特大の濃度の『黒』が散り散りに晴れたのだ。

あくまでも人間の罪であるため、暗黒竜ニーズヘッグには害を及ぼさなかったのだろう。だがその背に乗っている少年には、もはや何の力もなかった。ぶらぶらと揺れる手足。風に流されるままたなびく髪。それは生き物ではなく、ただの物体だった。置き忘れられた肉の器でしかなかった。

そして、もう一点。

少年は、得体のしれないオカルトの力で殺害されたのではなかった。

「……、」

喉元に、小さな刃が突き刺さっていた。

紙というものがまだまだ高級品である北欧文化において、子供のお絵かきセットと言えば木板といくつかの画材だった。それは筆というよりも、彫刻刀のようなものに近いのかもしれない。彼らの使うルーン文字が直線的なのも、木や骨などに刻むのに便利だったから、といった事情もある。

それが、少年の喉に刺さっていた。

下手人などいない。少年自身の手を使って。

「こいつはまた……」

悪神ロキが、本領を発揮する。

「ははっ!!　あまりの苦痛に、あまりの恐怖に、呑み込まれる前に自ら命を絶ったのか!?　残念だったなヴァルトラウテ、彼は罪には呑まれなかったが、結局は同じ事だ。戦いを避けて自殺する者をオーディンは認めないぞ。少年の魂は冥界ニフルヘイムへ落ちるだろう。これで、戦死者エインヘルヤルとして回収するチャンスさえ失ったなあ!!」

七女ジークルーネ、九女ロスヴァイセなどは密かに思った。ああ、ヴァルトラウテは今度の今度こそ悪神ロキを殺すな、と。文字通りに八つに裂いて、それでも足りずに九つに切り分けて、世界樹ユグドラシルが支える一つ一つの世界にでも飾り付けるだろうな、と。

だが、予想は外れた。

四女ヴァルトラウテは悪神ロキの方など見もしないで、こう呟いたのだ。

「いいや、様子がおかしいのであるぞ……」

「？」

「何なのだ、あれは……。いいや、かの少年が自ら命を絶った理由はそれか⁉」

13

天界アースガルドの中でもオーディンの居城とされるヴァルハラ宮殿。その王の間では、眼帯の主神が静かに玉座に腰掛けていた。

……何も仕事をサボっている訳ではなく、この玉座自体が特別な効力を持つ魔法の品だった。

フリズスキャルヴ。そこに座るだけで九つの世界全てを見渡す事ができるとされるものだ。

そして、これに彼の力の象徴である神槍グングニルが加えられる事で、無敵の力を発する事になる。

そもそも神槍グングニルは投げ槍だ。一度投げれば必ず標的の急所へ向かって飛んでいき、途中で撃ち落とされる事も装甲に弾かれる事もなく必殺し、さらには投げ終わった槍は必ず持ち主の元へ帰ってくる。

敵対者にできる事と言えば『オーディンから狙われないようにする』くらいだが、そんなチャンスさえ、この玉座フリズスキャルヴが毟り取る。

九つの世界に生きる限り、主神オーディンの一撃から逃れる術はない。

「息子達に任せておったが、やはりこの辺りが限界か」

眼帯の神は腰掛けたまま、虚空へ手を伸ばす。

いつの間にか、その手には一本の槍が握られていた。彼は玉座フリズスキャルヴからもたらされる景色を元に、標的の設定入力を進めていく。

効果範囲／冥界の女王ヘル及び、周辺に展開される黒の大樹
最大半径／指定せず。標的の殲滅を最優先

その槍に破壊できないものはない。手を誤れば世界そのものを壊滅させかねないが、オーディンは迷わなかった。壊しても直せるものには頓着しない。今は混乱の元凶を叩く事のみに集中する。

「それが、この上のない暴挙という事に何故気がつかないのですか」

神の頂点たる者に異を唱える女神がいた。

結婚の女神フリッグ。戦争、魔術、詐欺と非生産的な主神と正反対に位置する、生産的作業の頂点であり、同時にオーディンの妻とされる女神だ。

だがオーディンは一顧だにしなかった。

「新たなものを生み出すのは素晴らしい。だが無尽蔵の増殖は破壊以上の混乱をもたらす。よって、誰かが管理せねばならぬのだ。統制された細胞の破壊が、人の体をガンから守るようにな」

「……あなたの手にある『槍』もまた、人を害する劇薬であるのに変わりはないでしょうに」

「だが最終的には人を救うよ。いいや、被害を小さくすると言った方が正しいかな。……なんにせよ、この一投で解決だ。全ては奇麗に洗い流される」

結婚の女神フリッグには、それ以上は何もできなかった。

夫婦という立場から対等に話をできると言っても、神としての格であれば一目瞭然、主神たるオーディンに並ぶものなどいないのだ。周りの意見を聞いてオーディンが矛を収める事はあったとしても、『槍』を手にしてしまったオーディンを力技で食い止める事例は滅多にない。

だから、玉座から立てば全てが終わる。

結婚の女神フリッグはそう思っていたが……その時、異変が生じた。

「……？」

オーディンは、自分の掌へ目をやる。

そして気づいた。その全身に得体のしれないノイズが走っている事を。

「な、んだ、これは。誰かが俺という存在に、割り込んで……!?」

ザザザッ!!　という耳障りな音と共に、眼帯をつけ、長いひげをたくわえた、筋骨隆々の男神は消えていた。

代わりに玉座フリズスキャルヴに腰掛けていたのは、ウェーブがかった金髪に魔女のような帽子とマントを身に着けた、小柄な少女だった。

眼帯だけは同じその『女神』を見て、フリッグは息を詰まらせる。

「オ、テ、ィ、ヌス、ですか⁉」

「頭が高いぞ。たかが神格の一員が、尊称もなしに私を呼ぶのか」

そう告げる『オーディンの別の形』たる少女だが、その声はやはりブレがあった。

体全体に頻繁にノイズが走り、筋骨隆々の男神と魔女の帽子の女神が交互に切り替わる。

少女は無理矢理にそれを押さえつけ、改めて玉座へと座り直した。

結婚の女神フリッグは慎重に、言葉を選んで口に出す。

「今さら、あなたが一体何の用なのです……?」

「ははっ。なぁに、『今さら』ここをどうこうしようなんて思わんさ。見ていられなくなったのはヒゲの大男と同じだよ。私がやっているのはあのヒゲを食い止める事にあるがな」

オティヌスは肘掛けに肘をつき、軽く握った拳を頬に当てながら、

「つまり、所詮は時間稼ぎだ。あの戦争バカが『槍』を投げ放つまでのリミットを引き延ばしてやると言っている。無理矢理な方法でこちらへ渡っている以上は何分、何秒稼げるかも分かったものではないが、あるとないとでは事情だって変わるだろうよ」

「神が決めた……それも、天界の頂に立つ者が決めた事項に、抗うほどの術があると……？」

「あるだろうさ。何しろアホ面下げて拳を握っているあの男は、かつてこの神を救ったほどの存在なのだからな」

14

　ぴくん、とマントを押さえ続けるインデックスが顔を上げた。

「まずい……まずいよとうま!!　主神オーディンが動き出しているみたい。あの神が出てきたら、神槍グングニルが投げ放たれる。そうなったら、これまで積み重ねてきたものが全部なくなっちゃう!!」

「グン、グニル……だって……？」

　上条当麻が息を呑んだのは、理解できなかったからではない。

　かつて一度、彼は本当にグングニルを持つ『別の神』に挑んだ事があるからだ。

「あれはすぐにでも落ちてくる。狙いはおそらくヘルだと思うけど、私達だって無事じゃ済まないんだよ。爆発に巻き込まれれば、とうまの右手でも受け止められるかどうか……」

「手はあるわ」

　美琴がそう言った。

直後だった。

バキバキバキバキ!! と、地面が一気に凍った。文字通りの絶対零度を誇る雪女の手によるものだ。それは幅一メートル、長さに至っては地平線の向こうまでどこまでも続いていく。まるで一本のレールのような氷の上には、ボブスレーのような流線形の箱がぶわりと浮かんでいた。

「直径八〇キロの大騒ぎって事は、中心まで四〇くらいでしょ。低温超伝導と私の生み出す高圧電流があれば、リニアモーターカーの理屈を使って一挙にかっ飛ばせるわ。『槍』とやらがどこに落ちるか知らないけど、私の能力だって抑え込むアンタなら何とかなるんでしょ。だったら後は任せなさい」

「となると」

全員が一点を見据えた。

盤上の全てをひっくり返す、ツインテールの女王。彼女はゆったりと笑っている。

クウェンサーは追加の爆薬を手の中でこねながら、

「……一瞬でも良い。あいつを足止めしないとな!!」

上条と美琴を除く全員が殺到した。

しかし、女王の顔は崩れない。

「だから」

笑顔のままアサルトライフルの銃弾を浴び、

「無理だと」

片手一本で殺人妃の首を掴み、

「仰っているのが」

もう片方の手でバニーガールの首を掴み、

「何故」

真っ白な装束があちこち蠢き、剣、槍、斧、様々な武具を一斉に飛び出させ、

「分からないのでございましょう？」

ゴッ!!　と、爆ぜるように全方位へ攻撃を放つ。白があらゆる組成を破壊する。

「とうま、早く行って！　オーディンがケリをつけたら誰も助からないの！　だから!!」

「……くそっ!!」

ボブスレーのような箱型機材に乗り込んだまま歯嚙みする上条だったが、そこで、宙に浮かぶ機材そのものががくんと落ちた。

幻想殺しのせいではない。

氷のレールとボブスレーの箱を作っている雪女自体が、体のあちこちを真っ白な武具で貫かれ、その力を維持できなくなっていたからだ。

もう間に合わない。

届かない。

上条が、呻くように言った。

「だめ、だ」

女王のさらにはるか後方。天から、何かオレンジ色の光が一直線に落ちるのを見た。優雅に微笑むツインテールの女王の表情は一ミリも崩れない。きっと、自分達だけは世界が終わったって生き延びられるという自信があるからだろう。

だけど、みんながそういう訳ではない。

あれが地上に着弾し、全てが破壊で埋め尽くされてしまえば、上条達はまず助からない。もちろん中心点に立ち、直接命を狙われているヘルなど言わずもがな、だ。

なのに、どうにもならない。

女王の壁は絶対で、分かっているのに『槍』まで手が届かない。

少年の右手は、ただ虚空を泳ぐ。

「駄目だァァああ!!」

15

束の間の時間稼ぎは終わった。

オティヌスは消え去り、オーディンに戻った。

彼は神槍グングニルを掴むと、静かに王の間を出る。天界アースガルドの端まで到達したオーディンは、静かにその槍を構える。

躊躇はなかった。

黒い渦の中心へ、黒い大樹の根元へと、神槍グングニルが真っ直ぐに投げ放たれる。

それはオレンジ色の光を伴って、地上へ落ちた。

必要なものを必要なだけ破壊して秩序を維持する、神様の力。

だから、誰にも防げるはずはなかった。

ヘルは殺害され、世界の一角は崩壊し、それで全てが丸く収まるはずだった。

なのに。

「な、に？」

がっぎぃぃぃいいいいいいいいいいいいいいいいいい!!!!!!と。

凄まじい音と共に、たった一つの掌が真っ向から神槍グングニルに立ち向かった。

虹の滑走路ビフレストでは、四女ヴァルトラウテが目を瞠っていた。

その右手の持ち主は、上条当麻ではない。

受け止めた力の正体は、幻想殺しではない。

悪神ロキもまた、地上で生じた莫大な光を信じられない目で眺めている。

「どういう事だ？　あれは、あれは先ほど自害したはずの少年ではないか！　何故こうしてまた息を吹き返している⁉」

「それより、あれは光神バルドルの力ではないか」

長女ブリュンヒルデが疑問を挟む。

「あらゆる攻撃を弾き、主神オーディンですら傷をつける事はできないとされた、光の神。だが、あの神はすでに悪神ロキの企みによって死去していたはずだ。……待てよ、『死去』していた……？　死んで、冥界に落ちていた……？」

「そうだ」

ヴァルトラウテは、震える声で言う。

「かの少年は、痛みや苦しみに耐(た)えかねて自害した訳ではない。冥界へ旅立つために、その冥界に閉じ込められた光神から力を借りるために、一度わざと命を絶ったのだ‼　天界アースガルドではなく、確実に冥界ニフルヘイムへ落とされるような手段を使って‼」

少し前。

少年は、正確にはその魂(たましい)は、雪と氷に包まれた白い冥界ニフルヘイムへと辿(たど)り着いていた。

普段(ふだん)であれば巨大な番犬のガルムが死者の魂を牧羊犬のように管理しているはずなのだが、主たるヘルはもういない。冥界の女王という役割もない。

そのヘルのため、番犬ガルムは少年の魂を氷殿エリュズニルへと導いた。

奥の奥の奥、客間というよりも『豪華な監獄(かんごく)』に近いその部屋で、若い青年は待っていた。

光神バルドル。

生まれた直後に死の予言を受け、それを防ぐため世界中のありとあらゆる物体、現象、生命はバルドルを傷つける事はできない、という契約を行った神。唯一(ゆいいつ)、あまりにも若すぎて『こいつにはバルドルを殺す事はできないだろう』と除外されていたヤドリギを削った槍と、バルドルの弟にして盲目の神であるヘズを利用した悪神ロキによって殺されてしまった神。

それでも最終戦争ラグナロクの後には不死鳥のように瓦礫(がれき)の中から蘇(よみがえ)り、新たなる次の世界を統治する事を予言されている神。

「ほう、これは珍しいな」

自ら光を発するバルドルは、そんな風に人間の少年を迎えた。

「表は静かになり、ニフルヘイムを満たしていた罪はどこかへ消えた。……さては、いよいよヘル辺りが堪忍袋の緒を切ってしまったか」

「あなたがバルドルさま？」

「そういう事になる。だが、先んじて言っておくが、あまり私に期待してくれるなよ。光の神などともてはやされておきながら、結局は何の結果も残せずに悪神ロキの企みで殺された程度の神だ。犯人に仕立てられた弟のヘズは、私が死んでしまったために殺された。私には誰も救えん、双子の弟さえ死に追いやったこの神に、人の期待に応えられるなどとは思わないでくれ」

「んー！」

「不満かね、だが私の声はヘルには届かん。私が本当に光の神であれば、冥界ニフルヘイムの闇をもっと早く散らしていただろう。それも叶わなかった。ヘルは、行ってしまったのだろう？　それが何よりの証拠だよ」

誰も助けられなかった神。

同じ血を引く弟の死の原因を作ってしまった神。

……だから、光の神は死後、冥界へと落ちたのかもしれない。それが極大の『罪』であると自らを恥じて、地の底へと自らを封じたのかもしれない。

だけど。

「そんなの理由にならない」

「何がかね？」

「そんなの、ヘルちゃんを諦める理由になんかならないって言っているの‼」

少年は、きっぱりと言った。

「ヘルちゃんはあなたの声を聞かなかった。だけど、それはあなたが声を出すのをやめる理由になんかならない。ヘルちゃんは救いなんて求めなかった。だけど、それはヘルちゃんに手を差し伸べちゃいけない理由になんかならない！　そこで諦めたら、みんなが手を離しちゃったら、今度の今度こそヘルちゃんは一人ぼっちになっちゃう。ヘルちゃんの出口がなくなっちゃう‼　そんなの絶対に駄目だよ。それが分かっていたから、あなただってヘルちゃんに声をかけてきたんでしょう⁉」

「……、」

自ら光を放つその神は、しかし何かを眩しそうに見た。

少年は、そんな事には気づかない。

「ヘルちゃんを助けたいの、ヘルちゃんの笑顔が見たいの、ヘルちゃんと一緒に遊びたいの！

だから手伝って。ヘルちゃんが望んでいるかどうかなんて関係ない!! たった一つきりの道、袋小路に陥ったヘルちゃんの前に、もう一度たくさんの選択肢を並べるために力を貸して!! それから改めて、ヘルちゃんに道を選ばせるために! あなたの力がいるの!!」

「……良いだろう」

それだけ、光神バルドルは告げた。

彼はちっぽけな少年を対等のものとして扱うため、その右手でもって握手を求めた。

「彼女を救おう。そのためには、まず君自身が地上へ戻る必要がある。……私は光の神。その心に輝くものがあるのであれば、守護する事に是非はない」

16

カッ!! と少年の掌から凄まじい光が迸った。

それは、あらゆる手段をもってしても絶対に殺す事はできないとされた、光神バルドルの光。

主神オーディンの放った神槍グングニルであったとしても、それは例外ではない。

真上に突き上げた少年の小さな掌が、神槍グングニルと直撃した。槍は釣り竿のように歪み、そして解放された力が『槍』をあらぬ方向へと吹き飛ばした。ヘルを喰いそびれた『槍』には、もう一つの標的があった。ヘルの周囲に渦巻く黒い大樹を吹き飛ばす事。せめてそれだけは果たすとばかりに、一挙に破壊が席巻する。

一瞬の出来事だった。

直径八〇キロに届く壮絶な黒い渦。それを、風船でも割るように粉々にしてしまう。その黒い渦に呼ばれた者達もまた、退去を余儀なくされる。

だが、そこが『槍』の限界だった。

投げ放った主の元へ必ず帰る、という役割を全うするため、まるでブーメランのように『槍』は天界へと戻っていく。

少年の足元から伸びる影が、不自然に成長した。

挙げ句、その影は白く輝く光でもって形成されていた。

『やはりお父様は素晴らしい!!』

白い影が叫んだ。

二投目を放たれるよりも早く。

『この光神バルドル、確かに見た!!　全ての人類の罪を洗い流し、暴走したヘルを助けるなど と、そのような偉業を達成できるのは真なる主神様をさしおいて他にいるまい!!　なるほど、やはり神々の頂点とはオーディンに違いない。オーディンに救われたヘルが同列の「もう一人の主神」ではない事は、お父様に救われてしまった事で「二番手以下」だと証明されたのだからな!!』

「ぬうう……!!」

虚空から飛来した神槍グングニルを片手で掴んだ主神オーディンは、ひげのおっさんらしい呻き声を発した。

……そう言われちゃうとヘルにとどめを刺せなくなる。

ヘルを仕留めずに『罪』だけが吹き飛んだのは完全な偶然（……と、ハメられた事に彼は気づいていない）なのだが、ここで本来通りに二投目を放ってしまえば、予想外の収穫を自分の手で台無しにする事になってしまうのだ。


「う、あ」

そして、『ヘル』はその光を見上げていた。

その光は、巨大な竜の背に乗った少年の形をしていた。

……助けなんて、来ないと思っていた。

暗黒竜ニーズヘッグに乗った少年が、ゆっくりと地上に向けて降下してくる。

光が。

『ヘル』の手を伸ばせば届く場所にまで。

……助けられてしまえば、代わりに数多くの人間の魂が犠牲になると思っていた。

その時、『ヘル』とは何者であっただろう。

冥界の女王か、あるいは『もう一人の主神』たる世界の救済者か。

おそらくは、どちらも違う。

呆然と空を見上げる『ヘル』は、きっと、ちっぽけな一人の女の子に過ぎなかった。

……なけなしの覚悟さえ、少年の死によって破綻したと思っていた。

なのに。

なのに。

なのに。


「もう大丈夫だよ、ヘルちゃん。全部終わった、だからみんなの所に帰ろう？」


それ以上の美辞麗句なんていらなかった。

降伏勧告や終戦の宣言など、堅苦しい筋書きはいらなかった。

「ああ」

天を見上げて。

恐る恐る手を差し延ばして。

黒い竜から下りてきた少年を抱き寄せて。

「あああああああああああああああ!!　ああ!!」

『ヘル』は、どこにでもいる女の子のように、大声で泣いた。

世界に破滅をもたらす戦争の、終わりの合図だった。

【シリーズ紹介その6】
ヘヴィーオブジェクト
戦争の全ては、核にも耐える超大型兵器オブジェクト一つで決定される。そんな定説を覆すため、不良兵士馬鹿二人は爆薬とライフルを抱えて戦場を走る!!
……割とお気楽に。

終章

終章

いつともしれない、どことも取れない場所で、ヴァルトラウテはある神と対峙していた。

光神バルドルだ。

「天界アースガルドへは戻らないのかと、結婚の女神フリッグ様が仰っていたぞ」

「お母様か。……いや、あの方はしばらくガチで息子離れしておいた方が良い。何しろ夢の中で私が死ぬというエピソードだけで、世界中の物品、現象、生命を呼びつけてバルドルを絶対に傷つけるなと怒鳴り散らしたほどだからなあ」

あらゆる攻撃を弾く無敵体質を持つ光神バルドルだが、実はそういう事情があったのだ。マザコン臭というかモンスターペアレント臭が漂うため、当人としてはあんまり自慢したいスキルではなかったりする。

「それに、あそこで私が復活してしまうと、少年の方を踏み台にしなくてはならなかったからな。光神は救いを求める人間を見捨てて天へ上ったりなどしない。そういう自分でありたいと願っているのだよ」

「……そこについては、純粋に礼を言っておこうか。普通に考えれば、喉を突いた人間が息を吹き返す事はなかっただろうぞ」

「こちらこそ。光の神としての本分を思い出させてくれたのは、間違いなくあの少年の行いによるものだ」

「だからか？」

「まあ、人の罪が洗い流された事で冥界ニフルヘイムもまた形を変えるだろう。しかし、オーディンが今後も方針を改めなければ、またまた冤罪を押し付けられて落とされる人間の魂で冥界は溢れる。……ヘルについては経過を観察する必要がある。それに思うのだよ。光神とは、いいや光とは、本来ならば闇を照らすためにある。元から光で満たされた天界などにいたってやる事はない。私は、私の照らしてみたいと思える場所を見つけた。冥界ニフルヘイムを救済するまでは、戻る気はないよ」

光神バルドルは小さく笑った。

普段から仏頂面のヴァルトラウテは笑わなかったが、態度は軟化していたに違いない。

「……それにしても、自害してまで異界をまたぎ、神に直談判を図るとは、とんでもない少年だったなあ」

「それについては同感ぞ。後できつく言って聞かせる。いかなる理由があろうが、自ら命を絶つ行為を美化などさせてたまるか」

上条達は今度こそ神造艦スキーズブラズニルへと集合していた。

ヘルの問題は解決した。

元の場所へ帰る手段も構築されている。

「終わってみりゃあっという間だったもんだ」

ヘイヴィアが名残惜しそうに、船上から大地へ目をやる。

「結局、耳の長いエルフが水浴びしているトコとかには遭遇できなかったがな。色々あったし途中で死にかけたが、まあ悪い休暇じゃあなかったぜ」

「そいつは同感だけど、最後に呼び出されたヤツとかとんでもなかったじゃん。俺はもう二度とあいつにだけは会いたくないね。オブジェクトに乗ったお姫様が目を回すなんて普通じゃないぞ」

クウェンサーが疲れたように言う横では、陣内忍が雪女から逃げ回っていた。

「……ふふふ。うふふふふ。あなたの不満は分かります。つまり一人きりで氷漬けになるのでは寂しいという話ですよね。でしたら今度は二人で寄り添うように凍結しましょう？　そうしたら、ずっと、ずうっと、寂しい思いはしませんから……」

「いやあ！　いやよお!!　ファンタジー時空に飛ばされたから妖怪としての特性が高まってん

のか!? つーかヤンデレが種族全体の特徴ってどういう事なのよお!!」

ちなみに葉っぱ水着の座敷童に家人を助けるつもりはないらしい。どこか遠い目をしているのは思い出を想起しているのではなく、『そろそろパン食じゃなくて、たぬきそばとか食べたくなってきた』と考えているに過ぎない。

一方、大学生の安西恭介は広大過ぎる甲板に座り込みながら、

「はあ、でも、これでようやっと『不条理』の冒険ともお別れかあ」

「……というか、バニーガールって帰っても大丈夫なのか。お前、確か元の世界じゃもう……」

「べっつにー。世の中ってのはなるようにしかならないもんですからね。……それと、私という存在が完全に消え去ったただなんて安心しない方が良いとアドバイスしておきますけど？」

七浄京一郎とサツキはこんな事を話し合っている。

「ああ、あんな殺人鬼だらけの世界に帰るなら、俺はこっちにずーっといても良いと思うけど」

「こちらには殺人鬼が少ない代わりに、戦争や飢饉が多いようですけどね。いちいちインテリジェントな快楽殺人なんぞやっていられないくらい生きるのに必死というか……」

それ自体が平野じみたサイズの船全体が、うっすらと発光した。

上条は下手に打ち消さないよう、右手の置き場を気に掛けつつ、

「ま、何にしたって後味が悪くならなくて良かった。これだけは素直に頷けるな」

「気になる事はいっぱいあるけど、ひょっとしたら、ここにある叡智は持ち帰らない方がお互

いのためかもしれないんだよ……」

「それより、帰った後の時間がどうなっているかが気になるわ。一週間よ一週間。消えた時点に時間が巻き戻ってくれたりしないものなのかしら」

陸地の方では、白馬にまたがったヴァルトラウテと、その手前にすっぽりと収まった少年、あと暗黒竜ニーズヘッグに騎乗するヘルが見送っていた。

上条は大きく手を振る。

変化が進んだ。目に見える景色がブレる。いいや、上条達の存在の方があやふやになっていくのかもしれない。

これが、最後になる。

何もかもが千々に乱れていく中で、それでも、上条当麻の言葉は不思議とどこまでもクリアに伝わっていった。

「それじゃあな。またいつか、どこかで」

カッ‼　と閃光が迸った。

様々な光は各々の方向へと流れていき、世界の壁を越えていく。

【シリーズ紹介その7】
ヴァルトラウテさんの婚活事情
戦乙女のヴァルトラウテに惚れた少年と、そんな少年に振り回されるヴァルトラウテ。ただそれだけなのに、気がつけばオーディンを黒焦げにし、ラグナロクまで蹴散らして……?

A.E.02 もはや水着回とか言っている場合ではない2.0

A.E.02　もはや水着回とか言っている場合ではない2.0

1

ところがどっこい帰れなかった。

2

「…………………………………………………………………………………………」

上条当麻、インデックス、御坂美琴、クウェンサー＝バーボタージュ、ヘイヴィア＝ウィンチェル、ミリンダ＝ブランティーニ（オブジェクト搭乗中）、陣内忍、座敷童・縁、雪女、安西恭介、東川守、バニーガール・可憐、七浄京一郎、サツキ。

神造艦スキーズブラズニルの甲板で、各々は完全に沈黙していた。

あれだけキメ顔を連発しておいてこのざまだった。

周りの風景がぼんやりしたと思ったら、気がつけば元の場所に立っている。時間だけは数時間ほど経過していたらしく、ヴァルトラウテやヘルはどこかに消えていて、さっきまでここにあった熱気みたいなものがごっそり奪われていたのが余計に寒々しい。

肝試しで参加者を驚かす役だったのに誰も順路を通ってくれないどころか、気がつけば一人ぼっちで心霊スポットに置き去りにされていた事に気づいたようなこの気持ち。

そして犯人探しが始まった。

「これは……あれだね。まだまだ遊び足りない帰りたくないって思っている子が混じっているから、その人がこっそり追儺プロセスを遮断したって判断するべきなんだね」

「つまり、誰かが邪魔をしている、という事なのかしら」

座敷童の言葉に、御坂美琴の頭が沸騰した。

「ああん⁉　何だか良く分かんないけど男子ーっ‼　どうせアンタ達でしょ、いやらしい目で人様の事を見てーっ‼」

「はァ⁉　つーか、帰りたくねえって思うのは女子の側じゃねえ？　何しろそんなビキニアーマーのままいきなり街中に放り出されるんだからなー‼」

「どこの誰のせいだと思ってやがる燃やすぞ‼」

美琴とヘイヴィアを中心に、女性陣と男性陣が火花を散らし始める。

こういう時に頼りになるのはみんなの心のアニキ上条当麻だ。

ジェントルマンは言った。

「ま、まあまあ。みんな元の場所に帰りたいって共通の目的はあるんだからさ、こんなトコでいがみ合っていないで協力しあった方が……」


「「「「「「「「「「うるせえこいつから畳んじまえっっっ!!!!!!」」」」」」」」」」

そしてボカスカと大量の土煙とお星様マークが飛び散った後、全ての中心に残されたのは半ケツで甲板上に這いつくばるツンツン頭の馬鹿野郎だった。
「お、お前達……いくら何でもこの扱いはないんじゃや……」
クソ野郎の台詞なんぞ誰も聞いていない。
「ともかくさっさと問題を解決しないと永遠に置き去りかもしれないんだよ！」（インデックス）
「正論ばっかり言っているんじゃねえ!!　そういう潔癖な所が嫌いなんだ、お高く留まりやがって!!」（安西恭介）
「……暑苦しいのは嫌いです。全体的に凍らせますよ……？」（雪女）
「あのー、もう皆さん犯人探しとか元の世界とかどうでも良くなってはいませんかねえ？」

（バニーガール）

「大体前から気に入らなかったんだ、ガッチガチのファンタジーだっつってんのに全裸のサバトも欲求不満な呪いの水着も出てくる様子がないし!!」（クウェンサー）

「……言いたい事は一ミリも理解できませんが、ぶっ殺されたいという方向で受け取ってよろしいですね？」（サツキ）

　第二ラウンド開始。

　こいつら本気で激突したらどっちが勝つんだろう？　と思っている方もいるかもしれないが、基本的には女性陣の方が強いに決まっている。男性陣が『と金にも成れる歩』だとしたら、女性陣は『飛車とか角とかのオンパレード』なのだから。

　一人一人の弱点を突く事はできるかもしれないが、オブジェクトだの妖怪だの超能力者だの殺人妃だのが大挙して攻めてきたらどうにもならない。

　そして三〇秒後には男性陣全員が半ケツで甲板上に這いつくばる羽目になった。

「……こ、こんな絵は誰も望んでいないって事が何故分からない……!?　ここは鎧がブレイクして挿絵の一枚でも挟まるべき箇所だろうが!!」

「つーか全般的に強過ぎなんだよ!!　怒濤の美少女バリアとかでも展開してんのか……!!」

　半ケツ組の寝言なんぞ耳を傾ける勝者達ではない。

　女性陣はクソ虫どもを睥睨しながら作戦会議を進めていた。

「で、ここからどうすりゃ良いの？」

「うーん、意識的であれ無意識的であれ、誰かが追儺プロセスを妨害していると思うんだけど……」

「つまり下衆な男どもを全員抹殺すれば私達は帰れる、という事なのかしら？」

「いきなり全員は流石に殺生です。一人ずつ息の根を止めて、どこでキラキラ帰還エフェクトが復活するのかを試してみてはいかがでしょう？」

このままだと『へぇー、中世ヨーロッパって街中に処刑場が必ずあって、罪人の死は民衆の娯楽になっていたんだー』を実演する羽目になりかねなかったが、ここらでストップがかかった。

より正確には、さらにでっかい問題が降り注いできた。

戦乙女の四女ヴァルトラウテと、冥界の女王にして第二の主神ヘルが髪や服を掴み合いながら流星のように墜落してくる、という形で。

「ぐおおおおおおおおおおおおおおっ!! 往生際が悪いぞ泥棒猫め、貴様があの少年を冥界に連れ去ったのはもう分かっているのであるぞおおおおおおおおおおおおお!!」

「はァあああああああああああ!? つーかアンタの方こそあの少年を天界に引っ張り込んだのは分かってんだこの人殺しがあああああああああああああああああ!!」

何やら言っている事はサッパリ分からないが、幸い、取っ組み合いになる二人が墜落しても神造艦スキーズブラズニルに巨大なクレーターを生み出す事はなかった。

というか、旅客機の不時着みたいな感じで、ゴリゴリ地面を削りながらこちらに向けて迫ってくる。

「あー、ヤバいんじゃないですかね、あれ。神様クラスのケンカに巻き込まれるなんて不条理、なかなか遭遇できるレベルじゃないと思いますけどー⁉」

「もろに直撃コースじゃない⁉　さっ、避けろ避けろ、みんな左右に寄ってーっ‼」

美琴の号令と共に、インデックスやサツキ達がわたわたと転がるように退避する。

そしてボウリングのピンのように半ケツ組がパカーン‼　と弾き飛ばされた。

そんな惨状なんぞ気に留める女神達ではない。

「滅べ滅べ滅べ滅べ滅べ滅べ滅べ滅べ滅べ滅べ滅べ滅べ滅べ滅べ滅べ‼」

「もっぺんラグナロクやってみるかコラァーァあああああああああああ‼」

あっちこっちに瞬間移動しては激突の衝撃波が後から遅れてやってくるほどの神バトル。

が、ここでインデックスがこんな事を呟いた。

「……うーん。これはひょっとしたら私達に原因があるんじゃなくて、神様達が暴れているから世界の法則が壊れているのかも？　多神教の場合、神様の一柱一柱に世界の公式を割り当てられているようなものなんだし」

「い、インデックス、お前は今とても重要な事を言ったぞ……。つまり全部冤罪じゃねえかこの変態裸マントがァァああああああああああああああああああああ!!」

歴史は勝者が作るものらしいので、インデックス達は聞かなかった事にした。

それより正しい解決策が目の前に転がっている。

「つまりあいつらがケンカをやめれば私達は元の学園都市に帰れるって事?」

「原因が一つだけとは限らないけど、少なくとも戦乙女と第二の主神の争いもその一つっていうのは間違いなさそうなんだよ。つまりどっちみちあれは止めないとダメ」

「……あのー、それってつまり鬼の形相の女神二人の間に割って入れって事ですか? あいつら、そろそろ『存在をダイレクトに消し飛ばす』とか訳の分かんないチート技をぶん回しそうな雰囲気なんですけど」

バニーガールが逃げ腰になるとは珍しいが、つまりそれくらいヤバい状況なのだろう。

だからジェントルマン上条当麻はこう言った。

「何でお前達はハナっから殴り合う事しか考えないんだ!?」

「一番手っ取り早く拳を握る男に言われたかないわよ!!」

「いいやバトルの胆はトークですう!! そんな訳でヴァルトラウテ、ヘル! 一体何があったって言うんだ、もしよろしければ第三次世界大戦も食い止めたこの男、上条当麻に

「「黙ってろゴミ虫!!　邪魔するとテメェからぶっ殺すぞっっっ!!!!!!」

　そして少年は半ケツを超えた四分の三ケツくらいになった。

　そろそろ誰も嬉しくないのにギリギリな感じである。

「……ぶっ、ぶふ。ぶごぶふっ……」

「馬鹿ね、荒ぶる神を人間の尺度で測ろうとするからそうなるのよ。バチが当たって変な熱病とかで苦しめられなかっただけでも感謝なさい」

　とはいえ、流石の女神達もノリと勢いで一般人を吹っ飛ばした事には多少の罪悪感も覚えたらしい。彼女達はちょっとだけクールダウンする。

「と、とうまが儀礼的な贄をなぞらえたんだよ……」

「なんか意味のある事っぽい台詞を吐いて有耶無耶にしようとしてんだろ！　こんなのが世界のルールだなんて北欧世界の人達が可哀想だよ!!」

　そして何とか人語で会話可能なレベルにまで頭を冷やしたヴァルトラウテとヘルは、口々にこんな事を言ってきた。

　――いつもヴァルトラウテにくっついている小柄な少年がどこかへ消えてしまったらしい。

「こちらは座るだけで九つの世界を全て見渡す玉座フリズスキャルヴや神々さえ変更不可能な予言を成し遂げる三女神ノルンなどの手も借りている。最終戦争ラグナロクの結果さえ読み通す彼女達の力を借りてもかの少年の居場所は分からなかったのだ。こうなるともう神々の力の及ばぬ冥界くらいしか怪しい場所はないのであるぞ‼」（ヴァルトラウテ）

「それを言ったら冥界ニフルヘイムにだってオーディンが頭下げて予言を頼む巫女の霊とかが別荘建ててんだから！　その巫女達が言うには九つの世界のどこにもあの少年はいないって！　だとすると巫女よりも霊的な格の高い神様クラスの連中がジャミングを仕掛けているとしか思えないって‼」（ヘル）

ビシズビシィ‼　と互いの顔を指差しながら女神達は自分の正しさをオーディエンス達に訴える。

陣内忍はようやく半ケツ状態から回復し、むくりと起き上がって、

「……それっていつもアンタの腰の辺りに張り付いていたガキンチョだよな？　あいつ、なんか俺と似たような匂いがするんだが……人間以外のモノにちょっかい出されてトラブルに巻き込まれるとか、そういう傾向はねえのか？」

「うっ……⁉　そ、そんな事はないのであるぞ……‼」

「でも、天界サイドでも冥界サイドでも共に予言や遠見まで使って世界全体を見渡しているん

だから、誰かが連れ去ったって勝手に迷子になっていたって、普通なら絶対に見つかると思うんだけど……」

インデックスが首を傾げると、女神達は伸ばした腕の人差し指で互いの頬を突き刺しながら、

「「だからこいつが嘘をついているんだっっっ!!!!!!」」

そして座敷童と雪女がそっと息を吐いた。

「はあ、神様クラスになるとみんな馬鹿になるのかしら」

「……だったら私は永遠に妖怪クラスで良いです……」

一歩離れた所では、バニーガールがさらに生温かく観察していた。

「(……まあ、こういう事を言っているヤツに限って、いざ自分の身に同じ事が降りかかった途端三倍増しくらいのリアクションをするものなんですけどね)」

ともあれ。

突如として消えてしまった少年を何とかしないといけないらしい。

美琴はヴァルトラウテとヘルの双方の顔を見比べながら、

「ええと、これはどちらか片方が嘘をついているか、あるいはどっちも嘘をついているか、とかいう感じで、互いの言動を聞き比べながら真実に迫れ!!　とかいう感じなのかしら」

「神様ルールでそんな事させるんですか……。私としてはほとんど何でもありに見えているんですけど」

サツキは愕然としたまま呟く。

いかんともしがたいが、ともあれ、ヒントは女神二人の言葉の中にしかない。

彼女達はこう言っていた。

『こちらには座るだけで九つの世界を全て見渡す玉座フリズスキャルヴや神々さえ変更不可能な予言を成し遂げる三女神ノルンなどの手も借りている。最終戦争ラグナロクの結果さえ読み通す彼女達の力を借りてもかの少年の居場所は分からなかったのだ。こうなるともう神々の力の及ばぬ冥界くらいしか怪しい場所はないのであるぞ!!』（ヴァルトラウテ）

『それを言ったら冥界ニフルヘイムにだってオーディンが頭下げて予言を頼む巫女の霊とかが別荘建ててんだから！　その巫女達が言うには九つの世界のどこにもあの少年はいないって！　だとすると巫女よりも霊的な格の高い神様クラスの連中がジャミングを仕掛けているとしか思えないって!!』（ヘル）

……もう分からない事がいくつかある、とサツキは頭を抱えていた。

「あの……そもそも九つの世界っていうのは何なんですか？」

「うむ。まず大前提として、今ある北欧世界は全て、中心にある世界樹ユグドラシルによって支えられているのであるぞ。この根っこなり幹の周りなり枝の先なりに広がっているのが、九つの世界という事になるな。これを全部合わせて北欧世界という訳ぞ」

「ちなみに内訳は天界アースガルド、巨神界ヴァナヘイム、人間界ミズガルズ、冥界ニフルヘイム、巨人界ヨツンヘイム、妖精界アルフヘイム、黒妖精界スヴァルトアルフヘイム、地下世界ニダヴェリール、炎魔国ムスペルヘイム、で九つ。で、こいつを全部ひっくるめてオーディン達が支配していて、私とか魔王スルトとかはハッキングするように一部の世界を自分達のルールで上書きして乗っ取っているって訳」

「だから冥界ニフルヘイムとか炎魔国ムスペルヘイムにあの少年を隠されてしまうと、私達神々の力で探査できなくなってしまうのだ！　ハッキングされているからな!!」

「何をっ！　そもそも九つの世界はアンタ達神様連中が支配しているんだから、九つの世界で人が消えたら真っ先に怪しまれるのは責任者のアンタ達じゃない!!　グローバル企業の公認スパイウェア怖いわー的な!!」

「殺すぞ泥棒猫!!」

「黙れ年増女房!!」

　またもや女神達がヒートアップしてきたので、インデックスは上条当麻を間に放り込んだ。ツンツン頭はついに七分の六ケツくらいにまで達する。

　そして冷静さを取り戻した女神達に向けて、クウェンサーがふと気づいた事を言った。

「うん？　つまりお前達は、その九つのフィールドの中でしか自由に力を使えないのか。監視衛星の範囲があらかじめ決まっているっていうか」

「中でしか、というか、それで全てであるぞ」

「いや、でもさ」

と、彼はある場所を指差した。

神造艦スキーズブラズニルの外。ただし陸地側ではなく、その反対側。

つまり、

「……アンタ達の話だと、『海』は入っていないんじゃないのか？」

3

そんなこんなで必然性のある行為なのだった。

そう。

小柄な少年の行方を追うために海の中を調べなくてはならない以上、全員水着にならなくてはならないのだっっっ!!!!!!

インデックス　→装備『スクール水着・白』
御坂美琴　→装備『競泳水着・黒』
座敷童・縁　→装備『ビキニ・赤』
雪女　→装備『スクール水着・紺』
バニーガール　→装備『ワンピース・紫』
サツキ　→装備『モノキニ・黄』
ヴァルトラウテ　→装備『ドレスメーカー・桜』
ヘル　→装備『セパレート・緑』

……普通に考えれば水着にチェンジした方がご褒美になるはずなのに、ビフォアとアフターで水着の方がまともに見えてしまうという悲劇。

だがそんなのは放っておいて、とにかく女性陣全員の不満がヴァルトラウテに殺到した。

というかドレスメーカーって何だドレスメーカーって。

代表して美琴が口火を切る。

「おいババア言葉」

「ばっ、ババアではないわ!!　微妙にジャンルが異なるのであるぞ!!」

「どういう理屈で最年長ババアのアンタが短いふりふりスカートつきのピンク色のワンピース

水着になってんのよ⁉　それってあれでしょ、親が買って子供に着せるような水着でしょ⁉」

「……いや、そもそも我らの世界にはこのような装束は存在しないため、何が正解かは全く見えんのだが」

「先生、それを言ったらあたくしヘルちゃんはビキニとセパレートの差が分かりません。つーかどっちもおへそが見えているじゃない」

「黙れババア二号。ビキニは紐で縛る、セパレートはタンクトップみたいに肩も背中も布状になっている。つまりセパレートっていう大きなくくりの中で、さらに布を削って露出を多くしたのがビキニって訳。オーケー？」

「モノキニ？」

「表から見るとワンピース、裏から見るとビキニ。裸エプロン系かしら？」

「……あの、スクール水着と競え——」

「それどんな風に説明しても宗教論争みたいに頭に血が上るヤツが出てくるから自己責任で検索して」

ちなみに男性陣の解説は特にない。必要ないからだ。

ともあれ、装備は済んだので、

「うむ、それではあの少年を本格的に捜索せねばなるまい。……まあ海の中と言えば、まず怪しいのはあいつの館なのであるが」

「あら、北欧神話にも竜宮城みたいなものがあるのかしら」

キホン不死身の座敷童はのほほんとしたものだったが、その横で青い顔になっているのが陣内忍だ。

「あの……その海の底の館に行くとして、だ」

「何ぞ？」

「具体的にどうやって行く訳？」

するとふりふりスカート水着のヴァルトラウテは、親指でくいっと海の方を指し示した。

死刑宣告みたいに言う。

「それはもちろん、潜ってだが」

4

北欧神話の九つの世界は大巨人ユミルを殺害し、その遺体を材料にして作られたとされる。

海もその例外ではなく、ユミルの血液を材料にしているらしい。

現状、北欧世界全体を取り囲む巨大な海の支配者は、エーギルという海神だ。

そしてこのエーギルには妻となる女神がいる。

ラン。

エーギルが穏やかな海の支配者であるなら、ランは特に荒ぶる海の支配者と呼べる。彼女は大きな投網を使って海に投げ出された人間を捕まえ、そのまま海底に引きずり込む女神でもあるのだ。……そう聞くと人の魂でも喰らう邪神に思えるかもしれないが、ランは自分が気に入った人間の魂しか引きずり込む事はなく、引きずり込んだ魂については海底の宮殿で特別な歓待でもてなすのだという。

言ってみれば、超肉食系の乙姫に近いニュアンスかもしれない。

ついでに人妻でもあるが。

「おさかな！」

そんな海の女神が統べる海底宮殿で、小柄な少年は両手を挙げて喜んでいた。

「すごい、おさかながいっぱいいる‼」

宮殿、と言ってもそのサイズは数十キロにも及ぶ。言ってしまえば九つの世界に収まらない一〇番目の世界、とでも考えれば分かりやすいだろう。……同時に、これは北欧世界の住人が『世界』というものに対してどれくらいのスケールを思い浮かべるかの指標にもなるが。

宮殿をすっぽり覆って余りある透明な半球状のドームで守られているのは、巨石を削り出して積み上げた数々の建物。故に最終的なサイズは直径一〇〇キロに届く。わざわざ徹底して海水を排斥した上で、縦横に走る石畳の道に寄り添うように改めて観賞用の運河を設けるという技術の高さを見せつけている。

少年の傍らには、背の高い女性が一人佇んでいた。

真っ白な肌に、肩の辺りで切り揃えた黒い髪。逆光を当てればボディラインが透けてしまいそうな薄いロングスカートのワンピースに、髪や手首には貝を加工したアクセサリをちりばめている。

「あれはなんていうおさかな？」

「イシダイという魚です」

「ギンギラしていて格好良いな……。ビュンビューン！　動きが速い‼」

「網で焼くと美味ですよ」

「食べるのはかわいそうだからいいや」

ちなみに北欧世界ではよほど訓練を積んだ戦士でもない限り、服を着たまま船から落ちたら即死というのがセオリーだ。神と比べて技術に劣る人間達がヴァイキングを名乗り、極めて優れた高速船を取り扱う割には、生身の泳ぎについてはあまり磨かれていないのである。

なので、自由に泳いでいる海の魚を眺める機会自体がまず少ない。

少年のテンションが上がるのも無理のない話だった。

「はー、海がこんなに奇麗なものなんて知らなかったなー。もっと怖い所だと思っていたの」

「怖い所、という認識は間違ってはいません。海は死の口。ただ、その無理を押し通す技術があるか否か、といった違いでしかないのですから」

「ヴァルトラウテにも見せてあげたいな。お父さんとお母さんにも」

「……、」

「ダメなの？　秘密の場所なのかな？」

「いいえ、海はどなたにでも開かれた場所です。我々には世界の境も主神の支配も及ばない。ただし、望んで来たいと思える人がどれほどいるかは図りかねますが」

「何を言う、こんなに奇麗な場所なら絶対みんな喜ぶよ！」

海の女神ランはわずかに目を細め、少年の頭を軽く撫でた。

「ランちゃん、また来ても良い？」

「また？」

「もうそろそろ帰らないと、お父さんとお母さんに怒られちゃうよ」

「……、」

再び、ランはわずかに沈黙した。

表情はほとんど変わらなかったが、どこか困っているような色が浮かんでいた。

「ランちゃん、どうしたの？」

「申し訳ありません。あなたには、今しばらくこちらの宮殿に留まっていただきたく思うのです」

「ん！　分かった、じゃあお父さんとお母さんにちゃんと言ってくる！」

「……、」

「それもダメなの……？」

「間もなく」

　やがて。

　海の女神ランは、小柄な少年を見下ろしたままこう呟いた。

「間もなく、海が牙を剝きます。死の口が、全てを飲み干すのです。これは運命の予言を司る三女神ノルンの記述にもなかった突然変異。ですが、もう流れを変える事はできないでしょう。あなたと、異なる世界の英雄達は第二の主神の思惑すら打ち破った。きっと、もう北欧世界の誰にもあなた達を止める事は敵わないのですから」

「ランちゃん？」

「ですから、死の口の災禍が過ぎ去るその時まで、あなたにはここに留まっていただきます。私はラン、九つの世界に留まらぬ一〇番目の居場所を守る王の后。しかし私は最終戦争ラグナロクから逃れる代わりに、最終戦争ラグナロクのような大局へ影響を及ぼす資格もまた剝奪された存在なのです」

　少年には、神々の理など理解できなかった。

　海を死の口と呼ぶ事も、その死の口が牙を剝くという言葉も、全てを飲み干すというくくりについても、具体的に何を示しているのかは分からなかった。

だけど、

「ランちゃん、みんなが困るんだったらダメだよ、ちゃんとそれをみんなに教えないと！」

「……」

「ランちゃん！　ここにヴァルトラウテやみんなを避難させる事はできないの⁉」

「……」

海の女神ランは困ったような顔をするだけだった。

少年は、気づいていなかった。

彼女は歴史の大局に影響を及ぼす事はできない。破滅を知ったとしても、回避させる手段がない。だから、根幹に影響を出さない枝葉の範囲でしか力を振るえない。

たとえ、たった一言であっても。

本当は吐き出したい言葉であったとしても。

それが大局を左右してしまう場合、彼女は口を開く事すら禁じられてしまう。

「……」

だから、こんな事しかできなかった。

歴史に分かりやすい変化を生み出さない範囲でしか、人を守る事ができなかった。

だけど。

（来ましたか……）

海の女神ランは声には出さず、少年から目を離(はな)した。

真上を見上げる。

数十キロの宮殿を守り、周りの建物群を覆(おお)って余りある、半球状の透明(とうめい)で巨大なドーム。


どがしゃああああああああああああああ!?　と。

そのてっぺんを突き破るように、神造艦(しんぞうかん)スキーズブラズニルが垂直に落ちてくる。


(私は『直接』歴史に干渉(かんしょう)する事はできない)

一〇番目。

自(みず)らの統治する世界の砕(くだ)ける音を耳にしながら、ランは無言で薄(うす)く笑っていた。

(だけど、私が動かした枝葉に引きずられるように、神々や彼らを圧倒(あっとう)するほどの異界の者達を触発する事ができたのなら……!!)

きっと、何かは変わる。

抗(あらが)う事のできない海の女神は、その奔流(ほんりゅう)に呑(の)まれるままに消滅してしまうかもしれないが。

5

「つまり、そういう事か」

天界アースガルドでは、悪神の異名を持つロキが石造りの壁へ背中を預けて呟いていた。

対峙するのは巨大狼フェンリル。

彼の子供と言うべきか、最高傑作と言うべきか、対神兵器と言うべきか。

『……私は世界の破滅については他者より敏感だ、作られた経緯が経緯だからな。だから間違いはないだろう』

「海は世界を隔てる境だ。我らの支配圏をぐるりと円形に取り囲み、『真なる外』と隔絶する力を持っている」

世界樹ユグドラシルと九つの世界で束ねられる北欧世界は、全体の構造としては極めてシンプルに描かれる。

たった一つの大陸と、その中心にある世界樹。後は根や枝葉の先についた各々の世界だけ。

では海はどうなのか。

答えは簡単、一つの大陸をぐるりと取り囲んでいるだけだ。というか、あまりにも莫大な海にぽつんと大陸が浮かんでいる、とも表現できるかもしれないが。

「故に、海で死亡した人間の魂はあの主神オーディンですら回収できない。海は死の口だが、呑み込まれた者は『真なる外』へと引きずり込まれるからだ。これを避けるために行動しているのが海の女神ランとなる訳だが」

『「真なる外」から傑物を呼び寄せたのは貴様だ。彼らが帰ると言い出してもう一度「真なる外」に接続を試みれば、何が起こるかは分からなかったのか』

「おいおい、俺は最終戦争ラグナロクの結果を変えようとした悪神だぞ？　そこで満足する神だ。戦争のその後がどうなるかまで予測していたとでも思うのか」

『……、』

「だがまあ、ある意味ではこちらもラグナロクを覆す要因になりえるか」

ロキは吐き捨てるように言う。

「海の外には何がある。単純に世界をぐるりと一周回った話ではない、三次元的なベクトルを無視して繋がる『真なる外』の話だ。海は世界を隔てる境だが、その見えざる境の向こう側にも、同じように大海が広がっているのかもしれないな」

『行きは良かった。だが短期間で立て続けに穴を空ければ、弁が壊れてしまう。向こうの海が一斉にこちらへと雪崩れ込んでくる』

考えてみれば良い。

『とある魔術の禁書目録』

『ヘヴィーオブジェクト』

『インテリビレッジの座敷童』

『簡単な～シリーズ』

『殺人鬼短編シリーズ』

　彼らは地球という場所からやってきたものの、おそらくそれぞれの佇む地球は別のものだ。そして都合五つもの『真なる外』の海が、一斉に一つの場所へ押し寄せてきたら？　それはもう地球という惑星の南極という場所が完全融解するなどの比ではない。どれほどの山の頂へ逃げたところで、死の口は全てを喰らい尽くす。

　つまりは、

「……極限海面上昇。死の口が全てを飲み干す、か」

『自分達は雲の上の天界にいるから大丈夫だ、などと思い上がってはいないだろうな』

「思わんさ。九つの世界は全て世界樹ユグドラシルに守られる。木が枯れれば全てが瓦解する。天界アースガルドとて例外ではないだろう」

　世界で唯一の大陸の完全消失。

　そして、人間も神々もその他大勢の種族も、等しく住む場所を奪う死の口。

『主神オーディンが九つの世界を作る際、大洪水によって魔王スルトの祖先らの巨人を根こそぎ溺死させた時と同じだ。だが今回は誰も残らない。「真なる外」から雪崩れ込んでくる膨大な海水は、我らの世界のキャパシティなど簡単に無視してくれる。下手をすると、雲の上の天界さえダイレクトに沈められるかもしれないぞ』

「海の王エーギルとその后のランは残るさ」

『だが彼らには歴史を左右できない。故に、その子孫が大陸を覆い直すといった事もできない。オーディンの真似事を期待するのは無理な相談だぞ』

「ふむ……」

悪神ロキは顎に手をやり、

「俺は最終戦争ラグナロクの結果を変えたいとは思うが、そいつは主神オーディンが思い描く終わりよりも美しいものであってほしいとも願っている。死の口は、その点では不合格といったところかな」

『どうするつもりだ』

「影響は与えられる。だが結局、最後に選択するのは彼らになるだろうさ」

九つの世界の外の話。

であれば、選択権は神々ではなく異邦人達に委ねられるのもまた道理。

「これはつまり、彼らが『真なる外』に帰るか、踏み止まるか。二つに一つのシンプルな話なのだからな」

6

半球状のドームが破壊されても、即座に海底宮殿へ膨大な海水が雪崩れ込む事はなかった。

当然ながら命に直結するものなので、不慮の事態に備えて何重にも対策を講じているのだろう。

その不慮の事態は起こった。

垂直に落下した神造艦スキーズブラズニルは倒れる事も潰れる事もなく、まるで世界の柱のようにズドンと屹立する。

そしてふりふりスカート付きのピンク色の水着を纏うヴァルトラウテは、初っ端から怒髪天モードで『滅雷の槍』を構え、垂直になった甲板上を突っ走って海の女神ランの頭上へ迫る。

叫ぶ。

「ぶっ殺す誘拐ババアッッッ!!!!!!」

「……、」

一方で、海の女神ランは目線を険しくした。

それだけで、彼女の背後にあった観賞用の運河から大量の海水がうねり、渦を巻いて巨大な水の腕を二本も生み出した。

伝承におけるランの武具は二つ。

一つ目は、あらゆる船を掴んでひっくり返す巨腕。

二つ目は、溺れる者の魂を一〇〇％確実に捕縛する魔法の投網。

よって。

「なっ」

ランが投網を投げ放った直後、ヴァルトラウテの全身が網タイツっぽくぎっちり戒められた。

彼女が空中でバランスを失う前に、次の動きがあった。

その水の腕は、あらゆる船を掴んでひっくり返す。

つまり。


神造艦スキーズブラズニルを握り締め、ヴァルトラウテを容赦なくホームランする。


ドッガァアあああああああああああああああああああ‼⁉⁇　というとんでもない爆音と共に、全長数十キロの構造物で殴打されたヴァルトラウテの体が石造りの建物を次々とぶち破ってどこかへと消えていく。

『これどうやって降りんの……？』と船内で足踏みしていた上条当麻や陣内忍らも、勢い余ってポテチの袋を大爆発させたようにあっちこっちへ落下していった。

傍で見ていた小柄な少年が思わず叫んだ。

「ランちゃん!!　そんな事しちゃダメ!!」

「……、」

　しかし海の女神は答えない。

　いいや、答えられないのか。

「随分ド派手に挨拶してくれたじゃない」

　ランの頭上から声。ぶわりと浮かぶ影が一つ。

　腕を組んで仁王立ちするのは、冥界ニフルヘイムの女王だ。

「だが黒い世界樹を失ったとはいえ、この第二の主神ヘルちゃんまで仕留められるとは思うなよ!!」

「……、」

　ズン!!　と神造艦スキーズブラズニルを肩で担ぎ、海の女神ランは次の標的を見据える。

7

　他のみんなと共にほうぼうに散らばり、石畳の上に這いつくばって一〇分の九ケツくらいになっていた上条当麻は、そこで男性の渋い声を耳にした。

「おお　カミジョウトウマよ　しんでしまう　とは　なにごと　だ」

「死ぬわ……そりゃああそこまでやられたら今回ばかりはホントに死ぬわ‼　お前ら全体的にバランスとか考えてバトルしないのか⁉　つーかアンタ誰だ‼」

「朕はな」

「すごい一人称が来たぞ……っ⁉」

「海の王なのだから仕方あるまい。逆に僕とか俺とか何考えんだって感じだが」

割と草食系っぽいおっさんは言う。

「話を戻そう。朕はエーギル、北欧の海を統べる王だ」

王様なら仕方がない。

ひょっとすると所持金が半分になって棺桶から引っ張り出してもらったのかもしれない。

「ちなみにあっちの姉ちゃんは朕の后のランという。まあ、朕と違って超肉食系だからしょっちゅう気に入った人間の魂を引きずり込んで宮殿の一員にしてしまうお茶目さんなのだが」

「ははあ、神話でたびたび出てくる馬鹿夫婦パターンか？　この前図書室で呼んだギリシャ神話の絵本とか酷かったぞ！　ゼウスとヘラって何でトップでいられんの⁉」

「不敬であるぞ。ランのヤツはみんなを救おうとしているというのに」

「……うん？」

「この世界の海はな」

と、用意が良いのか海神エーギルはガラスの水槽を取り出した。その中にコップを入れる。

「このコップのようなものなのだ。だが諸君が元の世界へ帰ろうとすると、コップが割れてしまう。するとどうなるか。外の水槽の水が、一斉に雪崩れ込んでくる。コップの中にあった島がどうなるかは分かるであろう？」

「……………………………………チョーヤバそうだけど」

「事実、チョーヤバいのだ」

エーギルは頷きながら、

「世界の選択は二つしかない。諸君らが朕らの世界を見限って元の場所へ帰るか、諸君らが朕らの世界を守るために元の場所を諦めるか。それしかない」

「あの、ひょっとしてランちゃん大暴れなのは、俺達を殺して世界を守ろうとしているんですか……？」

「不敬であるぞ。ランはみんなを守ると言っただろうに」

「全般的に、分かりやすく説明していただけると」

「……ふむ。『歴史の口封じ』はランの方へ偏っているので、相対的に今は朕の口は解放されているはずなのだが……やはり多少は影響が残っているか」

海神エーギルはわずかに思案してから、

「よろしい。言葉を歪められても意味だけは伝わるよう、どストレートに答えだけ言ってやろう」

「お願いします」

「ランはな、限界を超えた戦いを経る事で自らを進化させようとしているのだ。九つの世界を埋め尽くすほどの海を、なお完全制御できる『殺さない海の死神』に。ただ、そうなれば今のランの面影は欠片もなくなり、心身ともに全く別の神へ変貌してしまうのだがな」

とんでもない話だった。

全般的に人柱っぽかった。

確かにそれなら、九つの世界の住人の命は守れる。上条達をこの世界に留める事なく、元の場所へ帰してやる事もできる。

ただし。

それは。

「……そんな事をして、何の意味がある？」

「ない。というか、ランは思い上がってもいる。我ら海の神は大局に影響を及ぼせない、という大前提があるのだ。つまり、ランの頭に浮かぶアイデアは最初からことごとく失敗するように設定されている。たとえ全てが成功し、ランが全くの別物へ変貌したとしても、それでも彼女には何も守れないであろう」

「そうじゃないっ‼　そんな方法で守ってもらって、誰が救われたなんて思うんだ⁉」

「……、」

「おい、どうすりゃ良いか分かんねえけどとにかくランちゃん助けに行くぞ。具体的に何すりゃ良いのか言ってくれよ‼」

「朕は海の王だ、歴史には影響を及ぼせない。ランが必ず失敗するように朕もまた」

「うるせえな‼　そんな話じゃねえんだよ‼」

遮るように上条は言葉を被せた。

驚くエーギルに、彼は真正面から叫ぶ。

「だったら何で俺に声を掛けてきた⁉　ランちゃんはアンタの奥さんなんだろ。世界のためとかみんなのためとか、そんなもっともらしい、それ言われちゃったら断れないような理由で黙って全部失うのが嫌だったから行動に出たんだろ！　だったら最後まで貫け、お前が失敗したって俺達が帳尻を合わせてやる‼　お前はっ！　一番最初に何をやりたかったんだ‼」

「……、だ、な……」

エーギルの声が、一瞬わずかに掠れそうになった。

『何か』が、彼の言葉を阻害しにかかっている。歴史を変えるなと、黙って悲劇を見ていろと、残酷なシステムが可能性の芽を潰しにかかる。

「そうだな」

だが、それを振り切るようにエーギルは告げた。

海の王の矜持が、束の間、世界の大前提をも覆す。

「あれは朕の嫁だ。朕が救わねば意味がない」


二人は石畳の上で足を伸ばし、明確に立ち上がる。

まずは散り散りになった仲間達と合流する。

その後は、海底宮殿の激戦地へ突入する。

「思いついた事は全部試そうぜ。それで答えが出なくたって、何かのヒントになるはずだ。ヒントを重ねていけば、全く違った答えだって浮かんでくるはずだ！　だから!!」

「ああ、やる前から諦めるのはもうやめた。朕は海の王だ、他はともかくとして、海の中だけはわがままを通させてもらう!!」

8

海は美しく、海は恵みをもたらし、海はあらゆる生命の母たる存在だ。

だけど同時に、海は恐ろしい死の口でもある。

ランは、そんな死の口の管理を宿命づけられた女神だった。

神造艦スキーズブラズニルを水の腕一本で構え、その細腕で魂を搦め捕る魔法の投網を掴みながら、ランは静かに思案する。

(まだ足りない……)

(『神格』の変容にはまだ足りない!! もっと、もっと、もっと戦わなくては!!)

であれば、海の死は全て自分が責任を取るべきだ。

たとえそれが、『真なる外』という管轄外から押し寄せてくるものだとしても。

女神の一柱を名乗るのであれば。

理不尽極まる死の口から、あらゆる命を守り抜かなくてはならない!!

「ランちゃん! ケンカしちゃダメ!! ヴァルトラウテ達は悪い人じゃないもん!!」

間近で、今にも泣き出しそうな顔で少年が叫ぶ。

ランはそちらをちらりと見たが、掛ける言葉はなかった。

必ず守ると、そう決めた。

「ああ!!」

冥界の女王ヘルが叫ぶ。

その腕が水平に振るわれると、氷でできた巨剣が生み出される。

だが神造艦スキーズブラズニルと比べれば、爪楊枝にも等しい。一振りで激突し、死と冥府の匂いがこびりつく不吉な氷は一瞬にして粉々に砕け散る。

ところが、鋭い破片は一つも地面に落ちる事はない。

その切っ先が一斉に海の女神へ突き付けられると、精密誘導ミサイルのように様々な角度からランへと襲いかかる。

このままでは蜂の巣。

だが海の女神ランは魂を捕らえる投網を自らの細腕へと巻きつけた。

ドガガガガガッ!!　と、腕を振り回して全弾を受け止める。

血の一滴すら流れない。

(この投網は魂を捕縛するもの。外から戒めてしまえば、どのような攻撃も内から魂を破裂させる事は叶わなくなる!!)

返す刀で投網を投げつけた。

ヘルの全身を戒めると、投網の口を縛る長い紐を掴み直す。モーニングスターのように細腕で振り回す。そのまま彼方へと投げ飛ばす。

ようやく復帰し、白馬と共に奇襲を試みていた空中のヴァルトラウテに直撃させる。

いっしょくたになってバランスを崩した二人を、神造艦スキーズブラズニルで真上から叩き落とす。

（同じ北欧世界の神々と戦うだけでは、戦闘の経験値は予測の範囲から出られない。やはり『神格』の変容を促すには、『真なる外』から来た傑物と戦うのが最良……）

ザン!!　という新たな足音が響いた。

「……、」

（ようやく来ましたか）

あまりにも巨大な船を水の腕と己の肩で担いだまま、海の女神ランは振り返る。

『真なる外』。

その異邦人達。

激戦を経る事で尋常ならざる経験値をランに与え、彼女を心身ともに全く別の『海の女神』へと作り替える最後のピース。

上条当麻、インデックス、御坂美琴、クウェンサー＝バーボタージュ、ヘイヴィア＝ウィンチェル、ミリンダ＝ブランティーニ（『ベイビーマグナム』搭乗中）、陣内忍、座敷童・縁、雪女、安西恭介、東川守、バニーガール、七浄京一郎、サツキ。

彼らは対峙する。

数の差は関係ない。そもそもランは荒ぶる海を統べる恐るべき女神である。

そして。

今は水着を纏う、一〇万三〇〇〇冊を管理する魔道書図書館はこう告げた。

「……追儺の一。神殿に招かれし者を退去させる象徴として、星を渡る船と円形に一二の芒星を映す。すなわち黄道一二宮の諸力の集中を意味し、我ら天を通りて帰還を望む者なり!!」

（……？）

聞いた事もない法則性の羅列だった。

直後に、ランの水の腕が掴んでいる神造艦スキーズブラズニルが凄まじい光を放った。

『真なる外』へ繋がる船が起動している。

だが海の女神の知る方法ではない。

彼らは、『真なる外』へ扉を繋げるにあたって、そもそも『海』を使っていない。

「海は世界の境の象徴。『世界の果て』を思い浮かべるのに最も手っ取り早い象徴だけど、北欧世界の『果て』はそれだけとは限らないんだよ」

インデックスは、そう言った。

言いながら、彼女は真上を指差した。

「すなわち、空。そこは天界アースガルドの神々さえ、太陽と月を運行させるのが精一杯で、九つの世界のどこにも当てはまらない広大な空間が広がっているはず。ここを経由すれば、世界に穴を空けても大量の海水が流入する事はない。海の女神のあなたが自身の存在を変容させる必要もなくなるんだよ!!」

9

「お姉ちゃーん、こっちー」

世界のどこか、天界アースガルドよりもさらに上方……もはや『空』というより『宙』とでも呼ぶべき領域で、のんびりとした少女の声が響いていた。

小さな少女は立派な馬に鞭を打っていて、しかもあろう事かその馬車は月という一天体を丸ごと引きずり回していた。

一方、それと全く同型の馬車を操る少女がもう一人、空の彼方からのんびり近づいてくる。

彼女は彼女で、太陽を引きずり回していた。

「はー、なんか今日も疲れたわー」

「立ち止まっていると狼さんに食べられちゃうもんね」

「私達、何でただの人間なのに星なんか引きずり回しているのかしら。というか、人間ってやろうと思えばここまでできるものなのね」

「ねえねえ、なんか下の方が騒がしいよね」

「何かあるのかしらね」

言いながらも、月と太陽の姉妹は気軽にバトンタッチし、夜のとばりが下りていく。

そこは、世界樹のてっぺんのさらに先。

木の頂点に立つ雄鶏さえも届かない、神々の開発の及ばない最後の処女地。

10

「あ……」

海の女神ランは、思わず無意味な声を洩らしそうになった。

無意味だったからこそ、それは外の世界に向けて放つ事が許されたのかもしれなかった。

そうこうしている間にも、事態は進む。

インデックスの言葉だけでは、奇跡は完成しない。だけどここには『異邦人』達が集まっている。彼女の知らない法則や可能性が、星空のように散らばっている。

だから。

「──薔薇の象徴より世界の名前を結び、船の航路をここに定める！　光の名は……ああもう、何かないい!?　太陽よりもなお強烈な光の渦の代わりとなるものがあれば完璧なんだよ!!」

「おい、お姫様に任せようぜ！　JPlevelMHD動力炉を駆り出して力不足って事はねえだろ!!」

「──心に映すは朱色の扉、一枚の符を額に当て瞳を閉じて胸の内に正確に描き……ここにも空隙‼　『力』の流れを一度バイパスするために、術式以外の方法が欲しいかも‼」

「なら、『パッケージ』として組み込んでみるのもありなんじゃねえか？　おいグータラ妖怪、百鬼夜行と一枚噛んでいたテメェなら公式くらい知ってるだろ。変数を全部渡しちまえ、後はこっちの女の子が奇麗に整えてくれるさ‼」

「――東西南北に記号を敷設し、南南西の入口より『力』を招く‼　渦を巻く『力』の奔流は……ここ‼　いずれの方角でも表記できない出口を設ける必要があるの！」

「そんな矛盾しきった要求に応えるとしたら、やっぱり不条理しかありませんかねえ？」

「――我らは肉体のくびきを解き放ち精神の扉から天へと高く舞い上がる！　それは疑似的な葬儀にも似て……ラスト‼　仮死状態を作りたいから、何か巨大な死の象徴を‼」

「であれば、殺人妃の知恵などはいかがでしょう？」

カッッッ‼‼‼　と、凄まじい光が神造艦スキーズブラズニルを凄まじい奔流に分解していく。真上へと、どこまでもどこまでも伸びていくその光の柱は、まるで天まで続く巨大な塔やエレベーターのようにも見えた。

「……、」

海の女神ランは、ただそれを眺めていた。

海の許容量が壊れない以上、九つの世界の命が失われる事もない。

脱出に海を使わない以上、『異邦人』を人柱のようにこの場に留める必要もない。

そして、ランも『変容』をしなくて良い。

完璧な結果。

一番最初に夢見ていたもの。

それを前にして。

しかし。


ぎちり……と。


ランの細腕が、その筋肉が、不気味に蠕動するのを彼女自身が感じ取った。

まるで全てを台無しにしようとするように、魂を縛る魔法の投網を握る手が蠢く。


ぎちり、ぎちぎち、ぎちり、と。


「う、あ……」

その時になって、海の女神ランはようやく思い出した。

自分達の性質を。

海神は最終戦争ラグナロクにも巻き込まれない。その代わりに、ラグナロクのような歴史の転換点に干渉する力も持たない。

彼女の存在は、彼女の行動は、全て最初から失敗に結びつくようにできている。

だから、海の女神ランがそんな幸せな未来を望めば望むほどに。

全ては、彼女の選択によって粉々に瓦解してしまう。


ぎちぎちぎちぎちぎちぎちぎちぎちぎちぎちぎちぎちぎちぎちぎちぎちち!!　と。


「あああああああああああああああああああああああああああああああああ!?」

もはや自分の意思とは無関係に、魂を捕らえる投網が振り回される。鎖付きの鉄球のように、遠心力を蓄えて投げ放つ準備を進めてしまう。

大胆かつ繊細な儀式の最中に、全てをぶち壊すように。

だけど。

「大丈夫だ、ラン」

誰かが、言った。

ツンツン頭の少年を初めとして、多くの人々がそんなランの前に立ち塞がった。

戦うためではない。

彼女の心を守るために。

「エーギルに話を聞いた。アンタがどんな風に縛られているのか、そんな中でも何をしたかったのかも知った。だから大丈夫だ、アンタの夢は、アンタなんかには壊させたりしない!!」

「……、」

やはり、海の女神ランは言葉を返せなかった。

ただ、くしゃりとその美しい顔が泣き出す寸前の子供のように歪んでいた。

それだけで、もう十分だった。

だっ!! と。

両陣営は全速力で駆け出し、最短距離で激突する。

最後の戦いが始まる。

もう、そこに第三次世界大戦を止めたとか、核にも耐える兵器を破壊して回るとか、オカルトの力を組み込んだ最新式の犯罪に立ち向かうとか、そんなものは関係なかった。

ただ、女神の尊厳と矜持を守りたいと願う者達が、我先にと突撃していった。

実際問題、力量差はどうなのか。

オブジェクトや妖怪ならともかく、中には頭の回転以外は本当にただの高校生や大学生だって混じっている。そんな彼らが挽肉にされる事はないのか。

答えは、問題ない。

何故ならば、

「櫂で波を打ち鳴らし、あらゆる嵐を収める海の王が命じる……」

『異邦人』とは全く違う者の声が響いていた。

海の王。

ランが荒ぶる海の恐ろしさを司るのなら、穏やかで人に恵みをもたらす海を司る、もう一人の海神の声。

「……その荒波が人の子を襲う事は許さず、ただ水は穏やかに人の笑顔を迎えるべし!!」

エーギルのその言葉が、その『神格』が、荒ぶる海を鎮めにかかる。

エーギルとランの力は、五分と五分だったかもしれない。

それでも武装を剝ぎ取り、力を奪い、ただの高校生でも抗えるほどに弱体化を促す。

無理を通して女神を救い出すため、『真なる外』の主人公達が殺到していく。

彼らの背後では、インデックスが最後の言葉を放つ。

「あるべきものはあるべき場所へ！　我ら、これより追儺のプロセスをなぞりこの地より退去せん、天なる光となりて!!」

時間は稼いだ。

ランには……いいや、ランを突き動かしていた何かには、インデックスの儀式を邪魔する事はできなかった。

だから。

ぶわり、と御坂美琴の体が浮かび上がった。クウェンサーやヘイヴィアも、座敷童や雪女といった人間以外の妖怪でも、オブジェクトなんていう二〇万トンの鋼の塊であってもお構いなしに。

あらゆる『異邦人』は光の奔流と合流していく。

もう、誰の手にも届かない。

これで本当にお別れだ。

「ははっ‼　なあおい、歴史を変えてみるってのも悪くはねえ気分だろ⁉」

宙に浮かぶ陣内忍が、鉄砲のジェスチャーを作ってランに向けてそう叫んだ。

逆さまのまま、上条当麻もこう告げる。

「俺達はここまでだ。だけど、俺達にできてアンタ達にできない事なんか何にもないはずだ。こんな結果を見ちまったんだ、もう分かっただろ！　アンタ達は、ここから先は何一つ諦める必要なんかないんだって‼」

「……、」

海の女神ランは、黙ったまま彼らを見上げていた。
いいや。
今度こそ。
世界の理とやらに全力で抗って、彼女はその唇を動かしたのだ。

ありがとう、と。

直後だった。
光の奔流は『異邦人』達をかっさらい、一瞬にして天の向こうへと吹き飛ばした。
今度こそ、完全に。
彼らがこの北欧世界から立ち去った瞬間だった。

11

水を差すようで悪いけど、上条当麻には幻想殺しがなかったっけ？

「あっ、あれ……不安になってきたぞ……。大丈夫だよな、だって今回はオブジェクトとかパッケージとか良く分かんない力をいっぱい組み合わせていたし‼　だから右手一本でお釈迦になる事はないよな⁉　やだよ、あれだけ格好つけてまた逆戻りするのはーっ⁉」

叫ぶが、そもそもここがどこなのかも分からない。

漠然とものすごい速度で進んでいるのは体感できるが、風景は白一色で対比できるものが何もない。戦闘機やスペースシャトルの速度がいまいち遠目には分からないのと同じように、上条には全く実感が追い着かない。

そして気がつけばインデックスや御坂美琴といった面々もいなかった。

一人ぼっちは嫌だが、一人きりでもない限り独り言なんて出てこない、つまり一人と認めている、というゼンモンドウワールドへようこそ。

「おい……ひょっとして、これは学園都市へ辿り着く事もできないけど、北欧世界に引き返す事もできないパターンか……？　やだやだーっ‼　いつかの無間地獄みたいなのは長い人生で一回やってりゃ十分だって！　そういやあの時もなんか北欧の神様繋がりだったような気がするけどさーっ‼」

ほとんど全力の泣きが入った直後だった。

頭の中に、少女の声が響いた。

『そんな事だろうと思った』

「バードウェイ？」

『…………………………………………………………………………………………』

「分かった、オティヌスだな!!　口調が似ているからビジュアルがないと分かりにくいんだってば!!」

『そこまで元気があるなら、もう二、三年は虚空をさまよっていても問題はなさそうだな、と』

「無理でーす、色々決壊しちゃいますってーっ!?」

『仕方がない』

頭の中の声はこんな風に言う。

『すでに魔神としての力は失ったが、それでもお前の言う通り北欧繋がりという記号性だけは保っている。私の存在そのものをアドレスとして登録し、お前の体を引きずり出してやる』

「あのうー、俺の右手ってどうなってます?」

『はあん?　魔神クラスの攻撃受けてひしゃげた右手なんぞ興味はない。そんなもの、力のごり押しで何とでもなる。なってしまうから我々は神なのだ』

直後だった。

ぐいっ!!　と。

本当に、後ろから肩でも掴まれたような気軽さで、上条当麻の針路が修正されていく。

そして。

12

「ハッ⁉」

そして上条当麻は目を覚ました。

彼は学生寮のユニットバスのバスタブの中で体を縮めていた。

「……あっ、あれ、なんだ、夢？」

それにしてはいやに感覚が生々しいが、とにかく上条は体を起こす。

そして気づく。

まず一つ。水洗トイレは元から締められて水が止まっているらしき事。そして、

「うん、何だこれ……何で海パン穿いているんだ……？」

背筋に嫌なものが走るが、ここにいても何も分からない。首をひねって、バスルームの扉を開ける。

と、そこに全長一五センチのオティヌスと、銀髪のシスターが待っていた。

ただし、『紅茶のカップのような白地に金刺繍の修道服を着た』とは説明できない。

何故ならば、

「インデックスさん、アンタ何で水着なんか着てるの？」

「……そういえば、『歩く教会』を燃やされた件についてまだ決着がついていなかったね、とうま？　これからどうするの、お洋服」


かやぶき屋根の屋敷では、陣内忍が妖怪や悪魔に追い駆け回されていた。

「あーっ!!　何でみんなで水着なんですか!?　なんか知らぬ間にピクニック計画を実行されたような気分ですよ！　だが水着ならこのマイクロビキニのサキュバスにお任せあれ。ノーマルビキニの座敷童だのスクール水着の雪女だのがなんぼのもんじゃーい!!」

「何かお土産はあるんだろうね？　磯の匂いがするからお魚くらいは期待しているんだが」

「……片方はグローバルな悪魔だしもう片方は致命誘発体の猫又だし……たとえ冗談みてえなトークをしていても、ついうっかり力加減を間違っちゃいましたで人を殺しかねないからこいつらは恐ろしいんだよ!!」


安西恭介と東川守は、大学構内のベンチで目を覚ました。

二人揃って季節外れの水着なので、そろそろハメを外し過ぎたサークル活動か何かと勘違いされた教員を呼び出されそうな雰囲気ではある。

バニーガールはいない。

これまでの『経緯』を思い出せば当然なのだが、

「……いないならいないで、なーんか腑に落ちないんだよな」

「おいよせよ、そういう可能性論は不条理を呼び込むんだって」

「いやだってさ、あいつなら俺達の見ていない場所で密かにカムバックしていても不思議じゃないっていうか」

「だからそれ絶対何かの予告編になってるから!!」

薄汚れた路地裏では、夜な夜な水着を纏う殺人鬼が徘徊するらしい。

「……京一郎、何やら私のアイデンティティが狂い始めているようなのですが……」

「心配すんなって、元から十分変じ……ぶごっ⁉」

「すみません、力加減というのがなかなかに難しくて」

そして最後の最後にクウェンサーとヘイヴィアの馬鹿二人が頭を抱えていた。

男二人が水着で女性陣は鋼の塊という悲劇であった。

「そういえばうちのお姫様だけ無傷じゃん！　水着ボーナスとかねえじゃん!!　元の世界とやらに帰還した瞬間に現実を思い出してキャーえっちーとかないじゃん!!　どうなってんの!?」

「やめておけって、そんな風に言ったって、どうせ待っているのは『ベイビーマグナム』に巨大なビキニやスクール水着を着せた絵面しか浮かんでこないから」

「世の中ってのはよ、いくら何でもそこまで理不尽じゃねえはずだぜ？　俺らはこう、全体的にもっと自分の欲望に素直になったって良いと思うんだ!!」

「これ以上ただ洩れになったら世界の法則が壊れるよ」

各々は各々の道を行く。

彼らは皆別々の方向を向いている。だけど必要な時がやってくれば、いつかまた交差する事もあるだろう。

全ての理を覆し、目の前の誰かを助けるために。

あとがき

お久しぶりです、鎌池和馬(かまちかずま)ですよ。

今回は鎌池和馬一〇周年特別企画!! という訳で、これまでさんざん書き殴(なぐ)ってきたシリーズを可能な限り全部乗せして一冊の本を作ろうぜ！ みたいなオーダーを受けての流れになっています。もうぶっちゃけるとこの作品自体が一〇年かけて作ってきた作品全体に対する宣伝広告の意味も含みますので、興味のある方はいろんな本を手に取ってみて下さいませ!!


でもって、いろんな作品のキャラを集合させるのが大前提で、ただオリジナルのユニバーサル時空を一個新設するより、なーんか既存の作品でそれを賄(まかな)える設定ってあったかな？ と考えた末、選択されたのが『ヴァルトラウテさんの婚活事情』の北欧世界でした。あれは掘れば掘るだけ便利な設定がゴロゴロ出てくる未開の鉱床みたいな状態なので、困った時はとにかくあてになるのです。

『ヴァルトラウテさんの婚活事情』は電撃文庫マガジン連載用の短編、戦闘(せんとう)を重視しないラブコメ系の作品を作ってみる、という自己目標の他に、白状しますと『連載当時、インデックスの方でこれから継続して北欧神話（対オティヌスまわり）を題材にするので、どうにかして読者さんに事前情報を知って欲しかった』という意図もありました。この試みは単純に本を手に取っていただいた事はもちろん、『鎌池和馬が今度は北欧神話をメインにした話を書くらしいぜ』という情報が拡散した事だけでも、そこそこ成功したのではないかなと思っております。

今回の胆は新キャラではなく、普通なら遭遇する事のない別シリーズのキャラ同士がぶつかった時の化学反応だと思うのですが、ただ脈絡もなくラブコメっぽい話を書くというのもな……と思いまして、ベースラインの縦線には『ヴァルトラウテさんの婚活事情』を据えて、北欧神話豆知識と世界の破滅を織り交ぜた上で、各キャラの化学反応を見せられればな、と考えて原稿を書いていました。

ヘルはなかなかに謎めいた素敵な題材で、ワルキュリエと並んで私の好きな人物（？）でもあります。例えばインデックスではすでに二人ほど『ヘルちゃん』が登場しているのもそのためでしょう。

後、こうしてキャラクターを並べてみると、やはり、どういう訳か私は『真っ白な、スカートの長いワンピース系の装束を纏った少女』に強い神秘性を感じているようです。すでにいくつかの作品で、中心に据えられているのが分かります。……自分の精神性、その源泉なんてあんまり深く掘るもんじゃないのでこの辺でバックしておきますが、最後にもう一点だけ。『ヘヴィーオブジェクト』のお姫様は、ショートヘア、軍服、胸はそこそこ（つまり巨乳と貧乳のどっちつかず）と、敢えてそういう自分が流れやすい方向から大きく逆に舵を切って作り上げたキャラクターだったりします。……最大の特徴である特殊スーツ自体はイラストレーターの凪良さんからのご提案で、当初の第一稿では戦闘機の耐Gスーツみたいな感じだったのですが、これらを加味すれば、『インデックスに続く第二シリーズとして、インデックスにないものを詰め込もうとした』試行錯誤の一端を把握していただけるのかも？

イラストレーターの皆様、担当の三木さん、小野寺さん、阿南さんには感謝を。……普通に原稿を書くだけではこういうセルフ祭りはできなかったと思います。一〇年保たせていただいた事、一〇周年にかこつけてのやりたい放題、その企画を与えてくださった事を本当に感謝しております。

そして読者の皆様にも感謝を。ここまでたくさんの世界、たくさんのキャラクターを世に送り出す事ができたのは、間違いなく、それを面白がってくれた読者の皆様のおかげです。これからも皆様の心の中で、彼らが活き活きと動き回ってくれる事を願っております。

それでは、今回はこの辺りで。

さあ二〇周年には何をしようか

鎌池和馬（かまちかずま）

◉鎌池和馬著作リスト

「とある魔術の禁書目録」（電撃文庫）
「とある魔術の禁書目録②」（同）
「とある魔術の禁書目録③」（同）
「とある魔術の禁書目録④」（同）
「とある魔術の禁書目録⑤」（同）
「とある魔術の禁書目録⑥」（同）
「とある魔術の禁書目録⑦」（同）
「とある魔術の禁書目録⑧」（同）
「とある魔術の禁書目録⑨」（同）
「とある魔術の禁書目録⑩」（同）
「とある魔術の禁書目録⑪」（同）
「とある魔術の禁書目録⑫」（同）
「とある魔術の禁書目録⑬」（同）
「とある魔術の禁書目録⑭」（同）
「とある魔術の禁書目録⑮」（同）
「とある魔術の禁書目録⑯」（同）
「とある魔術の禁書目録⑰」（同）
「とある魔術の禁書目録⑱」（同）

「とある魔術の禁書目録⑲」（同）
「とある魔術の禁書目録⑳」（同）
「とある魔術の禁書目録㉑」（同）
「とある魔術の禁書目録㉒」（同）
「とある魔術の禁書目録SS」（同）
「とある魔術の禁書目録SS②」（同）
「新約　とある魔術の禁書目録」（同）
「新約　とある魔術の禁書目録②」（同）
「新約　とある魔術の禁書目録③」（同）
「新約　とある魔術の禁書目録④」（同）
「新約　とある魔術の禁書目録⑤」（同）
「新約　とある魔術の禁書目録⑥」（同）
「新約　とある魔術の禁書目録⑦」（同）
「新約　とある魔術の禁書目録⑧」（同）
「新約　とある魔術の禁書目録⑨」（同）
「新約　とある魔術の禁書目録⑩」（同）
「新約　とある魔術の禁書目録⑪」（同）
「ヘヴィーオブジェクト」（同）

「ヘヴィーオブジェクト　採用戦争」(同)
「ヘヴィーオブジェクト　巨人達の影」(同)
「ヘヴィーオブジェクト　電子数学の財宝」(同)
「ヘヴィーオブジェクト　死の祭典」(同)
「ヘヴィーオブジェクト　第三世代への道」(同)
「ヘヴィーオブジェクト　亡霊達の警察」(同)
「ヘヴィーオブジェクト　七〇%の支配者」(同)
「インテリビレッジの座敷童」(同)
「インテリビレッジの座敷童②」(同)
「インテリビレッジの座敷童③」(同)
「インテリビレッジの座敷童④」(同)
「インテリビレッジの座敷童⑤」(同)
「簡単なアンケートです」(同)
「簡単なモニターです」(同)
「ヴァルトラウテさんの婚活事情」(同)
「未踏召喚：／／ブラッドサイン」(同)
「未踏召喚：／／ブラッドサイン②」(同)
「とある魔術のヘヴィーな座敷童が簡単な殺人妃の婚活事情」(同)

本書に対するご意見、ご感想をお寄せください。

電撃文庫公式ホームページ 読者アンケートフォーム
http://dengekibunko.dengeki.com/
※メニューの「読者アンケート」よりお進みください。

ファンレターあて先
〒102-8584　東京都千代田区富士見 1-8-19
アスキー・メディアワークス電撃文庫編集部
「鎌池和馬先生」係
「凪良先生」係
「はいむらきよたか先生」係
「真早先生」係
「葛西 心先生」係

初出 ……………………………………………………………………

電撃文庫MAGAZINE 2015年1月号増刊「鎌池和馬BOX」(2014年11月)に一部掲載。

文庫収録にあたり、加筆、訂正しています。

電撃文庫

とある魔術のヘヴィーな座敷童が簡単な殺人妃の婚活事情

鎌池和馬

発行　2015年2月10日　初版発行

発行者　塚田正晃
発行所　株式会社KADOKAWA
〒102-8177　東京都千代田区富士見2-13-3
プロデュース　アスキー・メディアワークス
〒102-8584　東京都千代田区富士見1-8-19
03-5216-8399（編集）
03-3238-1854（営業）
装丁者　荻窪裕司（META＋MANIERA）
印刷　株式会社暁印刷
製本　株式会社ビルディング・ブックセンター

ISBN978-4-04-869250-2　C0193　Printed in Japan

電撃文庫　http://dengekibunko.dengeki.com/
株式会社 KADOKAWA　http://www.kadokawa.co.jp/

電撃文庫創刊に際して

文庫は、我が国にとどまらず、世界の書籍の流れのなかで〝小さな巨人〟としての地位を築いてきた。古今東西の名著を、廉価で手に入りやすい形で提供してきたからこそ、人は文庫を自分の師として、また青春の想い出として、語りついできたのである。

その源を、文化的にはドイツのレクラム文庫に求めるにせよ、規模の上でイギリスのペンギンブックスに求めるにせよ、いま文庫は知識人の層の多様化に従って、ますますその意義を大きくしていると言ってよい。

文庫出版の意味するものは、激動の現代のみならず将来にわたって、大きくなることはあっても、小さくなることはないだろう。

「電撃文庫」は、そのように多様化した対象に応え、歴史に耐えうる作品を収録するのはもちろん、新しい世紀を迎えるにあたって、既成の枠をこえる新鮮で強烈なアイ・オープナーたりたい。

その特異さ故に、この存在は、かつて文庫がはじめて出版世界に登場したときと、同じ戸惑いを読書人に与えるかもしれない。

しかし、〈Changing Times,Changing Publishing〉時代は変わって、出版も変わる。時を重ねるなかで、精神の糧として、心の一隅を占めるものとして、次なる文化の担い手の若者たちに確かな評価を得られると信じて、ここに「電撃文庫」を出版する。

1993年6月10日
角川歴彦

電撃文庫

とある魔術のヘヴィーな座敷童が簡単な殺人妃の婚活事情

鎌池和馬　カバーイラスト／凪良
口絵・本文イラスト／はいむらきよたか、凪良、真早、葛西 心、依河和希、烏丸 渡、犬江しんすけ、朝倉亮介、たいしょう田中、原 つもい、かまた

鎌池和馬10周年記念！『禁書目録』をはじめとする鎌池作品の人気キャラ＆ヒロインが大集合した夢のスペシャルノベル！ 前後編を網羅した完全版でお届け！

か-12-54　2883

とある魔術の禁書目録（インデックス）

鎌池和馬
イラスト／灰村キヨタカ

〝超能力〟をカリキュラムとする学園都市に〝魔術〟を司る一人の少女が空から降ってきた。『インデックス（禁書目録）』と名乗る彼女の正体とは……!?

か-12-1　0924

とある魔術の禁書目録（インデックス）②

鎌池和馬
イラスト／灰村キヨタカ

学園都市「三沢塾」で一人の巫女が囚われの身となった。上条当麻は魔術師ステイルと嫌々手を組み、彼女を助けに行くことになるのだが——！　学園アクション第2弾！

か-12-2　0951

とある魔術の禁書目録（インデックス）③

鎌池和馬
イラスト／灰村キヨタカ

補習帰りに、上条当麻は御坂美琴とその妹に出会う。御坂妹も姉同様とにかくヘンな奴で……。そんな普段通りの生活の中、学園都市の能力者が次々と殺されはじめる……。

か-12-3　0988

とある魔術の禁書目録（インデックス）④

鎌池和馬
イラスト／灰村キヨタカ

海へバカンスに来た上条当麻が見たものは、インデックスが青髪ピアスで、神裂火織がステイルで、ステイルが海のオヤジで、御坂美琴が当麻の実妹で!?　全てはとある魔術から……！

か-12-4　1021

電撃文庫

とある魔術の禁書目録（インデックス）⑤
鎌池和馬
イラスト／灰村キヨタカ

8月31日の学園都市。御坂美琴は、さわやか男子生徒に誘われた。一方通行（アクセラレータ）は、不思議な少女と出会った。上条当麻は、不幸な一日の始まりを感じた……。

か-12-5　1083

とある魔術の禁書目録（インデックス）⑥
鎌池和馬
イラスト／灰村キヨタカ

新学期初日。それは上条当麻が通う学校に転校生が来た日で、インデックスにはじめての「ともだち」ができた日で、学園都市に謎の魔術師が潜入した日だった……！

か-12-6　1113

とある魔術の禁書目録（インデックス）⑦
鎌池和馬
イラスト／灰村キヨタカ

伝説の魔術師クロウリーが記したとされる魔導書『法の書』と、その解読法を知るシスターが何者かにさらわれた。上条当麻は、〝不幸〟にもその救出戦に加わることに……。

か-12-7　1167

とある魔術の禁書目録（インデックス）⑧
鎌池和馬
イラスト／灰村キヨタカ

ここは学園都市屈指の名門女子校・常盤台中学。御坂美琴が体育の授業後、シャワーを浴びていると……。お姉様とあの殿方が交差するとき、白井黒子の物語が始まるのですの!?

か-12-8　1198

とある魔術の禁書目録（インデックス）⑨
鎌池和馬
イラスト／灰村キヨタカ

学園都市最大級行事「大覇星祭」。上条当麻や御坂美琴も参加するその大運動会の開催中に、謎の〝霊装〟を巡って、とある魔術師が学園都市に侵入した……！

か-12-9　1243

電撃文庫

とある魔術の禁書目録(インデックス)⑩

鎌池和馬
イラスト／灰村キヨタカ

学園都市に、ひとつの波紋が広がった。『使徒十字(クローチェディピエトロ)』。そう呼ばれる存在が、上条当麻の大切な人たちの夢を、破壊していく！　科学と魔術が交差するとき、物語は始まる！

か-12-10　1257

とある魔術の禁書目録(インデックス)⑪

鎌池和馬
イラスト／灰村キヨタカ

大覇星祭最終日。自分が〝不幸〟であることしか自慢できない男・上条当麻が、なんと大覇星祭「ナンバーズ」に見事当選した。景品は『海外旅行』のチケットで……!?

か-12-11　1327

とある魔術の禁書目録(インデックス)⑫

鎌池和馬
イラスト／灰村キヨタカ

九月三〇日。学園都市の某所に、御坂美琴は立っていた。待ち合わせである。けれど、あの少年は一向に姿を見せず……。罰ゲームを巡る学園コメディ(ラブ)編スタート？

か-12-12　1372

とある魔術の禁書目録(インデックス)⑬

鎌池和馬
イラスト／灰村キヨタカ

九月三〇日の学園都市に侵入した魔術師『前方のヴェント』。彼女が操る謎の魔術により都市機能は完全麻痺、大部分の人間は倒れた。絶望的な状況下で上条当麻は……！

か-12-13　1411

とある魔術の禁書目録(インデックス)⑭

鎌池和馬
イラスト／灰村キヨタカ

一〇月。ローマ正教徒によるデモが全世界で勃発した。混乱の最中、その元凶が霊装『C文書』にあることを聞かされた上条は、土御門と共にフランスへと飛び立つ！

か-12-15　1506

電撃文庫

とある魔術の禁書目録(インデックス)⑮

鎌池和馬
イラスト／灰村キヨタカ

治安部隊がアビニョン侵攻作戦で不在の学園都市。そこでは闇の組織らの暗躍が始まっていた。『グループ』の一方通行(アクセラレータ)は、謎の組織『スクール』の存在を知り……！

か-12-16　1537

とある魔術の禁書目録(インデックス)⑯

鎌池和馬
イラスト／灰村キヨタカ

宿敵・後方のアックアがついに動いた。標的とされた上条当麻だが、彼の元には五和がボディガードとしてやってきて……インデックスとの同棲バトル勃発!?

か-12-17　1601

とある魔術の禁書目録(インデックス)⑰

鎌池和馬
イラスト／灰村キヨタカ

『禁書目録召集令状』が布告された。何者かに爆破されたユーロトンネルを『王室』と共に調査せよ、という任務だった。上条当麻が被る今度の〝不幸〟は、英国にて開幕！

か-12-19　1730

とある魔術の禁書目録(インデックス)⑱

鎌池和馬
イラスト／灰村キヨタカ

ロンドンはクーデターにより堕ちた。影響はイギリス全土に及び、市街では『清教派』と『騎士派』が対立する中、ついに上条当麻は「あの男」と出会う……!!

か-12-20　1787

とある魔術の禁書目録(インデックス)⑲

鎌池和馬
イラスト／灰村キヨタカ

一方通行(アクセラレータ)ら『グループ』が『ドラゴン』について探る中、それを煩わしく思う統括理事会のメンバーが彼らに牙をむく。同じ時、浜面と絹旗が滝壺を見舞いに行くが……。

か-12-22　1847

とある魔術の禁書目録(インデックス)⑳

鎌池和馬
イラスト／灰村キヨタカ

上条当麻はインデックスを解き放つため、一方通行(アクセラレータ)は打ち止め(ラストオーダー)を救うため、浜面仕上は滝壺理后を治療するため。三者三様の想いが渦巻く、緊迫のロシア編開幕！

か-12-23　1908

とある魔術の禁書目録(インデックス)㉑

鎌池和馬
イラスト／灰村キヨタカ

“大切な少女”を救いたいと望む少年たちの、絶対に退くことの出来ない戦いは続く……‼　果たして彼らの願いの行方は……。緊迫のロシア編、クライマックス突入！

か-12-25　1984

とある魔術の禁書目録(インデックス)㉒

鎌池和馬
イラスト／灰村キヨタカ

右方のフィアンマが企てる『計画』が、ついに発動する。『ベツレヘムの星』。十字教信者だけでなく、全世界の人間を「救う」と言われるその計画とは……⁉

か-12-26　2017

とある魔術の禁書目録(インデックス)SS

鎌池和馬
イラスト／灰村キヨタカ

上条のクラスで行く鍋パーティのゆくえは？　イギリス清教ロンドン女子寮の乱れた?!一日とは？　一方通行(アクセラレータ)が闇へと堕ちた、その先には……。本編補完のSSシリーズ！

か-12-14　1456

とある魔術の禁書目録(インデックス)SS②

鎌池和馬
イラスト／灰村キヨタカ

ジーンズ切り裂き魔を追う神裂、半蔵に恋する郭(くるわ)ちゃん、謎の魔草売り少女と出会う上条刀夜、微妙な強さの超能力者(レベル5)・ナンバーセブン。圧倒的な登場人物で送るSSシリーズ第2弾。

か-12-18　1676

電撃文庫

新約 とある魔術の禁書目録
鎌池和馬
イラスト／はいむらきよたか

上条当麻の消失後、全世界に安息の日々が訪れていた。学園都市では、一方通行が騒がしい日常を取り戻し、浜面仕上は新生『アイテム』としての活動を行い……。

か-12-28 2093

新約 とある魔術の禁書目録②
鎌池和馬
イラスト／はいむらきよたか

上条当麻と一方通行、そして浜面仕上が、ついに交わった。それは、三者三様の『アンタ等何やってた訳』的オンナノコたちへの落とし前イベント勃発を意味していた……！

か-12-30 2169

新約 とある魔術の禁書目録③
鎌池和馬
イラスト／はいむらきよたか

グレムリン。魔術と科学が融合した、謎の敵対勢力。上条たちはハワイに乗り込み、奴らと直接対決に挑む。しかし、超重要人物が完全にお馬鹿なノリの性格で⁉

か-12-32 2237

新約 とある魔術の禁書目録④
鎌池和馬
イラスト／はいむらきよたか

反学園都市サイエンスガーディアンによる格闘大会『ナチュラルセレクター』。それは、三人の『木原』と三人の『グレムリン』による、最悪の騒乱の始まりだった。

か-12-33 2289

新約 とある魔術の禁書目録⑤
鎌池和馬
イラスト／はいむらきよたか

超巨大文化祭『一端覧祭』準備真っ最中の学園都市に戻ってきた上条当麻。インデックスや美琴との日常が戻ってくる――はずが、彼を全否定する、最強の『敵』が出現する。

か-12-38 2416

新約 とある魔術の禁書目録（インデックス）⑪

鎌池和馬
イラスト／はいむらきよたか

上条当麻がとあるシスターを救い、記憶を失う以前。一人のお嬢様が彼に救われていた。彼女の名は食蜂操祈。これは、彼と彼女の失われた過去を紐解く物語。

か-12-51　2817

ヘヴィーオブジェクト

鎌池和馬
イラスト／凪良

超大型兵器オブジェクト。その操縦士、『エリート』。雪原の戦場に派遣留学したクウェンサーが出会ったのは、そんな素性を持つ奇妙な少女だった——。

か-12-21　1833

ヘヴィーオブジェクト　採用戦争

鎌池和馬
イラスト／凪良

宇宙開発技術採用を巡る戦争の最中。戦地派遣留学生のクウェンサーと、見習い軍人のヘイヴィアの次なる相手は、姿が見えない超巨大兵器、ステルス・オブジェクト!?

か-12-24　1954

ヘヴィーオブジェクト　巨人達の影

鎌池和馬
イラスト／凪良

巨大兵器オブジェクトが世界のバランスを支配する世界。不良兵士のクウェンサーとヘイヴィアは、今日もマイペースに戦場を駆ける。近未来アクション、懲りずに第三弾だ！

か-12-27　2032

ヘヴィーオブジェクト　電子数学の財宝

鎌池和馬
イラスト／凪良

ミニスカサンタ！　ツンプリなお姫様と爆乳フローレイティアさんのミニスカサンタっ……！　一体これが、今回のクウェンサーとヘイヴィアのどんな伏線に!?　近未来アクション！

か-12-29　2136

電撃文庫

簡単なモニターです
鎌池和馬
イラスト／葛西 心

これからやっていただくのは、とても簡単なことです。どんなに小さなものでも構いません。気づいたら記入をお願いします。無記入、無回答はなしです。では、これよりモニターを開始します。

か-12-41 2499

ヴァルトラウテさんの婚活事情
鎌池和馬
イラスト／凪良

神々しき美貌をもつ戦乙女（ワルキュリエ）のお姉さんと、彼女に一目惚れした人間の少年。相思相愛な二人のはずが、一人は『奥手』、一人は『天然』という超面倒なカップルで!? 北欧コメディ！

か-12-37 2399

未踏召喚：//ブラッドサイン
鎌池和馬
イラスト／依河和希

『神々よりも奥に潜む者』さえ呼び出す最新鋭召喚師。その中でも最強と謳われる『不殺王』こと城山恭介。彼の唯一の弱点は、『たすけて』という少女の『呪いの言葉』で……。

か-12-50 2802

未踏召喚：//ブラッドサイン②
鎌池和馬
イラスト／依河和希

最強無敵の召喚師・城山恭介は、同じクラスの図書委員ちゃんからの『たすけて』を受け、依代として契約を結ぶ。襲い来るもの――死んだ姉の幽霊から、彼女を守るために。

か-12-53 2868

ラテラル ～水平思考推理の天使～
乙野四方字
イラスト／おかだアンミツ

謎を解く事が生きがいの高校生・論は、全身白ずくめの謎の女子生徒と出会う。論が彼女に触れた瞬間、『水平思考推理ゲーム』が支配する空間に引きずり込まれ――！

お-14-18 2882